英美澳当代重要作家女性创伤叙事研究

施云波 著

东南大学出版社
SOUTHEAST UNIVERSITY PRESS
·南京·

内容提要

本书从女性的独特视角出发,叙述女性在特定历史、文化语境中的创伤。它包括女性作为创伤书写的主体,也包括女性作为创伤书写的客体。英美澳等国的女性创伤叙事在各自的书写对象和特征之上,以一种不诉诸眼泪的、间接的、后现代主义的方式更深入地表现创伤。

图书在版编目(CIP)数据

英美澳当代重要作家女性创伤叙事研究 / 施云波
著. —南京:东南大学出版社,2017.12
ISBN 978-7-5641-7488-0

Ⅰ.①英…　Ⅱ.①施…　Ⅲ.①女作家—文学研
究—英国、美国、澳大利亚　Ⅳ.①I106

中国版本图书馆CIP数据核字(2017)第281507号

英美澳当代重要作家女性创伤叙事研究

著　者	施云波	责任编辑	刘　坚	
电　话	(025)83793329/83790577(传真)	电子邮箱	liu-jian@seu.edu.cn	
出版发行	东南大学出版社	出版人	江建中	
地　址	南京市四牌楼2号	邮　编	210096	
销售电话	(025)83794561/83794174/83794121/83795801/83792174 83795802/57711295(传真)			
网　址	http://www.seupress.com	电子邮箱	press@seupress.com	
经　销	全国各地新华书店	印　刷	虎彩印艺股份有限公司	
开　本	700mm×1000mm　1/16	印　张　12.5	字　数　245千字	
版　次	2017年12月第1版			
印　次	2017年12月第1次印刷			
书　号	ISBN 978-7-5641-7488-0			
定　价	38.00元			

前 言

　　创伤是一个古老的命题。它源自于希腊语，一开始是个病理的概念，意思为"刺破或撕裂的皮肤"，后引申为精神伤痛的感觉。人类从有自我意识之日起就充满了创伤。无论在东方文化还是西方文化中，人类在追求幸福的过程中，都会感到人生的悲剧，这就是佛教教义中的苦谛之说。宗教能够为人类带来短暂的慰藉，但人类终须自己面对这个充满创伤的世界。洪水、瘟疫、饥荒等生态灾难一次次侵袭，给人类文明留下了创伤的记忆，战争、种族灭绝等人类的自相残杀更是加剧了这种创伤。西方工业革命以来，资本帝国在全球拓殖和移民，一部殖民史，就是一部血泪史，其中，女性的眼泪占了很大比例。20世纪的两次世界大战和多起地方冲突更是给人们心灵带来了难以磨灭的伤痛，这其中，以"二战"最为惨烈。由于性别上的弱势，这种现代性暴力的创伤给女性带来的伤痛尤甚。

　　本书的主题——女性创伤叙事，是从女性的独特视角出发，叙述女性在特定历史、文化语境中的创伤。它包括女性作为创伤书写的主体即如多丽丝·莱辛等女作家的书写，也包括女性作为创伤书写的客体，如男作家对女性悲剧的书写。女性创伤叙事随着近代女权主义的发展而兴起，与资产阶级革命和启蒙运动息息相关，是社会文明进步的标志，为"阁楼上的疯女人"等广大沉默的女性提供了发声的机会。近年来随着性别研究的不断深入，女性创伤叙事的内涵和外延也在不断发展。它不断吸收马思主义、生态主义、社会主义等领域的研究成果，呈现出一种多元化的发展势头。玛丽·伊格尔顿就认为女权主义理论更适合被用作复数，即复数的女权主义（feminist theories），这种复数的女权主义现象表明了女权主义学术界对差异性的强调。女性创伤叙事作为女权主义研究与创伤研究的理论结合，更呈现出林林总总、纷繁复杂的特点。

20世纪20年代以来,以弗洛伊德精神分析学为基础的创伤理论研究取得了长足的发展。创伤在"一战"后就被弗洛伊德引入精神分析,但创伤理论作为一种批评思想的兴起,则源于美国的两大历史事件:一是1980年,在越战老兵长期抗争的压力下,美国心理学会正式将PTSD(创伤后应激障碍)作为一种医学疾病纳入诊断规范,这使创伤得到了全世界的关注;二是耶鲁大学自1981年开始,组建了一个犹太人大屠杀幸存者的证词档案库,其成员苏珊娜·费尔曼(Shoshana Felman)、杜里·劳伯(Dori Laub)、哈特曼(G. Hartman)、凯西·卡鲁斯(Cathy Caruth)、多米尼克·拉卡普拉(Dominick LaCapra)纷纷出版专著,形成了耶鲁学派,其中卡鲁斯主持编写的《创伤:探索记忆》(*Trauma:Explorations in Memory*)、《沉默的经验:创伤、叙事与历史》(*Unclaimed Experience:Trauma,Narrative and History*)等著作堪称其中的经典。近年来,"9·11"等大型恐袭事件的发生给人们的心灵带来创伤,引发了关于人性的深层思考,与此同时,包括移民在内的少数族裔争取民权运动的发展,揭开了边缘群体的血泪史,更推动了大量女性创伤文学作品的问世。拉卡普拉在《书写历史,书写创伤》的前言中总结道:"创伤研究占据了当今的理论界和学术界的视线……整个现代甚至后现代的文化都可以被看作是创伤性的。"(LaCapra,2001:1)

本书所论述的女性创伤叙事跨越了女权主义研究与创伤研究两个维度。如何表现这颇具广度和深度的选题?本书的方法是以点带面,通过选取英美澳等主要西方国家几位重点作家,对他们的写作主题和写作方法展开论述,从个案中提炼共性,各国的女性创伤叙事特点可见一斑。

由于其特定的历史和文化背景,英美澳等主要西方国家女性创伤叙事有着各自的书写对象和特征,不能一概而论。作为曾经的"日不落"帝国,英国在海外扩张的过程中,对殖民地人民造成了深重的灾难,也使自身的主体性处于危机中。诺贝尔文学奖得主多丽丝·莱辛早期的非洲书写描写了白人女性在非洲大地精神与肉体的毁灭,堪与康拉德的《黑暗的心》相媲美。莱辛中后期的书写描写了英国"二战"后国内风起云涌的政治文化运动,女性看似获得了自由,实际上却依然被看不见的绳索束缚。美国的南北战争和黑人民权运动是其历史上绕不过去的点,威廉·福克纳的《献给爱米丽的一朵玫瑰花》、田纳西·威廉斯的《玻璃动物园》刻画南方贵族白人女性无法适应社会南北战争后的沧桑剧变,一步步走向自闭和精神分裂。托妮·莫里森的《宠儿》描写了黑奴制给黑人女性带来的创伤,这种创伤以幽灵的方式不断纠缠着黑人女性。澳大利亚有其特定的历史和文化,18世纪白人流放犯对土著的杀戮,"二战"中被日本侵略,战后美国好莱坞商业消费文化的强势植入都在其民族性格中印上伤痕。伊丽莎白·乔利的《井》中老小姐既被好莱坞商业消费文化步步紧逼,又担心土著从某个不知名的土路上冒出来偷走她的财富。布克奖得主理查德·弗拉纳根的《单手掌声》从文学的角度出发,研究澳大利亚文学关于"二战"的创伤书写,表现东南欧女性移民的伤痛,试图在纯客观的史学记载和新历史主义的纯主观建构之间,开辟第三条道路,即用后现代文学的语言反映客观的历史创伤。这些作家的写作都带有其时代的特征,读者也可以从这几位英美澳当代作家的代表性作品中看到一个时代的背影。

本书共分为五章。第一章聚焦诺奖女作家莱辛的非洲叙事。莱辛是一位颇具传奇色彩的女性作家,她取材于早期非洲生活的短篇小说《草原日出》有着生态女性主义的端倪。《野草在歌唱》则致力于刻画农村白人女性的创伤,探讨女性的出路问题。本书第二章为莱辛的欧洲叙事,《金色笔记》中不自由的城市"自由女性"展示了"自由女性"既不可能在农村出现,也不可能在文明高度发达的欧洲城市出现。对《金色笔记》的研究争论主要集中在小说独特的网状结构上,这正是莱辛多维写作风格的写照。第三章是美国文学中的女性创伤叙事。威廉·福克纳的《献给爱米丽的一朵玫瑰花》,展示了南方贵族女性在南北战争后的形单影只;田纳西·威廉斯的《玻璃动物园》,以阿曼达母女为主要描写对象,对南方女性在城市贫民窟中的挣扎刻画入木三分;托妮·莫里森的《宠儿》描写了黑奴制给黑人女性带来的创伤,这种绝望使母亲塞丝变成了黑色的美狄亚。第四章为澳大利亚女性创伤叙事,以伊丽莎白·乔利的《井》为研究对象,分析澳大利亚社会上层、下层和土著女性的创伤,并对《井》中的女性创伤进行东方主义解读。第五章将"二战"女性创伤叙事单列一章,因为"二战"是20世纪最为惨烈的战争,给女性的心灵带来了难以磨灭的伤痛。作家理查德·弗拉纳根从家族创伤出发,聚焦《单手掌声》中的移民之痛,将创伤的发展分为规避、展演和不确定的平复三个阶段。本书希冀通过对英美澳当代重要作家女性创伤叙事研究,将创伤理论应用到现实的文本分析,探讨作品背后的家国变迁和人文关怀,从宏观和微观的角度对女性创伤叙事进行建设性研究。

3

最后,本书的创新之处是对创伤表达方式的探讨。创伤可否表达,又该如何表达? 这是横亘在女性创伤叙事面前的难题。由于突然爆发的剧烈事件"打破了人们原有的文化意义框架",由"东鳞西爪的记忆碎片"所组成的创伤记忆"无法构成认知",因此,"受创者内心一直携带着一段难以言传、无法面对的历史,或者说,受创者自身已成为一段他们完全无力把握的历史症候"(Caruth,1995:16)。创伤造成了主体思维的断裂,创伤的存在与缺席处于矛盾中,它要求被表现,但被表现时又不断逃脱。如何说出不可言说之事? 弗雷德里克·詹明信(Fredric Jameson)在分析了毕加索的名画《格尔尼卡》之后认为现代主义文学遇到的最大危机便是表达危机。这种表述困难诚然有社会因素的作用,如出于政治目的,社会不给土著、流放犯和战俘发声的机会,也是由创伤自身的特点决定的。后现代主义小说正是要"以破碎的艺术去对抗破碎的世界"。本书尝试聚焦于英美澳当代重要作家女性创伤叙事,并探讨如何通过"零度写作"、"复调"、"碎片化叙事"、"不确定叙事"等多种后现代写作手法,以一种不诉诸眼泪的、更高层次的哲学观照创造一种历历在目的情境,以一种间接的方式更精确地靠近创伤,使得无法言喻的感情与思想能够得以重现。

目录

Contents

第一章

诺奖女作家莱辛的非洲叙事

第一节 多丽丝·莱辛的研究综述

多丽丝·莱辛(Doris Lessing,1919—2013),英国女作家,诺贝尔文学奖得主,将英国皇家文学会荣誉奖、毛姆文学奖等几十项文学大奖收入囊中,被誉为继弗吉尼亚·伍尔芙(Virginia Woolf)之后最伟大的女性作家。莱辛笔名简·萨默斯,别名 CH、OBE,出生在伊朗西部克曼沙。莱辛原姓泰勒,父母是英国人。在莱辛 5 岁的时候,她父亲带着妻儿移居到南罗德西亚(现津巴布韦)的一个农场工作。向往田园生活的父亲将农场设想得过于浪漫,但现实却远非如此,漂洋过海之后莱辛的父母在当地依然是穷苦白人,处于社会的底层。但给父母挫败感的农场却是年幼的莱辛幻想的家园,她的第一部成名作——长篇小说《野草在歌唱》就是以这段童年的经历为背景。在学校里,多丽丝是一个"神经质"的女孩,她整日沉浸在自己的白日梦中,学业并无多大起色。困窘的家境加上眼疾使莱辛 16 岁开始独自谋生,先后当过电话接线员、保姆、速记员等等。当时的世界,"二战"的阴影正在逼近,各种政治运动风起云涌。莱辛青年时期积极投身反对殖民主义的左翼政治运动,曾一度参加共产党,但又因对战后的俄国失望而退党。与政治的动荡相对应的是女作家莱辛个人生活的动荡。1939 年,莱辛和法兰克·惠斯顿缔结第一次婚姻,生了一儿一女,这段婚姻维持了 4 年。1945 年,她与德国共产党人戈特弗利·莱辛结婚,生下儿子彼德,莱辛的姓也来源于此,但两人的婚姻关系也只是维持了 4 年。1949 年,离婚后的莱辛携幼子移居英国,当时莱辛两手空空,一贫如洗,全部家当是皮包中的一部小说草稿,这就是后来的《野草在歌唱》(*The Grass is Singing*,1950)。

3

即使早期在非洲的艰苦生活中,莱辛仍然没有放弃文学的追求,她十分崇拜19世纪的小说大师如狄更斯、吉卜林、司汤达尔、托尔斯泰、陀思妥耶夫斯基等人。大师们的作品陪伴她度过了在非洲的动荡岁月,成为莱辛最重要的精神伴侣,也为她的文学生涯奠定了厚实基础。

莱辛的第一部作品《野草在歌唱》于1950年出版,它以黑人男仆杀死家境拮据、心态失衡的白人女主人的案件为题材,侧重心理刻画,表现了非洲殖民地的种族压迫与种族矛盾。这与战后反殖民运动浪潮相契合,题材上也迎合了英国主流社会对"黑非洲"的猎奇心理,莱辛高超的写作技巧又使这部小说极具可读性,《野草在歌唱》使莱辛一举成名。此后莱辛陆续发表了《这原是老酋长的国度》(*This Was the Old Chief's Country*,1951)、《短篇小说五篇》(*Five Short Stories*,1953)、五部曲《暴力的孩子们》(*Children of Violence Series*,1952)、《金色笔记》(*The Golden Notebook*,1962)、《特别的猫》(*Particularly Cats*,1967)、《简述地狱之行》(*Briefing for a Descent into Hell*,1971)、《黑暗前的夏天》(*The Summer Before the Dark*,1973)、《幸存者回忆录》(*Memoirs of a Survivor*,1974)、《希卡斯塔》(*Shikasta*,1979)、《第三、四、五区域间的联姻》(*The Marriages Between Zones Three,Four and Five*,1980)、《天狼星试验》(*The Sirian Experiments*,1980)、《第八号行星代表的产生》(*The Making of the Representative for Planet 8*,1982)、《第五个孩子》(*The Fifth Child*,1988)、《又来了,爱情》(*Love,Again*,1996)、《猫语录:大帅猫的晚年》(*The Old Age of El Magnifico*,2000)。

但莱辛公认的代表作是她1962年完成的《金色笔记》,这部小说奠定了她在西方文坛的地位,使莱辛与伍尔芙并称英国文坛双子星座,并数次获得诺贝尔文学奖提名以及多个世界级文学奖项,最终于2007年获诺贝尔文学奖,成为迄今为止获奖时最年长的女性诺贝尔获奖者。此外她是第34位女性诺贝尔奖得主,在文学奖上则是第11位。2007年10月11日,瑞典皇家科学院诺贝尔奖委员会宣布将2007年度诺贝尔文学奖授予这位英国女作家并说出以下颁奖辞:"女性经历的史诗作者,用怀疑主义、才华激情和预言的力量来审视被割裂的文明"。此时莱辛已经88岁,经过多次获诺贝尔文学奖提名,对功名等身外之物早已看淡。所以,当日,诺贝尔评奖委员会新闻主编亚当·史密斯打电话采访莱辛,询问她对于颁奖辞有何感想,莱辛回答道:"您瞧,我真不明白当他们写评语时脑子里在想些什么。我的意思是说,他们面对着令人吃惊的一大堆五花八门作品,要确切地加以概括,是相当困难的,您想是吗?"可见莱辛本人对诺贝尔文学奖颁奖辞并不十分认同。其中一个重要的原因是莱辛创作风格多变,拒绝为自己的作品贴上任何标签。尽管《金色笔记》被誉为女权主义的"圣经",莱辛却拒绝人们加给她"女权主义者"的称号;尽管她一再呼唤作家的道德和良知,莱辛却不愿接受"灵魂工程师"的头衔,因为,事实上,莱辛一直是站在一个更高的对生命进行整体理解和关怀的哲学基点上来看待这个世界的,也从未把自己限定在哪个风格之上。

1993年5月,时年75岁的莱辛开始了她一生中仅有的一次访华。从5月2日到15日,莱辛先后访问了北京、西安、上海和广州四个城市。在上海社会科学院英国文学研究中心,莱辛应邀以文化交流为题发表讲话。作为白人,莱辛勇敢地指出:东西方文化交流要有所选择,取长补短,不要盲目跟风。如今在西方出现了一代"文明的野蛮人"。这体现了莱辛在第一部作品中就现出端倪的反殖民主义立场,即文化是丰富多彩的,没有高低优劣之分,西方(白人)绝不应该凌驾在东方(有色人种)之上,构建平等互助、相互交流的东西方文化对双方大有裨益。莱辛坚持这一立场,直到生命的尽头。2013年11月17日,英国女作家、2007年诺贝尔文学奖获得者多丽丝·莱辛去世,享年94岁。她的出版商哈珀·柯林斯出版社宣布,多丽丝·莱辛于周日凌晨平静地离世。出于隐私方面的考虑,她的家属并未透露她去世的原因。"多丽丝·莱辛是我们这一时代的伟大作家之一,"哈珀·柯林斯公司英国负责人查理·雷德梅因接受《卫报》采访时说,"她是一个很有吸引力的作家,有智慧,有热情,为了自己的信仰敢于战斗。"

莱辛笔耕五十多年,是位多产作家,花样层出不穷。就写作手法来看,莱辛创作前期多为现实主义,如《野草在歌唱》;莱辛创作的中期转向心理分析和苏菲主义迷思,更有晚期的"内太空"探索——她执拗地给予这个称呼,而不愿意称之为"科幻小说"。就写作主题来看,莱辛既写原始殖民地的血与火,也写欧洲文明高度发达以后的空虚;既写成人复杂而多变的阴暗内心,也写儿童的丑陋与野蛮;既写人的生存处境,也写动物(尤其是猫)的生存境遇。莱辛对猫有着执著的偏爱,可能这一种遗世独立、桀骜不驯的动物最能与莱辛产生共鸣。总之,莱辛创作风格独特多变，思想深邃，观点锐利，见解新颖，极具创造力。体裁上，除了长篇小说，还有诗歌、散文、剧本、短篇小说等。2008年，她在《泰晤士报》"1945年以来最伟大的英国作家"排行榜上列第五位。

莱辛小说的主题和风格，大致上可分为四类。

第一类大多为早期的作品，以非洲殖民地生活为背景，以争取民族独立、自由平等为题材，采用传统现实主义叙事手法，包括长篇小说《野草在歌唱》，短篇小说《非洲故事集之一：这是老酋长的国度》《短篇小说五篇》《非洲故事集之二：阳光洒在他们脚下》以及散文集《回家》等。其中《野草在歌唱》最为著名。该小说从黑人男仆杀死家境拮据、心态失衡的白人女主人的社会事件中得到灵感，侧重刻画女主人公渴望摆脱种族歧视，与黑人男仆相爱，但又无法逾越那条鸿沟的矛盾心理，从微观上表现了非洲殖民地的种族压迫与种族矛盾。因为莱辛在小说中表现了黑人男仆与白人女主人的禁忌之恋，引起了南非白人政权的恼怒，南非白人政权自1956年起，便禁止莱辛前往南非地区。一直到1995年白人政权倒台以后，她才得以重访南非，中间相隔了40年。

第二类的作品大多为莱辛回到英国所作，此时的莱辛在伦敦过着都市现代女性的生活，小说以现代妇女所面临的困境为题材，在艺术形式和技巧上先锋实验，极具后现代主义风格。此类作品包括著名五部曲《暴力的孩子们》，问鼎诺奖的《金色笔记》以及表现中老年家庭主妇无所适从的困境的《黑暗前的夏天》。在漫长的创作生涯中，莱辛小说的女主人公多为独立的女人，要么是离异的单身女人，要么是在婚姻中与丈夫貌合神离的女人。在莱辛的笔下，现代女性并没有随着女权运动的高涨而获得解放，反而更加脆弱，因为失去了传统和家庭的保护，现代女性直接暴露在男权社会的"凝视"下，男人在抛弃了这些"风骚娘们"后没有丝毫愧疚，反而认为是各取所需，留下女人独自品尝着爱的苦果。西蒙娜·德·波伏娃（Simone de Beauvoir）在被后人奉为"女权运动"的"圣经"《第二性》中认为：女人应该主动去拥抱，而不是等着被拥抱。莱辛的《金色笔记》可以看作是对《第二性》的一个反思甚至是反讽。因为小说中主动去拥抱的女人最终一无所有，还留下了"荡妇"的恶名。诺贝尔文学奖把莱辛看作是一个女权主义的先锋战士，可这对于莱辛来说却是一个莫大的讽刺。莱辛本人说过："我在六十年代不是一位积极的女权主义者，从来不是。我从来不喜欢女权运动,因为我认为这项运动的基础太意识形态化。"莱辛似乎并不太乐意被定型为"女权主义作家",或者说她更愿意从微观的角度来看问题,而不是理论的角度。

　　莱辛的第三类作品大都创作于 20 世纪 70 年代,形式是一般严肃文学不常用的科幻小说,但莱辛坚持称它们为"太空小说"或"内太空"小说。莱辛是用寓言、幻想等形式来探讨严肃文学的主题,显示现代人类所面临的危机,预言世界的未来。第三类作品包括长篇小说《简述地狱之行》《幸存者的回忆》,系列小说《南船星系中的老人星座:档案》等。莱辛后期还深受"苏菲派"的影响,这是一种伊斯兰教神秘主义教派,产生于 7 世纪末至 8 世纪初,是以《古兰经》的某些经文为依据,并吸收新柏拉图主义和外来的宗教思想而逐渐形成,提倡苦行禁欲为特征的个人修行方式,并认为修行者可以直接认识安拉,这一点与美国的超验主义颇有相似之处。莱辛在苏菲派的影响下,创作了《什卡斯塔》(1979 年)、《第三、四、五区域间的联姻》(1980 年)、《天狼星试验》(1981 年)、《八号行星代表的产生》(1982 年)等小说。

　　莱辛的"太空小说"是最为主流文学批评界所忽视的,她获得诺贝尔文学奖也是源于"女性经历的史诗作者,用怀疑主义、才华激情和预言的力量来审视被割裂的文明。"这主要还是第二类作品。当代美国著名文学教授、耶鲁学派批评家、《西方正典》(1994)的作者哈罗德·布鲁姆(Harold Bloom)对莱辛的这类作品毫不客气,他曾对美联社记者说:"莱辛过去 15 年的作品不具可读性,是第四流科幻小说。"然而当时已经进入老年的莱辛并不因此退却,她认为她的"太空小说"或"内太空"小说从浪漫主义出发,探索超越理性与自我的领域,是在一个更高的层次上探讨她的生命哲学,是对流动的世界和苏菲主义进行了精辟的分析,是超越现实表征世界的形而上的哲思。这是她引以为豪的创作,尽管她有可能像尼采那样不为当时的世人所理解,却依旧不改初衷。

　　莱辛的第四类作品很大一部分创作于 20 世纪 70 年代,与莱辛的第三类作品创作时间有重叠。这次莱辛又回到一开始的现实主义叙事风格,只是文风更为简洁,每部小说重点刻画一个社会现实问题,风格与题材十分多样。小说《简·索默斯日记》写独身妇女孤立无援的困境,这也是她个人经历的一部分。《好恐怖分子》写环境保护主义者的斗争,甚至不惜被大众误认为是恐怖分子。

英美澳当代重要作家女性创伤叙事研究

7

《第五个孩子》写一个怪诞而令人震惊的青少年暴力故事。《天黑前的夏天》讲述了一位中年家庭主妇的精神危机：一个中产阶级的家庭主妇在伦敦郊区过着貌似完美的生活，但夏日来临之时，某个突发事件打破了她生活的常规，使她有了非同寻常的体验。小说展示了女性在成熟和衰老过程中内心关于时间、婚姻、自我、性的困惑与迷乱。《天黑前的夏天》获得如潮好评，被《纽约时报》誉为"继马尔克斯的《百年孤独》之后最好的小说"。散文集《风儿吹走了我们的话》支持阿富汗民族独立斗争。《又来了，爱情》写老年人的感情纠葛，主流文化认为爱情是年轻人的专利，如同好莱坞电影的男女主角永远是俊男靓女那样。但在莱辛的内心中，爱情是人类的基本权利，与年龄无关，与美丑无关。爱情如同柏拉图所言，是追求复归整体人生的必备之物，然而，老人却非常不幸地被剥夺了这最基本的人权。莱辛站在人道主义立场，为了维护老年人这一最基本的权利，发出了自己的呐喊。

莱辛共出版两卷回忆录，叙述其从童年到 50 年代的生活，其中之一就是《幸存者回忆录》，这部重磅作品以富于哲人气质的深邃和诗人的想象探讨了人类文明的前途。正当读者期待暮年的莱辛接下来该书写回忆录的第三部分叙述其 60 年代的生活时，一贯特立独行的莱辛却恰好相反，她用小说手法而不是回忆录的方式来描写这段生活，并取名《最甜蜜的梦》（*The Sweetest Dream*, 2001），个中缘由有如 81 岁的莱辛在《最甜蜜的梦》序言中所言："关于60 年代的经历，我不再写第三部自传，如果写下去，有可能会伤害脆弱的人们。"但无可否认的是在《最甜蜜的梦》中，大量的故事取材于莱辛 60 年代的个人经历。小说横跨欧非两洲，纵跨数十载，真实地反映了 60 年代战争、民权运动和青年人的迷茫。祖母朱莉娅和母亲弗兰西斯类似于文坛的母亲，60 年代无家可归的文学青年围坐在她们餐桌旁，谈理想，谈抱负，甚至有的青年怀着满腔热情去南非乡村寻求生活的意义，但生活却没有善待这些青年，去非洲的年轻人也最终死于艾滋病，正如小说的题目暗示的那样，一切的痛苦和快乐都如同梦境。

在《最甜蜜的梦》里，莱辛通过讲述弗兰西斯和其前夫约翰尼的故事，认为"妇女在 60 年代转错方向"。莱辛说："我不喜欢 60 年代，我不喜欢女性那时的所说所为,比如她们吹嘘和多少男人睡过觉。""1960 年代的运动本身没错。在那之前,男人对女人可恶至极,"她说,"但是转变太大了。我对某些女人对男人的说话方式感到吃惊。"她将六七十年代妇女解放归功于技术的进步而非女权主义。她认为,避孕药片和家用电器,比如洗碗器,将女性从繁琐的家庭生活中解放出来,作用要比意识形态更大。女权主义者小说家费伊·韦尔登(Fay Weldon)对此持部分认同的态度,她不同意"60 年代的运动转错了方向",但也认同新技术的发展对女权主义的发展有推动作用。韦尔登 1999 年的小说《大女人》(Big Women),就是以一个 70 年代的女出版人为主人公,表达了韦尔登对女权主义运动的见解。但莱辛的这一观点也容易为男权主义者所利用,戴维·托马斯(David Thomas)在他的书《无罪》(No Guilty)中公开为男人辩护。他认为既然莱辛说"妇女让女权主义的政治日程给搞得分散了精力",而且,"今日妇女过于粗鲁,妇女能说出男人不敢对女人说的话",托马斯认为男人应该停止对自己身为男人而道歉。

2013 年 11 月 17 日,英国女作家、2007 年诺贝尔文学奖获得者多丽丝·莱辛于凌晨平静地离世,享年 94 岁。此时距 2007 年莱辛 88 岁寿辰前夕获得诺贝尔文学奖已经过去 6 年,莱辛生前一向特立独行,不在乎别人的评价,坚持按自己的内心创作,去世后,是非功过都由后人评说。对莱辛的负面评价主要集中在她的第三类作品上,批评者以哈罗德·布鲁姆为首。对其他类型的小说评论界多为褒誉之词,她的出版商哈珀·柯林斯出版社负责人查理·雷德梅因接受《卫报》采访时说,"她是一个很有吸引力的作家,有智慧,有热情,为了自己的信仰敢于战斗。"英国作家 A. S. 拜厄特对《卫报》记者表示,"莱辛是极少数天才的文学预言家之一,她预见的很多问题,后来的确成为现实。"《纽约时报》发表评论说,此次莱辛获诺贝尔文学奖是"对文学原点的一次真正回归"。意大利作家翁贝托·埃科接受《泰晤士报》采访时认为,"莱辛绝对配获得此奖(诺贝尔文学奖)"。武汉大学教授、博士生导师、文学评论家樊星对多丽丝·莱辛旺盛的创作活力颇为惊叹,莱辛能在八十多岁的高龄坚持创作,是一位高产且风格多变的作家。这是诺贝尔文学奖所鼓励的,也是她能获奖的原因。人物个性鲜明的多产作家多丽丝·莱辛是当代英国文坛上最重要的作家之一,她的作品广泛涉及殖民主义、女性主义、种族隔离等社会和政治热点问题,曾多次获得诺贝尔文学奖提名以及多个世界级文学奖项,思想深邃,极具挑战性。

总而言之,莱辛用自己的小说践行了"为人生而艺术"的创作理念,她没有躲在学术的象牙塔里,而是用毕生的精力,对种族歧视、男女两性关系、美苏大国争霸、原子弹、环境污染、科学危机、青少年犯罪、老人权利等社会问题进行了深深的思考。她的每一部作品,都是对一个或两个社会问题思考的结晶。她认为,小说作为政治性文学形式,应该要能反映社会现实问题,作家的任务是提出问题,启发读者去思考、去争论,像新批评那样躲在文本中,去追求文本的自足性是不可取的。她希望自己的作品能给读者以暴风雨般的文学震荡。作为一位不倦的求索者,莱辛的生命哲学理念、漩涡与喷泉、"双性同体"、后现代主义的写作特色都对 20 世纪的写作产生很大的推动作用。本章下文将从生态女性主义、女性创伤叙事等角度切入,对莱辛的写作手法进行多维阐释。

第二节　《草原日出》中的生态女性主义

　　生态女性主义（ecofeminism；ecological feminism）起源于 20 世纪 60 年代，是女权运动和生态运动相结合的产物，既是女性主义研究的重要流派之一，也是生态哲学的重要流派之一。随着全球环境污染的加重，生态女性主义得到了越来越多的机构和学者的注意。生态女性主义，是从女性性别的角度来看待生态问题，指出人对自然的统治与父权压迫女性同出一辙，都是在根植于以家长制为逻辑的认识之上，对世界进行简单粗暴、一分为二的统治，从而对此进行深入的批判。

　　无独有偶，20 世纪 60 年代以后人类生态运动发展具有里程碑的三篇文献的作者均是女性。首先是美国生物学家雷切尔·卡森的《寂静的春天》（*Silent Spring*，1962），卡森在书中揭露了人类滥用杀虫剂而导致生态灾难，尤其是详细阐述了杀虫剂 DDT 对野生虫类的危害，间接造成鸟类的灭绝。卡森将生态保护提高到了哲理层面，她认为，经济发展并非是人类发展的终极目标，与自然万物和谐共存才是持续发展的必需前提和最高标准。究其根本，卡森宣扬的是一种整体的生态观，这种生态观与超验主义者亨利·大卫·梭罗（Henry David Thoreau，1817—1862）在《瓦尔登湖》（*Walden*）中表达的生态观一脉相承，是一种尊敬自然、热爱万物的思想。她说："我们还在使用'征服'这个词。我们还没有成熟到懂得我们只是巨大而不可思议的宇宙的一个小小的部分……人是自然的一部分。那么，他的反自然的战争必然也是针对自己的战争。"卡森十分坚定地认为，只有以"生态圈"的和谐共荣为最高目标，才能真正挽救这个星球上的万物和作为万物之一的人类。当时，卡森《寂静的春天》的出版不仅是学术事件，更是社会事件，甚至对作家的人身安全造成了威胁。卡森作品的一次次再版和发行引起了杀虫剂制造商的恐慌，农场主、某些科学家和杀虫剂产业的支持者对卡森展开了猛烈甚至恶毒的攻击。但卡森《寂静的春天》所引起的人们对生态的关注却势如破竹,不可抵挡。曾任克林顿的副总统、环保主义者、诺贝尔和平奖获得者阿尔·戈尔曾公开表示,正是受了卡森的启迪,他才投身生态保护事业。他在《寂静的春天》中文版的"前言"中这样评价此书:"《寂静的春天》播下了新行动主义的种子,并且已经蓄积成为空前强大的力量。1964 年春天,雷切尔·卡森去世后,一切都清楚了,她的声音永远不会沉寂。她唤醒的不只是美国,而是整个世界。《寂静的春天》的出版标志着现代环保运动的开始。"(卡森,2015:7)

其次是英国经济学家巴巴拉·沃德在 1972 年瑞典首都斯德哥尔摩第一次人类环境大会上提交的报告:《我们只有一个地球》。沃德用经济学家的敏锐和女性的热忱,传播了一个似乎正在被疯狂追求经济利益的人们遗忘了的事实:我们只有一个地球。《我们只有一个地球》成了这次大会的理论准备和精神纲领。如果说沃德的报告更多的是强调经济方面,最后挪威前首相布伦特兰夫人于 1987 年向联合国大会提交的报告《我们共同的未来》更多的是从政治文化方面入手,她号召人们改变人类固有的思维方式,从人类共同体这一宏大的历史高度来看待环境保护。举世公认的"可持续发展战略"(the strategy of sustainable development)正是布伦特兰夫人率先提出的。

女权运动不断和生态运动相结合是与女性自身的生理心理特点分不开的,女性担负着生儿育女、培育下一代的重任,环境的污染直接影响下一代的健康。女性生理上比男性要弱,环境污染对女性损害更大。女性心理上的同情心、同理心也使她们对其他物种的痛苦感同身受,她们从女性的视角出发,希望解决生态危机,重建环境中各因素的平衡。生态女性主义运动从 20 世纪 70 年代以来就一直在不断地发展,引发了一个又一个的社会热点话题:实验动物待遇、核技术、科技观、战争、女性权益。生态女性主义运动将对男权压迫的反抗延伸到对一切压迫的反抗,批判人类以主人的姿态凌驾在自然之上,对自然进行简单粗暴的过度索取和征服。如同男性对女性的压迫必然导致反抗那样,人类对自然的征服必然会导致自然对人类的报复。

女性对生态运动的热忱不仅体现在著书立说上,更体现在行动中。2005 年,肯尼亚环境部副部长马塔伊教授,一位从非洲走出来女性,登上了诺贝尔和平奖的领奖台。她的获奖缘由是她为了改造肯尼亚的环境,组织肯尼亚妇女种下了 5 000 万棵树。她坚持不懈的行动征服了评委,成了第一个因环境保护而获得诺贝尔和平奖的政治家。在瑞典,生态女性主义者把因在森林中使用除草剂而受污染的浆果做成的果酱送给议员,以抗议农药的使用;在印度,生态女性主义者参加"抱树运动",她们将树团团围住,以保护将被乱砍滥伐用作燃料的树木;在肯尼亚,她们在马塔伊教授的带领下积极植树,投身于肯尼亚的"绿色运动",以使沙漠变成绿洲,建设美丽新家园;英国的生态女性主义者走上街头,抗议核导弹对地球上生命的威胁;德国的绿党在生态女性主义者的帮助下成立,以追求国家及地球的绿色未来为目标;1987 年,在《寂静的春天》一书发表 25 周年之际,生态女性主义者召开盛大的纪念活动,号召更多的人关注生态系统,以保护地球的生态环境。生态女性主义的发展甚至超出了女性的界限,越来越多的男性加入了生态女性主义运动,澳大利亚的作家理查德·弗拉纳根就加入塔斯马尼亚的绿党,反对州长的伐木和采煤计划,并不惜因此受到整个塔州官僚集团的批判。

　　目前,生态研究是较为热门的话题,以生态女性主义为主题在中国知网上搜索,共有 1 300 多条记录,中国知网博硕士论文库共有 550 多篇论文。一系列国家社科项目都与生态保护有关,如华中师范大学毛华兵的"马克思主义自然观的生态文明意蕴及实践价值研究",中央财经大学李国平的"基于碳排放视角的中国生态价值补偿标准统计研究",东南大学杨煜的"生态文明建设的协同治理与动态推进研究",中国地质大学张欢的"城市群生态文明协同发展机制与政策研究"。郑州大学周毅刚的"生态女性主义视域下城市健身圈建设研究"是从体育学的角度研究生态、杭州师范大学汤剑波的"生态福利的伦理研究"是从哲学的角度切入。在外国文学学科领域研究生态成果卓越的是苏州大学的朱新福教授,他的课题"美国自然诗歌中的生态环境主题与国家发展思想研究"获 2017 年国家社科基金项目立项,朱新福教授的博士论文即为《美国生态文学研究》,他发表的《后殖民生态批评述略》《美国生态文学批评述略》《托尼·莫里森的族裔文化语境》《加里·斯奈德的生态视域和自然思想》《美国文学上荒野描写的生态意义述略》《在寂静的春天里创作的普拉斯》等二十多篇论文刊载于《外国文学研究》《当代外国文学》《外国语文》《外国文学评论》等权威杂志。生态女性主义所倡导的多元生态文化,表层的口号是保护生态环境,将高高在上的人类看作是生态系统中的一个链条,其深层的含义是反

13

对二元对立的逻各斯中心主义,反对在权力关系中将一方看作是主宰的、主要的,另一方看作是被统治的、次要的。生态女性主义所倡导的万物之间和谐的可持续发展,正是一种充满爱和关怀的伦理价值,天地之间包括人在内,万物相互依赖,反对充满等级感的各种形式的歧视。

闻名英国战后文坛的多丽丝·莱辛,以自己卓越的艺术成就而被誉为继女权主义小说家伍尔芙之后最伟大的女性作家。在多丽丝·莱辛的一系列代表作品如《野草在歌唱》《金色笔记》《暴力的孩子》《堕入地狱简况》《黑暗前的夏天》《最甜的梦》《爱情,又来了》中,评论界最关注的是《金色笔记》,但莱辛却拒绝将《金色笔记》单一解读为"女权主义的圣经",她同时也拒绝人们给予她"女权主义者"的称号,也不愿接受"灵魂工程师"的头衔。在她看来,呼唤社会的道德和良知,站在一个更高的对生命进行整体理解和关怀的哲学基点上来看待这个世界本是作家的天职,并没有任何值得特别骄傲之处。长期以来,对多丽丝·莱辛的研究多从女权主义、种族主义甚至意识形态的角度,即使有研究者从生态主义角度切入,也是以分析长篇小说《野草在歌唱》居多,而《野草在歌唱》作为长篇小说,涵盖内容之广、话题之多,混杂了种族、女权问题,读者往往会被情节的张力所俘获,忘记探索深层次的意义,事实上其生态主义远不如短篇小说《草原日出》典型。就表现力而言,短篇小说并不亚于长篇小说。20世纪杰出的小说家欧内斯特·米勒尔·海明威(Ernest Miller Hemingway)就对短篇小说这一文体情有独钟。他的小说描写精准,对白简短,概括有力,很好地体现了他的"八分之一冰山理论"。"冰山理论"是海明威1932年在他的纪实性作品《午后之死》(Death in the Afternoon)中提出的。海明威以"冰山"为喻,认为作家写小说只应描绘"冰山"露出水面上面的部分,水下的部分是文章的隐含意义,作者应该留下空白,让读者去想象和思考。至今为止,没有文学研究表明多丽丝·莱辛是否受到了海明威的影响,但短篇小说《草原日出》无疑是极具代表性与震撼力的佳作,很好地实践了海明威的"冰山理论"。多丽丝·莱辛对《草原日出》也丝毫不掩饰其偏爱,正如她在1964年所说:"我最喜欢的不一定就是常被翻译的那几篇——而例如《草原日出》,还有《七月寒冬》,比起那些直接讨论社会问题的篇章来说其实内涵更为丰富。"(莱辛,1964:1)

初读起来,小说《草原日出》描写了一个普通得不能再普通的故事。故事的发生地是南非草原,主人公是15岁的白人少年,青春期的他用拒绝睡觉来控制自己的身体,他在黎明日出前出门狩猎,刚进入青春期的少年充满了成长的快乐,他觉得自己的精神可以控制肉体,进而控制自己生活中的一切,包括大自然。正当少年在广袤的非洲草原上自豪地奔跑时,意外发生了,一头受伤的小鹿闯入他的视线,小鹿的腿骨受伤流血,但伤势不重,正常情况应该有能力痊愈。但下一秒,巨型群蚁嗅着血腥而来,少年眼睁睁地看着美丽的小鹿被巨型群蚁活活啃食。少年被这残酷血腥的场面所震惊,巨型群蚁眼中贪婪的光使他十分恶心。他很想帮助小鹿,但他又马上想到生命和自然法则的短暂无情,在食物链中,小鹿吃草,蚂蚁吃鹿,没有高下之分,丑陋的巨型群蚁与英俊的小鹿同样享有生存的权利。

少年强迫自己不干涉自然的进程。然而最后让他内疚的是,他突然顿悟到正是自己前几天一次不负责任的狩猎击中了小鹿的腿骨,使小鹿的伤口流血,巨型群蚁嗅着血腥而来,将一瘸一拐的小鹿活活啃食,而导致这一切的根源正是少年的随意之举,小鹿之死本可以避免。结尾处,少年痛苦地思索着,这也可以看作是少年心中生态女性主义的萌芽。《草原日出》常常被评论家认为是成长小说,因为它描述了一个少年心理的成长和成熟,与查尔斯·狄更斯(Charles Dickens)的《雾都孤儿》相似。然而,从深层次看,或者说从几十年后现代读者的眼光来看,小说中无时无刻不显示出一种深刻的生态女性主义的反思,一个白人少年生理、心理上要驾驭一切的愿望,他的狩猎无不展现了一种男权中心主义,小鹿之死展现了男权中心主义的二元论对自然的伤害,少年的痛苦也源自于男权主义衍生出的人类与自然生态的对立,而这种对立在《草原日出》中又具体表现为少年的精神与肉体、人类中心主义与广袤的非洲大草原的对立。小说在一个普通少年的成长故事外表下,从深层次展现生态女性主义意识,揭示了男权中心主义将女性边缘化,由此导出人类将自然边缘化。二元论是建立在对自然和女性的压迫上的,对二者都有深深的伤害,生态女性主义就是呼吁重建人与自然的和谐。

一、精神与肉体的对立

《草原日出》中的对立首先体现在精神与肉体的对立上。柏拉图(Plato)式的传统二元论,把精神与肉体看作是对抗性的、排他性的,而不是互补性的、包容性的,精神一方凌驾于肉体一方之上。或者说,二元论中,更高的价值或地位属于"理性""精神"和"男性"群体,而不是"感性""身体"和"女性"群体。最典型的例子是柏拉图定义的"精神恋爱",这种爱认为情欲是肮脏和感性的,与真正的爱情相对立,爱情和情欲不可能共存,真正爱一个人的时候不可能会有肉体上的欲望。后来的学界推测柏拉图的精神恋爱,实际上是同性之爱,古希腊同性恋之间灵交、神交盛行,而女性此时很少有机会接受教育,男人很难从女人中找到精神上对等的伴侣,这就是柏拉图把男性之间的爱情看作是"真正的爱情""超凡脱俗的爱""经得起时间考验的爱",而只把男女之间的感情看作情欲的原因。传统观念认为肉体总是不如心灵、精神那么高贵,因此"感性"要服从"理性","女性"要臣服于"男性",而"自然"则服从"人类"。

从这一角度来分析,人对于自然界的支配和压迫源于精神对肉体的压迫。精神对肉体的征服在短篇小说《草原日出》中有着典型的表现,它首先表现在处于青春期少年对肉体的征服。为了证明自己的精神能控制身体的任何一部分,甚至包括大脑,少年曾连续三个晚上不睡觉,白天仍然坚持工作,他甚至拒绝承认自己会累,他认为睡眠是意志薄弱想要睡觉而已。而少年在成功地控制了自己的身体以后,就想要控制整个世界,他骄傲地以征服者的姿态奔跑在黎明的南非草原上狩猎。打猎这一从原始社会流传下来的习俗,充满了男性的阳刚之气。在很多考古发现中都有狩猎岩画,描绘着猎人和受伤的动物形象,记录部落的重要历史和光荣。在许多现代的国家和地区,如苏格兰,少年成长为男人的标志依然以能否独立猎到野兽为准。打猎也充满了血腥和暴力,它通过对他者肉体消灭的方式彻底确立了动物对人类身体的无条件臣服,体现了人类对自然界的控制和压迫。

《草原日出》中少年将对自我肉体的控制扩大到了对别的动物肉体的控制。这样的描写不难使人联想到"硬汉"小说中的"英雄"形象,如海明威的《老人与海》。但这种"硬汉"式勇敢与坚强往往在对自然的征服甚至杀戮中得到体现。《老人与海》以老人捕猎大鱼为题材,《乞力马扎罗的雪》中作家哈里去非洲的目的是狩猎,在他受伤感染临死前他做了一个梦,他梦见自己乘着飞机,向非洲最高峰——乞力马扎罗的山顶飞去,这说到底还是对自然的征服。少年就认为自己是这样的"孤胆英雄"。少年以自己是世界的主宰自居,这是一种典型的自我中心主义,会由最初的控制自己的肉体逐渐发展到要控制环境,控制他人。已经15岁的少年一开始便抑制不住内心的狂喜,这是成功驾驭自己肉体、驾驭草原后的狂喜。直到他无意中撞见清晨草原上蚂蚁如潮水般成群结队蚕食受伤小鹿,小鹿痛苦的挣扎使他受到了强烈的刺激。此时,肉体挣脱了精神的控制,肉体不再是精神的奴隶,而是强烈地冲击着精神。纵使少年有钢铁般的意志,少年也不由自主地感到恶心、恐惧、战栗,他在精神上受到了极大的刺激。而作家莱辛选择年轻漂亮的雄鹿作为死亡的主体,而不是老弱病残,也有着极强的隐喻。老弱病残的死亡可以说是自然界的规律,年轻漂亮的雄鹿死亡应该是人为干预下的非自然结果。年轻的雄鹿正如同青春期少年,不久前他还像国王那样骄傲地漫步在广阔的大草原上,似乎一切尽在掌握,后腿的小伤口却使他在瞬间丧生蚁腹。这象征着男权中心主义看似强大,实则不堪一击,任何一个小概率事件都会带来灭顶之灾。其隐喻是男权中心主义中精神与肉体、男性与女性、人类与自然的对立,一方面使女性和自然沦为父权制文化的牺牲品,遭受压迫、统治,并被边缘化,处于"他者"和"失语"的地位;另一方面女性和自然的消灭最终也将导致男性与人类自身的毁灭。其典型的例证是,在现代社会,科技在使人类不断进化的同时也在不断地异化。由于人和自然的关系被传统二元论所割裂,人和自然的平衡被打破,人类文明正面临着越来越严峻的生态危机和生存危机,核战争的威胁、基因突变、水污染、温室效应等世界末日的阴影笼罩在人类头上。

二、人类中心主义与广袤的非洲大草原的对立

中世纪的欧洲一切都是宗教的婢女,与提出"存天理、灭人欲"朱熹理学思想如出一辙,尽管这在反对人类无止境贪欲、严格要求自己上有一定的积极意义,但总体上还是禁锢了人的自由。启蒙运动的发展就是首先肯定了人的价值。起源于法国的启蒙运动是十八世纪横扫欧洲的一次波澜壮阔的思想解放运动,它以封建专制制度和它的精神象征——天主教会势力为斗争对象,"启蒙"一词在法文、德文、英文原文里均含有"以光明驱逐黑暗"之意,与"黑暗的中世纪"相对立。在众多启蒙思想家中,伊曼努尔·康德最早提出"人是目的"这一命题,其主要思想是人是目的,人就是人,而不是神或其他达到任何目的的工具。康德强调人的重要性,才提出"人是目的"这一命题,这被认为是人类中心主义在理论上完成的标志。在人与自然的伦理关系中,即只有拥有意识的人类才是主体,自然是客体,价值评价的尺

度必须始终掌控在人类手中，一切应当以人类的利益为出发点和归宿。这样的观点放在当时的历史语境中，并没有问题。培根把人类中心主义由理论形态推向了实践，他的"知识就是力量"的口号，鼓励人们用科学知识改造自然，为人类的利益服务。启蒙思想家的著作鼓励人们向自然进军，破除中世纪对自然的盲目崇拜，提高人类的生活质量，这在当时的历史条件下，是有积极意义的，但经过数百年的发展，尤其是20世纪以来，骄横的人类以自然界主人的姿态，以科学技术为武器大规模地向自然进军，自然界被看作是一个供人任意索取的原料仓库，人完全依据其感性的意愿来满足自身的需要，全然不顾自然界的内在平衡和可再生性。进入21世纪以后，环境污染、温室效应愈演愈烈，伴随着这些全球性问题的出现，人类中心主义受到了前所未有的挑战。生态伦理学的发展就是对人类中心主义的反思和拨乱反正。

小说《草原日出》中，15岁的少年奔跑在草原上，认为自己无所不能，世上的一切都取决于自己的精神，心中充满了征服的快感。世界就是他自己，还有周围他能够体会感受、能够控制的世界，而他则是这个世界的中心。这是一种典型的人类中心主义。少年也一直处在这种极度自负的心态之中，直到他看到受伤的小鹿在蚂蚁的围攻下痛苦地抽搐，心灵受到了强烈地震撼。这使他认识到在他的王国中，也有他这位国王不能控制的事。他无力拯救垂死的小鹿，小鹿被巨型蚂蚁啃食又是如此令人恶心。在恐惧和怜悯中，他的第一反应是举枪结束小鹿的痛苦。此时少年感受到了小鹿的痛苦，并且觉得自己有责任去解救它。这是人类中心主义的退却，非人类中心思想的萌芽。生态女性主义中以皮特·辛格为代表的动物解放主义认为，动物和人一样能感受痛苦和愉快，因而它具有与人平等的权利，我们不能为了人类的利益而牺牲动物。汤姆·雷根认为，人类与动物都是生命的体验主体，动物不是为人类而存在的，它也具有天赋价值，具有动物权利，即不遭受不应遭受的痛苦的权利和享受应当享受的愉快的权利。

《草原日出》中，15岁的少年对小鹿十分同情，但他强迫自己不向蚂蚁射击，他提醒自己这是生命和自然法则的短暂无情，强迫自己接受这一草原的自然法则。这个自然法则是独立存在的，有其自身的发展规律，是不以人类的意志为转移的。所以少年强忍住刺鼻的酸臭，和胃里的痉挛，说服自己蚂蚁也得吃东西。他强忍住泪水，一遍遍地喃喃自语：我无法制止，我无能为力。青春期的少年是在无意识中做这一切的,但这正是生态女性主义在少年心中萌芽并长成参天大树的标志。生态中心论把人类道德关怀和权利主体的范围扩展到了整个生态系统,强调的是生态系统的整体性。生态中心论认为,生态伦理学必须把道德客体的范围扩展至生态系统,认为凡是有生命的存在物都应当得到道德上的同等尊重。代表人物施韦兹提出了"敬畏生命的伦理学",认为伦理的基本原则是敬畏生命,生命没有等级之分,一切生命都是神圣的。所以尽管蚂蚁在少年的眼中又肥又丑,眼睛里泛着贪婪的光,是卑贱和邪恶的象征,作为生命体,他们同样享有不可剥夺的生存权,他们同样也是生态系统不可或缺的一部分。

正是在广袤的非洲大草原上,少年无意识中完成了由人类中心主义向生态中心主义的转变。此时,生机勃勃的非洲大草原是少年成长路上的引路人。爱默生和梭罗等美国超验主义作家认为:沐浴在清新的大自然中是获得神启的重要途径。在《草原日出》中,莱辛将故事发生地放在了最具原生态色彩的环境之中——南非草原,时间是日出时分,这正是一天中大自然最美的时候。鸟儿在少年的脚边歌唱,草叶上的露珠闪耀着光芒,玫瑰色云彩漂浮在金色湖面般的天空中。少年甚至忘了自己是来打猎的。此时此地,人类完全有可能摆脱传统二元论的束缚,真正认识和了解自然。人类活动在广袤的非洲大草原上,就像那低矮的房子卑微地蜷缩在高阔的天空里那样,是何等渺小。瑰丽壮美的草原显示了使人震撼的美的力量,使人类摆脱了高傲,认识到自己只是自然万物的一部分。少年充满激情地以征服者的姿态在草原上奔跑时,他内心也暗暗惧怕大自然的力量。他怕会扭伤脚踝,从而像小鹿一样命丧草原。人类中心主义的傲慢在广袤的非洲大草原面前显得如此滑稽和渺小。

三、生态女性主义中的人文关怀

生态女性主义批判西方传统等级二元论及统治逻辑,指出这种以男性、人类为中心的世界观造成男人与女人、人与自然的对立。西方传统等级二元论中男性/人类以统治者的姿态自居,对自然、女性或者其他不同族裔实施压迫和奴役,视女性/自然为他者。生态女性主义世界观把自然看作完整的有机体,承认自然的内在价值,相信人与其他物种、大地的价值是平等的,而且组成一个不可分割的有机整体。生态与女性密不可分,因为女性生育的特质与自然密切联系,有责任也更有希望结束人统治自然的现状,治愈人与非人自然之间的疏离。在《草原日出》中,广袤的非洲大草原如母亲般孕育着万物,日出把大地和草木镀上金光,整个灌木丛在晨光中轻轻摇曳,树上洒下银子般的毛毛细雨,几英亩长的野草饱含着露珠,向光滑的天空投射一股忽明忽暗的微光。这时一群野鸟在草丛中冲向天空,尖叫着宣布新的一天的开始。还有草原上这片闪烁的河水缓缓而流,河水是草原的生命线,见证着数千年来的日出和日落。大自然的这一切都洋溢着女性生命的张力,赞美着生命的美好和神奇。在广袤的非洲大草原上,孩子、鹿、蚂蚁都是自然母亲的产物,作为生态链的参与者,他们无高低贵贱之分,其生存的需求甚至情感需要都应得到同样的尊重。正是内心深处意识到这一点,白人少年才对故事中那只小鹿的惨死耿耿于怀,良心不得安宁。因为很可能是少年无意中射伤了小鹿的后腿,才使它在巨蚁的啃食下沦为一堆白骨。这里也可以解读出作家当时就有的隐秘的生态女性主义思想。在生态女性主义看来,正是男性"成功"、"刚强"、"征服"的神话伤害着生态环境,因为这种追求无止境的发展,鼓励人类战胜自然,做自然的主宰者的心态,不可避免地导致人类向自然无休止地索取,一旦自然走向崩溃,最终结局是生态系统和人类自身的毁灭。因此,只有当感性与理性、女性与男性、人类与自然摆脱二元论的对立,重建相互联系、相互依存的新型关系时,才可能摆脱自身的危机,实现万物的和谐。

短篇小说《草原日出》,创作于莱辛文学生涯的起点。小说中无论是非洲草原的景物描写还是青春期少年的心理刻画,及至群蚁啃食小鹿的高潮部分,从情节铺垫到气氛烘托,都十分出彩,其全盛期的很多作品都可以在此找到雏形。短篇小说《草原日出》并无具体的人名,这不是作家的疏忽大意,而是匠心独运。因为莱辛是站在对生命整体理解的基点之上关注个体的命运的,无名的主人公更具代表性。而她揭示男权社会二元论统治逻辑对自然和女性的压迫,呼吁重建人与人之间,人与自然之间的和谐,字里行间体现了超前的生态女性主义思考和深厚的人文关怀。

莱辛与传统的女作家如简·奥斯汀不同,她很少把精力投入到琐碎的家庭生活和精致的细节上,也很少描写上流社会太太小姐的闲言碎语,这与她自身的经历是不可分的:从非洲到欧洲,莱辛孤身一人,勇闯天涯,某种程度上,她就是海明威笔下的硬汉,她的作品很大程度上都是自传体的,极富探索精神,重灵感而轻雕琢。莱辛的短篇小说《草原日出》笔调轻盈,笔力雄奇,其独特的创作风格自即时起已经初具雏形。

第三节 《野草在歌唱》中农村
白人女性的创伤

《野草在歌唱》在 1950 年出版，是莱辛的第一部长篇小说，也是她初登英国文坛的成名作。这部小说以作家早期非洲的艰苦生活为背景，描写了女主人公玛丽身陷种族和性别困境中的绝望与挣扎。故事的梗概如下：玛丽是南非的土生白人，自幼家境贫困，生活在与土著黑人混居的村落里。虽然是白人，玛丽的少女时代与简·奥斯汀笔下欧洲上流社会太太小姐精致的生活相去甚远。相反，她的生活更像是当地的土著黑人，终日在贫困、炎热、暴力的环境中劳作。在玛丽的童年时代，他的父亲从事繁重的体力劳动，他经常会把这种对工作对生活的愤怒发泄到家里。玛丽的母亲，任劳任怨地忍受着贫困和自己丈夫的大男子主义压迫。玛丽从小缺乏家庭的温暖，对男人也充满了恐惧。工作以后，玛丽在大城市找了一份文员的工作，终于过上了自己向往的自由自在的生活，但是迫于社会的压力，她最后还是跟迪克结婚。迪克十分向往农村的生活，他执意要求玛丽跟他一起搬往农村的牧场，这时候玛丽绝望地发现自己已经走上了母亲的老路。迪克终日在牧场上劳作，对玛丽十分冷漠。玛丽在封闭落后灰尘漫天的乡下过着绝望的生活，她本能地渴望摆脱这种恶性循环的生存状况，却无能为力。黑人雇工摩西的出现给玛丽麻木混沌的生活打上了一针兴奋剂，绝望中的她紧紧抓住了这根救命稻草。摩西的爱给了她新生的力量，玛丽被摩西吸引并与他发生了肉体关系。然而，婚外之恋再加上种族歧视注定了他们必将有一个悲惨的结局。玛丽和摩西的关系被人发现后为世人所不齿，玛丽无法承受这种社会压力，抛弃了摩西。摩西在争吵中盛怒之下失手杀死了玛丽，最后平静报案，等待警察的抓捕。

《野草在歌唱》因为暴露非洲殖民地的种族压迫与种族矛盾使南非当局大为光火，莱辛在几十年的时间内都未能重新踏上南非的土地。对《野草在歌唱》的解读很多都集中在后殖民主义的角度，强调黑人与白人的冲突。但研究者忽视了一点，从父亲到丈夫再到婚外的黑人情人，女主人公一直生活在男权主义的压迫下，父亲和丈夫在精神上杀死了玛丽，情人最终在肉体上杀死了玛丽。女性经验的创伤书写是《野草在歌唱》的特色。这种绝望的感情在澳大利亚当代作家考琳·麦卡洛的笔下是长篇小说《荆棘鸟》(*The Thorn Birds*)，该小说自 1977 年问世以后，就长期流行。数年前的流行美剧《绝望主妇》就探讨了现代女性被婚姻困住但又无法解脱的纠结，该剧的大热表明了女性的创伤经验是一个普遍的问题，《野草在歌唱》中玛丽的困境具有普遍意义。

一、男权社会的牺牲品玛丽

长篇小说《野草在歌唱》开启了了莱辛后来的创作中反复出现的主题，女性在重重压力下艰难生存，种族、文化、历史种种因素使女性深陷其中，女性被迫依附男性而无法过上独立自主的生活。玛丽生活在 20 世纪的新时代，也接受过一定的教育，也曾经走进城市获得一份独立自主的工作，但她没能像现代女性那样抵抗住男权社会的压力，而是迫于世俗的压力嫁人。在可选择的对象中，只有她并不爱的迪克，于是玛丽再次进入她童年时的噩梦——痛苦的婚姻，婚后玛丽对家庭的大事完全没有发言权，她只有跟随迪克去乡下的牧场。她不是没有反抗，她跟丈夫闹翻后曾只身去城市求职，但当时的社会并不能容忍一个已婚的女人在家庭之外立足，她只能再一次回到迪克的农场，继续过着无望麻木的生活。玛丽的悲剧就在于她有美好的幻想却没有行动能力，她有反抗，却始终反抗得不彻底。她在精神上始终处于被动的地位，随着环境和命运四处飘荡。她想要自由，她从未真正理解过自由的本质含义，也从未拥有过真正的自由。她解决婚姻问题的方式竟然是打算生一个孩子来转移注意力，但丈夫迪克认为这浪费钱财而无情地拒绝了玛丽。玛丽又一次陷入了空虚和绝望，这种感觉是如此强烈，以至于黑人雇工摩西的一点点善意之举就使绝望中的她紧紧抓住了这根救命稻草。说到底玛丽的依附型人格使她没有能力靠自己的力量寻找自由和幸福，她还是要依附男人，不是这一个，也会是那一个。但如同她失败的婚姻那样,玛丽也无法对她的婚外情负责,当英国来的青年托尼觉察到这一禁忌之恋时,出于自保,玛丽无情地赶走了摩西,事后又号啕大哭。因此,很多后殖民主义地评论家认为,玛丽虽然受男权思想的压迫,也是种族隔离社会的牺牲品,但她愚昧而教条式地欺压黑人,充当种族主义的传声筒,从这个意义上来讲,可怜之人必有可恨之处,她最后的惨死完全是咎由自取,不值得惋惜。

然而,这样一个神经质、内心分裂、忽左忽右的玛丽究竟是什么造成的呢?法国哲学家、社会思想家米歇尔·福柯(Michel Foucault)在《知识考古学》、《规训与惩罚》、《词与物》等著作中研究过人的主体性。福柯在以考古学提供的认识论基础上,及谱系学提供的解构主体的方法论基础上,解构人的主体性,认为人的观念不是天然形成的,而是一种历史性建构。现代人看似自由,实则被话语、权力、知识所奴役,丧失了主体性。女权主义认为女人不是天生存在的,而是社会造就的。读者痛恨玛丽那优柔寡断的性格,哀其不幸,怒其不争,但殊不知一个从未尊重过女儿的家庭,一个从未尊重过妻子的丈夫,一个从未尊重过女性的社会怎能培养出独立、自信、果断的女界楷模呢?

英国女作家、文学批评家和文学理论家,意识流文学代表人物,奥斯卡获奖影片《时时刻刻》的原型弗吉尼亚·伍尔芙,曾经创作过《假如莎士比亚有个妹妹》,在这篇女权主义的论文中,她写道:"在16世纪出生的任何一位具有惊人天赋的妇女,都必然会发狂,杀死自己,或在村外的某个孤独的茅舍里了结一生。她们半是女巫,半是术士,为人们所惧怕又为人们所嘲笑。"(伍尔芙,1999:126)

莎士比亚的妹妹不愿意早早嫁人,她果断听从自己内心的声音,在一个夏夜攀着绳子下了楼,走路去了伦敦。比哥哥更强的天赋的力量驱使她逃离父母的掌心,但同时她也失去了父母的保护。尽管她也对戏剧有特殊的爱好,男人们当面嘲笑她,无人愿给她一试的机会。莎士比亚的妹妹衣食无着,沦落街头。演员经理尼克格林对她动了怜悯心,因为后者非常年轻,长着像诗人莎士比亚的清秀脸庞,他同情的最终结果是莎士比亚的妹妹发现自己怀上了那位绅士的孩子,"诗人的心"被"女人的躯体"所禁囚时,其中的炽烈和狂暴不可估量。因而,妹妹在一个冬夜自杀了,埋在某个道路交叉路口,离她夏天满怀希望地出发不到半年。莎士比亚的妹妹不像玛丽那样优柔寡断,她有勇气与梦想,莎士比亚的妹妹之死如同福柯在《规训与惩罚》一开始描写的当众处决囚犯,其作用在于震慑住所有特立独行的女性,为其他的女性带来创伤。这种创伤一代代累积,最后形成了一个牢笼,将女性困于其中,不敢越雷池一步。数百年后的玛丽已经经过了父权和夫权的规训,她的社会身份使她强迫自己服从男权社会的道德规训,她也深深地知道一旦不这样会带来什么样的惩罚。但她内心的自我依然活着,想要独立、自由、爱的心不死,因此她内心的自我与社会的自我不断撕扯,她徘徊在矛盾的两者之间,忽左忽右,始终无法明白自己想要的是什么,也无法构建起自己的身份,最终导致自己走向毁灭。

父权和夫权的规训造成了这个神经质、内心分裂、忽左忽右的玛丽,她也最终死于男性的暴力。颇具讽刺意味的是,玛丽的名字来自于耶稣基督的母亲圣母玛利亚。圣母玛利亚是为男权社会崇拜的童贞女,如天使般高贵、温柔、娴静、忠贞,万人膜拜。圣母玛利亚同样生存艰苦,她将孩子出生在马厩里,东躲西藏,最后她人生的寄托儿子也被钉死在十字架上。但没有哪个文献记载玛利亚对人生的抱怨和痛苦,她就是这样任劳任怨地默默承受一切苦难。这展示了男权社会对女性的一贯处理方法:神圣化和妖魔化。女性要么是天使要么是魔鬼,但她唯独不是她自己。

玛丽这个名字在英语中隐含着反应迟钝、生活艰苦、落寞孤独之意。《野草在歌唱》中的玛丽有着与圣母玛利亚一样的名字,却没有她那样的任劳任怨,也没有像圣母玛利亚那样拥有一个孩子作为自己人生的希望。在小说的第八章,当玛丽向丈夫提出要生一个孩子来慰藉那空虚无望的生活时,丈夫迪克无情地拒绝了妻子的要求,在他工具理性的思维中孩子是浪费钱财的东西。玛丽作为普通女性生养抚育子女的权利也被无情地剥夺了,这也是她温暖与希望的最可能的来源,没有了孩子的玛丽是无论如何也成为不了圣母玛利亚的。

玛丽可否从其他的途径寻求族群的支持?首先她的原生家庭是充满了创伤的,不可能给她半点的支撑,父亲用拳头宣泄着对生活的愤怒,母亲用冷漠来包裹自己。玛丽长大后的第一件事就是逃避家庭,去城里找份工作,过独立又自在的单身生活。因此,婚后的玛丽更不可能转向父母,寻求慰藉。其次,玛丽有其他的邻居和朋友可以寻求帮助吗?玛丽和迪克夫妇是被当地白人看不起的"穷苦白人",生活的贫穷使他们承担不起英式的社交活动,辛苦的劳作又使他们形容枯槁,心情也常常不好,无论在社会地位还是容貌上,他们都不是当地白人聚会上衣着光鲜的贵客。事实上,当地白人非但不邀请玛丽和迪克进入他们的生活,私下里还非常讨厌他们的"郁郁寡欢"。或者说,南非的白人移民们都是在故国呆不下去的人,他们怀着各自的问题移民他们看不起的非洲,大部分人都是生活困顿或急于发横财改善处境,当地白人移民们自顾不暇,无论是物质还是精神,都没有能力也没有愿望周济困苦的玛丽。

更有甚者,当地白人中还有人落井下石,巧取豪夺。最典型的是理查,理查曾是伦敦杂货铺的伙计。他在二十年前到非洲的唯一目的是赚钱,并且非洲远离故国,理查完全不用顾及自己的声誉和大英帝国的英伦绅士作风。他用"丛林法则"来经营着农场。"丛林法则"是达尔文主义的另一称号,自然界中的资源有限,物竞天择适者生存,只有强者才能获得最多,弱者便惨遭淘汰。"丛林法则"在社会学上的运用就是"社会达尔文主义",社会资源有限,大到国家政权,小到企业、农场、人与人之间,都存在赤裸裸的竞争,都要遵循丛林法则,谁能生存,谁被淘汰,那就要看各自的实力对比,胜者没必要对输者有太多的同情。因此,"社会达尔文主义"经常被人认为是反动的主义。理查就是这样一个粗鲁蛮横、心肠狠辣之人。玛丽的丈夫迪克与无数贫穷的南非白人移民一样,怀揣着美好的愿望,渴望在南非成家立业。老实本分的迪克以为用一心一意地的埋头苦干就能一点点积累财富,实现他的"南非梦",这个梦想最终被精明狠辣的资本大鳄理查所毁灭了。掠夺者查理强行买下他称之为"同种族兄弟"迪克的农场,露出了资本大鳄赤裸裸的真面目,当查理看见迪克痛苦地抓起一把农场的泥土,不忍放弃时,查理对这位"白人兄弟"心中没有任何愧疚,反而怀疑自己对迪克过于仁慈,违背了自己做生意的理性原则。然而,虚伪的查理在表面上依然表现出"照顾白人兄弟"的样子,对于掠夺迪克的农场,查理在其他人面前动情地说,"为了使白人兄弟不致败落到过于悲惨的境地,否则黑鬼们就要自认为和白人没有区别了。"查理甚至认为这种掠夺是为了维护白人尊严的正义之举。迪克农场的失败使他日益消沉,对玛丽愈加冷漠,两人的关系进一步恶化。

二、玛丽的出路和最终结局

玛丽失去了从家庭、朋友处求助的可能,她又该转向何方?男权主义压迫下的成长背景又使她没有能力靠自己的力量获得自我独立和前行的力量,她的最终转向依然还是男人——家里的黑人雇工摩西。玛丽与摩西之间关系特殊,玛丽种族关系上是强者,男女力量对比是弱者。这两种关系常常交叉,互相撕扯。在他们感情的一开始,玛丽的丈夫迪克身染重病,精神也日益颓唐,正在被生活打击成一具没有灵魂的躯体。玛丽被迫接管了她不熟悉也没有能力管理的农场,现状迫使玛丽必须与农场上的黑人雇工打交道。以前的城市女性玛丽彻底变成了一个农村妇女,生活穷困潦倒。丈夫迪克之前虽然冷漠,但毕竟是家庭的支撑点,而现在玛丽生命中的支撑点即将倾倒,黑人雇工摩西一丝的善意竟让玛丽如溺水的人抓住了救命稻草那样。类似的叙事在美国畅销小说《飘》中也有典型的体现。好强、任性的庄园主小姐斯嘉丽在丈夫战死后,为了保住庄园,嫁给声名狼藉的投机商白瑞德,最后发现自己竟爱上了白瑞德。澳大利亚电影《澳大利亚》被看作澳洲版的《飘》,由妮可·基德曼扮演的英国贵族小姐萨拉·阿什莉在丈夫意外身亡后,为了保全远东牧场,挫败恶人的阴谋,与休·杰克曼扮演的粗野的农场工人,一边躲避日军的狂轰滥炸,一边赶着上千头牛横穿澳大利亚大陆,在长途跋涉中,之前被女主角鄙视的农场工人展示了非凡的能力与智慧,赢得了女主角的爱情。然而,与《澳大利亚》、《飘》中浪漫的经典爱情不同,《野草在歌唱》中摩西与主人公玛丽的感情被认为顶多是一种暧昧,在种族主义者看来更是不伦和禁忌。因为与《了不起的盖茨比》一样,《澳大利亚》、《飘》中的男主人公都是在阶层地位上配不上女主人公,这些爱情故事没有种族问题,只有阶层问题,而阶层是通过努力可以改变和提升的,一身得体的西服、豪车、别墅便可以掩盖往日贫穷生活的粗陋痕迹。但种族问题完全不同,种族问题黑白分明,一眼就可以看出,是无法掩盖得住的。

黑人摩西会是主人公玛丽的心灵拯救者吗?《圣经》里的摩西是一个神圣的先知,是以色列人的拯救者,他因为犹太人的血统受到了埃及国王的歧视和奴役,他带领以色列人走出埃及,来到了“流着奶与蜜”的上帝应许之地。《野草在歌唱》中的摩西体格健壮,性情沉稳,诚实善良,勇敢坚强。摩西尽管是主人公玛丽的仆人,身份卑微,但在与玛丽的心灵交流中,摩西一直处于付出者的位置,宽厚的摩西同情女主人的遭遇,他原谅了玛丽之前的鞭打,安慰玛丽,为她在生活上提供力所能及的帮助。然而很可惜,他始终是个黑人,玛丽接受摩西是为了权宜之计的依靠,她从未想过要与摩西真正走到一起。在玛丽与摩西关系的微妙变化中,玛丽稀里糊涂地对摩西产生了感情,这种感情是在丈夫迪克身上所没有的,玛丽不清楚这种感情所带来的后果,但是冥冥之中她同时又觉得恐惧,恐惧中还夹杂着对摩西身为黑人的憎恨。如果摩西不是黑人,也许故事会是另一个样子,但摩西又怎么可能不是黑人呢?玛丽一直期待一个心灵拯救者,黑人摩西的出现短暂地给了她安慰,但却犹如饮鸩止渴,加速了玛丽灭亡的速度。

　　玛丽是一个矛盾的综合体。她出生在贫困的南非乡下,经济落后、交通闭塞,成天吵闹的父母给她的童年投下难以抹去的阴影,她也从父母那儿接受了最初的仇视"黑种穷鬼"的教育。因为生活在黑白混杂的南非乡下,越是贫穷的白人便越面临着身份的焦虑。他们必须要通过对黑人的极端仇恨来建构自己的身份。玛丽后来来到城市,接受了先进的思想和种族平等的教育。因此玛丽初次听到迪克称呼黑人为"畜生"时,她觉得迪克非常没有教养。然而。一到关键时候,玛丽童年生活中根深蒂固的对黑人的敌意和戒心,马上浮上心头。米歇尔·福柯在《知识考古学》、《词与物》等著作中研究过人的主体性。他认为人的主体性是不能由自我产生的,它是社会各个方面的思想和权力规训的结果。一到危机时刻,玛丽就撕下了温文尔雅的面纱,她变得跟迪克一样,这种种族歧视的观念已经牢牢地扎根在白人思想的深处。玛丽在迪克生病后手持皮鞭监视黑人干活,扬起鞭子对准不驯服的黑人脸上抽下去。虽然玛丽心中对这样的暴力感到恐惧,但一方面又感到十分踏实,体会到了征服者的得意和压力的宣泄。这种伪善的种族平等,在接受号称最先进的英国文明教育的青年托尼身上也是同样的。他们一方面叫着民主平等自由的口号,但是另一方面只要在现实中一旦看到黑人威胁他们身为白人的优越感,就马上祭起种族主义的大旗。玛丽和摩西的关系最后被托尼发现,托尼的指责唤起了玛丽身为白人的耻辱感,玛丽无法承受这种社会压力与羞耻,抛弃了摩西,也抛弃了拯救的希望。

　　评论界普遍认为《野草在歌唱》中的野草指的是黑人摩西,野火烧不尽,春风吹又生。以摩西为代表的南非黑人就像荒原中的野草一样,有着蓬勃旺盛的生命力。他被主人鞭打时,"摩西举起粗壮的大手擦去脸颊流淌的鲜血,他的眼睛里有一种阴沉和憎恨的神情,而使她难堪的是那种带有讥嘲的轻蔑的神色。"摩西的自尊使玛丽丢掉了盛气凌人的武器,使他在两者的关系中处于精神上的强势地位。这种后殖民主义角度的理解未尝不可,但从更深一个层次来说,野草又何尝不是玛丽?《彼得前书》第 1 章 24 至 25 节中说:"凡有血气的尽都如草,他的美荣都像草上的

英美澳当代重要作家女性创伤叙事研究

花,草必枯干,花必凋谢,唯有主的道是永存的。""至于世人,他的年日如草一样,他发旺如野地的花。"花开花谢、日落月缺、好景不长、世事多变,在无尽的时空中,人的生命犹如草芥,爱恨情仇,到头来,只不过是春梦了无痕而已。莱辛用同情的笔调描写着玛丽,玛丽不是大英帝国的公主,也不是大英帝国的玫瑰,她只是在大英帝国偏远的南非殖民地贫苦的白人家庭中出生的野草。从小生活在多子女的家庭中的玛丽很难得到父母的关爱,长大后又如浮萍般在这个社会上挣扎漂浮,其情感的需要不被父母所重视,更不被社会所重视。玛丽渴望尊重、爱、希望,但是这一切都是她所生活的那个社会所不可能给予她的。她一次次的努力想要寻找更好的生活,就像野草一次次的重生,其结果却是一次次的失望。她逃离童年的家,寻找独立自由的生活。她好不容易在大城市有了一份工作,过上了城市女性的生活,似乎命运已经为她打开了一扇窗。但是此时她却迫于社会的压力,过早地成家结婚。她在丈夫的劝说下以为牧场生活是田园诗意般美好,充满了怀旧的气氛。但事实上牧场却是艰苦、贫穷、劳作、辛苦的代名词。玛丽在精神和肉体痛苦的生活中寻到了一丝丝慰藉,但这一丝慰藉也被正统的价值观所扼杀。玛丽的生命就像野草。从出生到死亡,不会引起主流社会一丝的兴趣与关注。它如同弗吉尼亚·伍尔芙笔下的莎士比亚的妹妹,在经过灵魂的挣扎以后,被埋葬在一个不知名的小土坡里。一切都归于尘土,一切都归于时间的永恒。

在玛丽生命的最后一个黎明,她似乎从天空用一种全景透视的方式看透了自己,大自然美妙变幻,草原上无数的生命在搏动,地球上那个女人的生命行将结束。可是这又有什么不好呢,这未尝不是一种解脱。永别了,那个像牢笼般的铁皮屋顶的房子。"四方形的小屋孤零零地建在荒僻的大草原上,附近没有人家,从外面看上去,房子是紧闭的、漆黑的、窒息的,到处透着一种阴冷的气息……里面又小又低,散发着霉臭味,家徒四壁。"(莱辛,2008:211)铁皮屋顶的房子不仅禁锢了她的肉体,还禁锢了她的灵魂。玛丽曾满怀希望地走进这个屋子,夏天,铁皮屋顶的屋子在烈日的炙烤下热得要让人发疯。房子没有天花板。玛丽非常希望铁皮屋顶下有一个天花板,但是由于生活拮据,丈夫认为天花板完全没有必要。玛丽一次次提出再一次次失望,直到对她的丈夫完全不抱任何希望,直到她的生命之火在这里渐渐熄灭。她就在这样一种心灰意冷的状态中慢慢沉沦。

英美澳当代重要作家女性创伤叙事研究

三、移民的创伤

玛丽的痛苦不仅是个人的,也是整个南非白人移民族群的。大英帝国的全球移民是随着帝国在海外的扩张而同时进行的。英帝国将大量帝国不要的小偷、流浪汉、城市贫民流放到殖民地,最早是美国,美国独立后是澳大利亚,其后也包括南非等其他殖民地。当时,很多帝国的下层白人由于在国内找不到任何机会,也会迫不得已背井离乡到殖民地去寻找冒险和发财的机会。殖民地中,美国和澳大利亚当地的土著较少,所以基本上建立的是整个白人社区,它们被称为定居者殖民地。但是南非的情况有所不同,那里大部分是黑人,并且整个非洲也全是黑人。白人在那边属于少数派,他们生活在被黑人包围的恐惧中,感到压力,想要保持自己血统的纯净,对种族通婚这样的事完全无法接受。但是事实上很多贫困的白人,其生活的境遇与当地的土著黑人没有什么差别。由于贫穷等各种各样的原因,很多白人到了非洲以后便无力再返回母国。他们迫不得已在这一片黑色的大陆上长期定居下来。白人移民们感受到的是被祖国所抛弃的痛苦和创伤。移民们感到自己作为大英帝国多余的人,像垃圾一样被抛弃到世界的尽头自生自灭。移民与流放一样都是一种创伤性的体验。

爱德华·萨义德(Edward Said)在《东方学》中写道:"一群生活在某一特定区域的人会为自己设立许多边界,将其划分为自己生活的土地和与自己生活的土地紧密相邻的土地以及更遥远的土地——他们称其为'野蛮人的土地'。换言之,将自己熟悉的地方称为'我们的',将'我们的'地方之外不熟悉的地方称为'他们的'。"(萨义德,2007:67-68)一方面,大量文化、外貌、语言和社会习俗都与非洲人极为不同的白人迁入者被当地黑人视为"入侵者",而且白人"入侵者"还鄙视黑人的文化,他们占领了黑人祖祖辈辈生活的牧场,让黑人为他们打工,对他们随意打骂,使得当地黑人感到极大的恐慌和愤慨。一旦有机会,他们就要像摩西那样抗争。另一方面,南非的白人也对这块"野蛮人的土地"感到陌生。他们要么如巧取豪夺的理查那样将南非看作是冒险家的乐园,对这块土地拼命索取。要么如女主人公那样漠不关心麻木地在这块土地上存在着。大部分殖民者不顾当地的生态环境,乱砍滥伐,肆意扩张和掠夺土地资源,违背自然规律在土地上大量种植利润高但危害社会的"邪恶的农作物"——烟草,如作者笔下的莱斯特农场一样,"莱斯特先生的农场上简直没有什么树,这足以证明他耕作无方;农场上犁出了一条条大沟,许多亩乌黑肥沃的好地都因为滥用而变得贫瘠。然而他毕竟赚到了钱,这才是最重要的。"(莱辛,2008:110)"他们一年一年地榨取这些土地,却从来没有考虑过施肥……即便是像他那样的肥沃农场,也不是取之不竭,用之不尽。"(莱辛,2008:148)等到土地在过度开发下荒芜了,殖民者们就将土地抛弃,寻找下一个目标。

白人殖民者们如此对待非洲,正是因为他们从未把这里看作是家乡,他们精神上的家乡依然在千里之外。种族隔离制度诚然对黑人造成了深深的创伤,那么对白人呢? 黑人与白人共同生活在非洲。如果一方的生活很痛苦,另一方的生活就会很快乐吗? 这一点在2003年度诺贝尔文学奖获得者,南非籍作家约翰·马克斯韦尔·库切的小说《耻》中有着丝丝入扣的剖析,在这部1999年完成并出版的小说中,52岁的南非白人教授戴维·卢里因为性丑闻而失去教职。他去女儿露西偏远的农场里躲避,黑人雇工也在露西的农场打工,不久,农场遭黑人抢劫,卢里差点被烧死,女儿被黑人强奸……但女儿既没报警也没堕胎,而是在发现自己怀孕后选择成为黑人雇工的小老婆之一。教授质问女儿做人的尊严在哪里,人不能像狗一样生存,女儿说,这一切都是为了赎罪,替白人在这土地上的罪行赎罪。库切因这部小说史无前例地第二次获得英国最高文学奖——布克奖。《耻》深刻描绘了种族隔离制度对待白人与黑人共同的创伤。

《耻》与《野草在歌唱》一个共同的主题是南非白人的流亡心态,和他们自诩为民主平等的代表时面对自己在黑非洲的罪行的尴尬处境。高级知识分子萨义德认为流亡是创造力的源泉。"大多数人主要知道一个文化、一个环境、一个家,流亡者至少知道两个;这个多重视野产生的一种觉知……流亡是过着习以为常的秩序之外的生活。它是游牧的、去中心的、对位的;但每当习惯了这种生活,它撼动的力量就再度爆发出来。"(Said,1984:55)在他推崇的印裔英籍作家维·苏·奈保尔(Naipaul,1932—)长篇小说《河湾》中,现代独立自由知识分子(free-floating intellectual)游走于两种文化的边缘,在双重文化身份中获得了高屋建瓴的国际化视野。

然而,流亡对普通人而言却是一种痛苦的体验。故国的文化连根拔起,迁入地又无法融入,英国白人移民只能在精神上流亡,尤其对贫苦的白人移民来说,这种流亡不啻是一种心灵的煎熬，背井离乡，亲人已经远去，此生都可能攒不起一张回国的船票，此在又充满了痛苦，未来也看不到希望，有的是无尽的流浪。他们在这片"野蛮人的土地"上，找不到归属感，他们如同流浪在黑暗的丛林中一样，无所皈依。流亡从古至今都是特别恐怖的惩罚，不止意味着远离家庭和熟悉的地方，多年漫无目的的游荡，而且意味着成为永远的流浪者，永远背井离乡，一直与环境冲突，对于过去难以释怀，对于现在和未来充满悲苦。

　　凯西·卡鲁斯（Cathy Caruth）在《沉默的经验》（*Unclaimed Experience*，1996）中将创伤定义为"对于突如其来的、灾难性事件的一种无法回避的经历，其中对于这一事件的反应往往是延宕的、无法控制的，并且通过幻觉或其他侵入的方式反复出现"（Caruth，1996：11）。移居体验是创伤性的，移民造成文化冲突和身份的撕裂。齐格蒙特·鲍曼在《流动世界中的文化》（*Culture in a Liquid Modern World*）一书中这样写道，"正如杰夫·登齐所说，少数族裔的成员'悬浮在完全融合的前景和对放逐的永恒威胁的恐惧之间的半空中，永远不能完全确定自己是命运的主宰这种信念是否有任何意义，或者是否最好放弃官方意识形态而加入那些被拒绝的人群。'"（Bauman，2011：34-35）移居体验对白人的创伤在白人女性身上得到了最典型的展现，因为女性生活在种族主义和父权文化的双重夹击下，是属于较弱的群体，如《野草在歌唱》中玛丽的父亲、丈夫都把妻子作为宣泄愤怒的工具，玛丽的黑人情人在对种族主义的愤怒中杀死了玛丽，玛丽似乎也在等待着这一结局。玛丽就是野草，生活在被爱忽略的角落，她"受过民主平等"的现代教育，渴望着爱与温暖，因此她敢于突破种族隔离制度，爱上黑奴摩西，但同时她又无法摆脱根深蒂固的种族歧视，无法成为真正的"自由女性"。她精神上始终被动地接受环境和命运的摆布，她从未真正理解过自由的本质含义，这也是造成玛丽悲剧的主要原因之一。正如研究者夏琼所说："玛丽是白人殖民主义种族歧视政策最大的牺牲品和受害者，她在殖民地成长的过程也使她的人性逐渐被扭曲而最终走向毁灭。"（夏琼，2001：132）

　　莱辛一向注重女性的创伤书写，描摹女性对生活的每一丝心理变化心理体验，并通过女主角内心体验，表达她对人类命运的深切关注和严肃思考。《野草在歌唱》中，莱辛将笔触伸向人类文明的发源地——非洲农村，试图在源头上探寻女性的出路。但令人遗憾的是，农村不再是田园诗的过去，也不再是女性的出路，"自由女性"可否在文明高度发达的欧洲城市出现呢？弗吉尼亚·伍尔芙说过"自由女性"一定要有一间属于自己的屋子，这个屋子绝对不是玛丽在非洲草原的闷热简陋的铁皮屋，它应该是在文明高度发展的欧洲。文学史上有许多"自由女性"的神话，当年法国巴黎最前沿的文艺圈中，美国现代派文艺教母格特鲁德·斯坦因（Gertrude Stein，1874—1946）及其崇拜者打造"斯坦因神话"，身边聚集了毕加索、马蒂斯、海明威、菲茨杰拉德等一代名流。在沃里克大学的象牙之塔中，英文和比较文学教授杰曼·格里尔（Germaine Greer，1939—）的三本相当畅销的书：《女宦》，《性与命运》以及《完整的女人》探讨现代女性的困境和出路。这两位城市女性在一定程度上都是女性解放的代表。从她们身上可以看出城市女性似乎比农村女性更加自由。莱辛的《野草在歌唱》描摹了非洲大陆上农村白人女性移民的创伤，分析了玛丽悲惨结局的社会根源，是一部有关女性创伤书写的力作，这种创伤是否能在西欧的大都市里得到抚慰，是莱辛在接下来的写作中要探索面对的问题。

第二章

诺奖女作家莱辛的欧洲叙事

在多丽丝·莱辛的第一部长篇小说《野草在歌唱》中,莱辛就开始探讨女性的出路问题。自文艺复兴以来,农村在很多文学作品中被看作"诗意的栖息地",18世纪欧洲的上流社会流行夏天去乡村疗养,列夫·托尔斯泰的《安娜·卡列尼娜》中,上流社会的贵妇人安娜·卡列尼娜追求个性解放和爱情自由,却在官僚机器中走向毁灭。另一位贵族少女基蒂看透了上流社会的伪善,回到列文的农庄,在大地母亲的怀抱中,在辛勤的劳动中洗涤自己的灵魂,获得了新生。在经典作家的笔下,农村或者农庄似乎担负着某种救赎功能。然而,在多丽丝·莱辛的笔下,农村不再是田园诗的过去,女性被囚禁在房子里,冬天阴冷,夏天炎热。孤零零的小屋,里面又小又低,在这种与世隔绝的地方,主人公无法体会亨利·大卫·梭罗(Henry David Thoreau,1817—1862)在《瓦尔登湖》(Walden)中那种一切从简的快乐。对莱辛而言,"自由女性"不可能在农村出现。"自由女性"可否在文明高度发达的欧洲城市出现呢? 弗吉尼亚·伍尔芙说过,"自由女性"一定有一间属于自己的屋子,那么当女性终于有了一间属于自己的屋子,她是否就能自由? 多丽丝·莱辛在《金色笔记》中进行了不懈的探索。

第一节 《金色笔记》的研究争论

英美澳当代重要作家女性创伤叙事研究

　　《金色笔记》是多丽丝·莱辛创作中期里程碑式的作品。《金色笔记》以安娜个人生活和事业追求为主线,描写了"二战"后风起云涌的世界现状:一切都在动荡不安中崩溃,人们不知该去信仰什么,精神上不知所措。莱辛在《金色笔记》中表达了对人生终极意义的思索,其中女性的出路也是其重要的方面,而这一切都蕴含在莱辛独具匠心的艺术形式中。2007 年,瑞典皇家科学院在诺贝尔文学奖颁奖词里这样评价《金色笔记》,"对于正在处于萌芽阶段的女权运动而言,《金色笔记》是一部先锋之作,是少数几部探讨 20 世纪两性关系的杰出读本。""一部先锋作品,是二十世纪审视男女关系的巅峰之作"。由此可见,对女性问题的关注是《金色笔记》的重大特点。

　　由于话题涉及 20 世纪 50、60 年代较为敏感的性政治问题,《金色笔记》一出版便在社会上引发了很大的争议,被认为是"引起歧义的鸿篇巨制"。《金色笔记》支持者认为它是西蒙·波伏娃《第二性》的小说版,是女性解放的《圣经》。皮尔·瓦茨伯格在诺贝尔文学奖颁奖演说中对《金色笔记》大加赞赏并肯定了其女性叙事:"在这部莱辛最具实验性的作品中,抗争交融了创造意识和爱欲。一位追求独立和情感的女性,遇到了重重困难;她追寻的自由因爱而受损,因爱而残缺。"(李维屏,2008:213)安妮塔·布罗克纳在《伦敦书评》中进一步阐明:"多丽丝·莱辛是处于原始状态女权主义自我意识的先驱。"(瞿世镜、任一鸣,2008:147)

　　支持者认为《金色笔记》毫无疑问是多丽丝·莱辛最具代表性的作品,正是因为该书有明确的性别意识,主人公安娜是令人骄傲的"自由女性",该书女性的主体地位明确,围绕安娜及其朋友的女性经验描述进行分析,展现安娜女性独立自主的主体意识,被认为是战后女权运动的里程碑,揭开了"二战"后风起云涌的女权主义运动的序幕。作家在书中对 20 世纪男女关系有着犀利深刻的审视,作家莱辛也被誉为是"女权主义自我意识的先驱"。

然而,《金色笔记》的反对者也相当多,反对者一部分包含传统男性。柯林·斯沃特里奇在他编选的《英国著名小说家概要》中写道,莱辛在《金色笔记》中"为太多的事情辩护,其中的某些章节已完全置于男性对其批评之中"。男权社会批判《金色笔记》也在情理之中,男权社会一向把女性分为"屋中的天使"和"阁楼上的疯女人"。书中的主人公安娜就是在男权社会看来离经叛道的"自由女性"形象。但从另一方面来看,来自"男权社会的批判"正是从反面来肯定小说中所表现出来的"女权思想"。但颇为吊诡的是,《金色笔记》的反对者中竟有激进女权主义者。前文中的英国女作家安妮塔·布罗克纳在《伦敦书评》撰文中先肯定其成果,接着笔锋一转,认为《金色笔记》中的安娜是一个女权运动的负面形象,绝不是值得女权主义者们效仿的成功典范。布罗克纳认为多丽丝·莱辛为女性们"制作了一个胚胎,几乎是一个临床案例,或许是一部小说,然而绝非虚构,其中的女主人公再现了自由女性原型所有最可怕的处境。她把这个原型孤立起来加以描绘,从而树立了一个实例,以后的女权主义者们畏惧地、匆忙地、明智地与它分道扬镳,尽可能避免重蹈覆辙。"(瞿世镜、任一鸣,2008:149)因为莱辛笔下的安娜·伍尔夫,作为一个"自由女性",她并没有多少快乐幸福的体验,她的情感受挫,信仰迷失,精神分裂,在事业、家庭、爱情中苦苦挣扎……激进女权主义者认为这样的形象非但不能鼓舞女权运动的士气,反而是男权社会杀一儆百、妖魔化女权主义者的理由。《金色笔记》佐证了"自由女性"并不自由的现实,还震慑住了普通女性,使她们不敢越雷池一步。

尽管《金色笔记》的主人公安娜身上有着"初露端倪的女权意识",莱辛却非常谨慎地否认自己为女权主义者,她在自己的两卷回忆录中,也对女权主义评价不高,她认为女权主义使妇女"在 60 年代转错方向",让"女权主义的政治日程给搞得分散了精力",她认为女性地位的提高很大程度上是技术的进步,尤其是家用电器的普及将女性从传统的家庭琐事中解放出来了,而不是女权运动的发展。在 1971 年《金色笔记》的再次出版序言中,莱辛如此写道:"就妇女解放这一论题我是支持的。其实我不喜欢的是她们那种尖叫和令人作呕的样子。这部小说绝不是妇女解放的号角。"因此有评论家认为,说莱辛思想激进"大半系出于误会",从《金色笔记》中可以明显看出"莱辛并不想激励女性对男人世界的仇恨",她只是有着不可否认的对女性命运的关注。

英美澳当代重要作家女性创伤叙事研究

第二节 《金色笔记》中不自由的城市"自由女性"

　　莱辛笔下的"自由女性"是千千万万个英国女性中的一员,她们曾经远赴非洲,以为是田园牧歌般的出路,但她们在那成了《野草在歌唱》中的玛丽,承受着种族和生态的双重创伤,体验着黑人和非洲大地的仇恨。她们退回到母国,在文明高度发达的大城市伦敦生活,重新寻找生命的意义。在这个虚空的世界上,女性究竟可以通过什么克服内心的创伤,重建生命的完整性? 在《金色笔记》中莱辛没有直接给出答案。小说中共有五本笔记,这五本笔记穿插到主人公安娜的整本小说《自由女性》叙事之中,将叙事切割成零零碎碎的片段,但也使叙事十分丰富,几乎将 20 世纪中期,尤其是"二战"前后整个世界的风貌都囊括其中。其中黑色笔记对应黑非洲,写的是主人公安娜以作家的身份在非洲的种种体验,话题涉及白人在非洲的殖民和种族主义问题;红色笔记对应政治生活,主要是主人公以共产主义者的身份在英国和欧洲的生活,记录安娜由于斯大林极权主义对俄国布尔什维克由憧憬到破灭的思想过程;黄色笔记对应爱情生活,这段生活过于私密和痛苦,以至于主人公安娜要创作一部小说,题为《第三者的影子》,用该小说中的人物爱拉来叙述自己的痛苦,《第三者的影子》是小说中的小说,颇具后现代主义元小说的特征;蓝色笔记对应精神生活,记录了主人公体验前三种经历时的精神的历程,是日记中的日记。四本笔记是主人公安娜不安宁的灵魂的四个方面,它们将主人公安娜撕扯着,濒临崩溃的边缘。但最后的金色笔记,却像是一道金光,是主人公安娜对其人生的哲思,最终将四本分裂的笔记统一起来了。

《金色笔记》是自由女性安娜的成长历程。它的多彩折射着主人公安娜迷乱失重的灵魂在这个混乱的世界里的迷失。那么当女性走出家庭,终于有了一间属于自己的屋子,她是否就能找到自由? 当女性获得经济的独立,她是否就能获得人格的独立? 当女性有了批判性思维,不再盲目信奉贤妻良母的神话,她们又该信仰什么? 自由女性失去物化的标准,反而无所适从。

这种虚空在哲学上体现在 20 世纪法国存在主义的主要代表人物萨特(Jean Paul Sartre,1905—1980)的笔下。萨特认为,人的存在是荒谬的,充满了非理性和很多不可解释的因素。但萨特同时也强调,存在先于本质,作为主体的人有绝对自由,也有绝对责任。人的存在,是从过去向未来自由选择的过程,人可以通过选择来改变命运,在选择的那一刻,人是自由的,他可以选择维持现状或选择改变,他可以选择或否定,这都是自己的选择。但同时,人也对自己的选择负有绝对责任。萨特的存在主义是彻彻底底的无神论,他坚决反对宗教中上帝对人的决定性。由于萨特认为,人不管在什么情形下都有选择权,即使受外界状况的制约,人如果不主动想办法改变或制止,任由这些客观因素起作用,作为主体的人仍然有不可推卸的责任。失去了上帝的制约,人有做任何事情的自由,这就是"绝对自由",但同时人理应为自己所做的这一切负责,这就是"绝对自由"的代价——"绝对责任"。但世人往往将一切归因于外物,从心底里接受出身、种族、阶级等的限定,而没有意识到自己的主观能动性,其实是在欺骗自我。为什么人们普遍要欺骗自我,放弃选择自由呢? 因为"绝对自由"并不会给主体带来安乐,反而会产生"绝对责任",给主体带来巨大的惶恐感、无依靠感和责任感。为了逃避这骇人的自由,主体学会了将一切归因于外界因素而推卸责任,学会了自我催眠欺骗。当传统女性依然在厨房和婴儿室建构自己的"屋中的天使"的形象时,特立独行的自由女性安娜已经走上了成长的历程。然而身体和精神上的"绝对自由"也带来了"绝对责任",安娜由于选择太多而无从选择,自由女性信仰的迷失带来了人格的分裂,自由女性反而不自由。

为了应对这种迷失,安娜曾先后投身写作、政治和爱情,希冀在这些具体的事务中寻找生活的目标和意义。黑色笔记叙述了主人公安娜以作家的身份在黑非洲的种种体验,安娜在非洲曾积极参加由白人组织的反殖民运动,反对种族主义,这些知识分子小团体频繁聚会,谈古论今,话题涉及白人在非洲如何赎罪的问题。这些小知识分子没有能力领导社会运动，与广大的人民群众也是脱节的。安娜反对种族主义的行动是撰写她的小说《战争边缘》。《战争边缘》在安娜回到欧洲后出版，获得了极大的商业成功，安娜"自由女性"的生活就是靠这本书的版税。但安娜却对《战争边缘》的成功非常失望，因为人们不约而同地认为该小说是爱情小说，并想把它改编为电影，制片人也认为这种异域情调的爱情故事会大卖。这离安娜的初衷相去甚远。她小说的写作意图想通过事实来再现英国殖民统治对非洲的罪行，但读者却买椟还珠，只关心那一点风花雪月。制片人也在改编时希望多增加爱情故事的成分。安娜因为不能实现自己的文学理想、不能描述自己真实的体验而痛苦，她说："我是舞弄文墨的人，希望文字的组合，哪怕是偶然的文字组合能够表达我的真实感受。……而事实上，真实的感受不能被表达。"

作家莱辛也是通过对安娜的描写影射读者对其的第一本小说《野草在歌唱》的反应并不是她所期待的。作为作家，安娜对文字的表达能力失去了信心，因为文字传达了一个虚伪的世界，文字也变得不再可靠，正是在这种潜意识的影响下，安娜患上了写作障碍症，她长期以来无法创作任何作品。《战争边缘》这部小说的版税并不宽裕，安娜不得不靠分租她的公寓以减轻生活的压力。她迫切需要开始创作小说，但安娜就是写不出一个字。但在意识的表层，她找不到自己写作障碍的真正原因，只好一次次地去看心理医生。

安娜写作障碍的深层次原因是安娜对世界的看法是建立在"秩序/混乱"、"确定/虚无"二元对立之上的。崇尚理性的安娜想要通过写作对生活做出哲理化的表述，给混乱的生活以意义。"充满理智和道德的热情，足以营造秩序，提出一种新的人生观"。她讨厌那种混乱的非理性，她在黑色笔记的末尾写道："我讨厌这种口气。然而，月复一月，年复一年，我们就一直生活在战争之中，我相信，它确实给我们带来了巨大的破坏。这是一种自我惩罚，感情的封锁，一种对无法将相互冲突的事物糅合成一个整体的无奈和逃避。这样，不管战争多么可怕，人们就能在其中生活下去了。这种逃避意味着既不去改变什么，也不去破坏什么。这种逃避最终意味着个体的死亡和凋零。"但是安娜没有意识到这一点，非理性和混乱是生活的常态，是她无论如何都逃脱不了的。身为作家，安娜希冀用文字来摆脱混乱，创造理性生活，给萨特笔下人的荒谬存在以意义，但这一切都是不现实的。当安娜意识到文字的虚无的时候,她的写作理想破灭,理智崩溃,她只有投入到红色政治运动中寻求"确定性"的生活。

安娜对政治的关注分为两个阶段,非洲阶段和英国阶段。主人公安娜一开始生活在罗德西亚,罗德西亚就是今天的津巴布韦,直到1980年才从英国赢得自治。安娜在罗德西亚的生活的记忆里充满了种族歧视、冲突,动荡,这一幕幕多少年后依然在主人公安娜的心头挥之不去,非洲黑人屈死的幽灵徘徊在她的潜意识里,吞噬着她的生活。安娜承受着大英帝国在非洲殖民的创伤,这也是她创作《战争边缘》的内心动力。《战争边缘》没有收到预期的效果,即对政治问题的关注。回到欧洲后的安娜只有投入到红色政治运动中来抚平内心的创伤,寻找归属感。

20世纪50年代,"二战"刚刚结束,资本主义国家由于战争而陷入空前的信仰危机。苏联斯大林政权的崛起使欧洲很多迷茫的知识分子看到了希望,他们迫切需要有"确定性"的生活。尤其是对女性而言,第二次世界大战期间,无数男性参军参战,一去不返。原先很多困于厨房等家务劳动的女性由于劳动力的短缺而走出家门,走入农庄、工厂、公司、开山筑路,她们惊喜地发现自己也能胜任原先男人做的工作。"二战"给了许多女性宏观的政治视角,她们开始对政治感兴趣。但"二战"结束后,大量士兵复员回家,许多女性又失去了这份工作,她们心情落寞,迫切需要一个政治上吸引她们,能够提供精神支持的东西,其中最能吸引她们的就是国际共产主义。但是斯大林政权推广的国际共产主义更多的是为了扩张势力范围,也犯过错误,忽略了党员的个体需求。但是安娜她们依然像抓住救命稻草那样不甘心放弃对斯大林政权的幻想。因为这种"秩序"虽然虚伪,但毕竟也能提供人与人之间的友爱和归属感,离开了组织就要独自面对生活中的"混乱"。为了达到这一点。安娜她们甚至自欺欺人,在公开场合对英国共产党百分之百地肯定,对其犯错的事实视而不见,只要听到任何质疑都要情不自禁地为英国共产党辩护。但在安娜的潜意识中,她不是没有意识到这样做的危害,她把自己的真实想法写在红色笔记中。在红色笔记的第一部分,安娜写道:"今天回想起来,我觉得跟茉莉谈政治,简直就不知道她是一个什么样的人——大约是一个干巴巴的、聪明的、爱讽刺人的政治女性吧,要么就是个很有点疯劲的盲目的党徒。我自己也有双重性格。"这种性格的分裂使安娜戴着面具生活,不敢面对生活真实的状态。在长期的压抑中,安娜深感共产主义大同世界实现的艰辛与无望。经过一大段犹豫、徘徊的苦闷时期,安娜终于放弃了自己的政治追求,失望地退出了她所加入的政党,不再有任何积极的政治活动。在写作和政治上幻灭后,她将希望放在最后的方面——爱情上。她希望在爱情中寻找确定的生活目标和意义。

"自由女性"安娜对爱情有着飞蛾扑火的热情。她表面上蔑视世俗的道德标准,老于世故,对传统的女性角色不屑一顾,对男人呼之即来挥之即去,是风情万种的情人。但她一旦爱上迈克尔,又表现出一个恋爱中女人的天真与单纯,甚至委曲求全来留住情人的心,表现得比传统女性更为弱势。安娜在黄色笔记中写的主人公爱拉(Ella),就是安娜的化身。爱拉在经济上完全不依赖情人有妇之夫保罗(Paul),但在情感上却极度依赖保罗。甚至为了得到保罗的欣赏,她放弃了自己的一部分母亲的职责——为了与情人约会,她将孩子送走或早早打发孩子上床睡觉。在恋情的后期,保罗已经想要抽身,爱拉却始终生活在自己编织的童话里不肯面对现实。爱拉整夜亮着灯,等待保罗前来,日复一日,爱拉明知这是荒谬的,却无法控制自己。

这样沉重压抑的爱使她感到十分"孤独",自己好像疯了。多年以后,爱拉从同事口中得知,自己是有妇之夫保罗口中的"风骚娘们",保罗为自己能够脱身而十分庆幸。爱拉的故事就是安娜的故事。作为自由女性,安娜自认为在经济上、精神上、身体上都非常独立,她已经实现了弗吉尼亚·伍尔芙的理想,然而,颇具讽刺意义的是,她五年全身心的付出却连一个分手的理由都未得到,而此时她已对情人极度依赖。传统女性受法律和道德的保护,男性的始乱终弃会被整个社会谴责,但这一点不适用"自由女性"。她们是男权社会公认的放荡不羁,以玩弄感情为乐的"荡妇"。自由没有为安娜带来快乐,反而使她失去了传统的保护,不堪一击。叙述者"我"在孤立无援的情况下,为了医治情感的创伤创作了小说《第三者的影子》,其主人公为爱拉。书中爱拉被情人保罗抛弃,痛苦难耐,也开始写作疗伤。

写作是公认的疗伤手段,安娜在创作小说时得了写作障碍症,但这不妨碍她在日记中倾诉心声。黑、红、黄、蓝四本笔记象征了安娜的多重身份。安娜的每一种身份就代表了一种声音。这多重的叙事声音相互独立、共同存在、相互碰撞。作为母亲,安娜自认为即使在她万念俱灰时,都能够为了女儿,勇敢地撑下去,但另一位单身母亲摩莉的儿子汤姆的自杀又给了她当头一棒,因为她一直过着自由女性的生活,无法给孩子提供一个稳定的家庭,必然对孩子造成伤害。《自由女性》中安娜最终被疲惫击垮,不再写作,笔记中的安娜写作障碍症得到治愈,写出了《金色笔记》。《自由女性》人物关系也与五本笔记构成对位关系,如安娜/摩莉对应的是爱拉/朱莉亚,安娜/迈克尔对应着爱拉/保罗等等。摩莉和爱拉可以被看作安娜分裂出来的不同的自我,不断与安娜对话。不仅在笔记中安娜有不同的自我,甚至我们有充分的理由相信摩莉、朱莉亚和爱拉是安娜自我的不同投射。这一点可以从安娜的情人索尔为她写下了《自由女性》的开头,即"安娜与朋友摩莉别后重逢",并在后面说,"这儿有两个你……"(莱辛,2000:676)得到证明。这几位自由女性的生活几乎相同,摩莉和朱莉亚象征安娜独立、外向、坚强的一面,爱拉象征安娜内向、脆弱的一面。当安娜得了写作障碍症痛苦得想要放弃时,摩莉作为她性格中坚强的一面告诫安娜:"如果你白白浪费自己工作的才能,我将永远不会宽恕你"(莱辛,2000:6)安娜在情感挫折后将内心中最痛苦的自我分离出来成为爱拉,爱拉向安娜倾诉着她的痛苦,安娜通过对爱拉痛苦的书写来治愈内心的创伤。《金色笔记》中安娜的每一个自我都是一个声音,众多声音互相牵制、影响,最终形成了矛盾综合体主人公"安娜"。

黑、红、黄、蓝四本笔记象征了安娜迷乱、失重的灵魂。安娜在经历种种社会剧变后内心遭受重大打击和创伤。最后她用《金色笔记》来联结四本笔记,使自我免于崩溃,完成主体的重建。她曾经梦到一个指挥官,当他在在执行枪决任务时,突然给被枪决者松绑,并让这位被执行者把自己捆了起来。指挥官与罪犯突然更换角色,显得人生是多么荒谬,人原先信仰的东西会在一瞬间崩塌,"善与恶"、"对与错"、"忠诚与背叛",没有绝对的标准,颠倒是非正在到处上演。那么人奋斗的意义在哪里? 还是在梦中,安娜听到一个声音说:"亲爱的安娜,我们并非如同我们想象的那样,是失败者……你和我将穷极一生地努力着,用尽我们全部的力量、全部的才智将那块圆石往山上推进哪怕一英尺。"安娜恍然大悟。人生是荒谬和非理性的,却依然是值得努力追求的,因为在这西西弗斯般坚持不懈的努力中,人磨砺了自己的意志,实现了自身的价值。那些推圆石上山的人都是悲剧式的英雄,他们不应该被看作失败者。因为他们正在这个混乱的世界中努力活出意义。在小说结尾,安娜与索尔分手,走出了情感的迷雾,又有了一段新的风流韵事。摩莉在经历了迷茫与困境后,再次选择了婚姻。摩莉是安娜的另一个自我,代表安娜向世俗的妥协,也是她的新生,她开始用自己的力量来改变自己的人生。

比起《野草在歌唱》中的主人公玛丽,安娜无疑是有重大飞跃的。玛丽将救赎的希望一直寄托在外物上,她期待改变生活环境,从农村去城市;她期待有一个男人以救世主的姿态救她于水火,甚至她期待生一个孩子,找到生活的动力,好像她人生中所有的不如意都可以通过孩子来解决。安娜从非洲到欧洲,从殖民地农村到宗主国城市,历经磨难,但始终依靠自己的力量。走进城市是出路吗?还是一份好的工作,一套公寓?不管在哪,出路没有现成的,出路都在心中。只有寻找自我的力量才能走出创伤。从开天辟地、远古时代到现代社会,"天地不仁,以万物为刍狗",混乱是世界的常态,宇宙从来都不是为了眷顾人类而存在的,所以从数万年前的祖先开始,人类社会就多灾多难,危险与痛苦无处不在,远古时代的猛兽、饥饿、疾病和洪灾,直至当今时代的世界大战、大屠杀和生态灾难……女性是性别上的弱者,她们在面对所有这些的同时,还要面对男权社会的压迫。在物质不丰富的时代,或者某个危急时刻,女性往往是最先被牺牲掉的。创伤一代代的传递在女性的基因里早已深埋下恐惧的种子。女性的出路是什么?源于内心对自我意识的掌控感,它是从内心创造现实的能力,女性必须得掌控生命中最重要的东西,这是女性真正可以掌控的,不是他人,不是环境,而是自己的内心。女性自我价值感,最终都取决于自身的头脑如何过滤和解读日常体验,即使生命如西西弗斯推巨石上山,只要保持一份永不言败的精神,依然是有价值的。

第三节　多丽丝·莱辛的多维写作风格

多丽丝·莱辛也是 20 世纪一位创作力旺盛、创作生涯跨越半个多世纪、风格多变、敢于创新的作家。不论是早期的《野草在歌唱》，五部曲《暴力的孩子们》（即《玛莎·奎斯特》）、《良缘》、《风暴的余波》、《被陆地围住的》以及《四门之城》，中期的代表作《金色笔记》，还是晚期受伊斯兰教神秘主义教派"苏菲派"的影响创作的科幻小说《什卡斯塔》、《第三、四、五区域间的联姻》、《天狼星试验》、《八号行星代表的产生》都反映了她敢于蔑视权威、复杂多变的风格，既有时代的烙印又超越了她的时代，其小说受马克思主义、表现主义、后现代主义、精神分析学说、苏菲教派等思想影响，涉及殖民主义、女性主义、斯大林主义等社会政治热点问题，却不能用任何一种类型来概括，因此极具挑战性，魅力长盛不衰，甚至与英国女作家弗吉尼亚·伍尔芙并称文坛双星。

1950 年，处女作《野草在歌唱》的出版，使莱辛一举成名。评论界和读者对着一部用传统叙事手法情节充满张力的小说颇多赞誉。然而，1962 年莱辛的另一部呕心沥血之作，即在 2007 年的诺贝尔文学奖颁奖词中被誉为具有开创性风格，并成为莱辛折桂诺贝尔文学奖的最充分理由的《金色笔记》，当时却引起了巨大的争议。在提倡古典主义宏大叙事的评论家看来，《金色笔记》语言上平平淡淡，几乎没有优美典雅的句子；结构上混乱不堪，支离破碎，与其说是小说创作，不如认为是剪报或文献记录。多丽丝·莱辛的同时代人，著名的作家、诗人、语言学家和评论家安东尼·伯吉斯（Anthony Burgess，1917—1993）就曾公然否认该小说的艺术价值，认为它不是一部艺术作品。

巴勃罗·毕加索(Pablo Picasso,1881—1973)有句名言"我年轻的时候,可以画得像拉斐尔一样,但我用了一辈子,才学会像孩子一样画画。"毕加索早期跟晚期的绘画风格差很多,外行看他 10 多岁时的画作可能会惊叹其才华,认为必定是一位功力深厚的老者,看 90 多岁时的画作,反而认为那是孩子的涂鸦之作。至于毕加索本人则说过他之所以有不同风格并非进化,他只是用不同的风格去表达不同的主题。无独有偶,毕加索的故事也适用于莱辛,在诺贝尔获奖作品《金色笔记》中莱辛打碎了语言符号本来的形象,撕裂其逻辑上的联系,再将这些语言碎片重新组合,于是便有了半截的、不完全的、陌生化的文本。这种陌生化效果使读者阅读时备受煎熬,但也正是这种痛苦,使读者对文本产生了创意性的理解,精神境界为之拓宽,获得一种春蚕蜕皮般的新生的极乐。下文将从"零度写作"和"复调"两方面解读《金色笔记》的语言特色。

一、《金色笔记》中的"零度写作"

"零度写作"即不带感情的写作,罗兰·巴特(Roland Barthes,1915—1980)的"零度写作"一直是西方结构主义文论家关注的话题之一。它起源于法国文学理论家罗兰·巴特 1953 年发表的一篇《写作的零度》的文章,罗兰·巴特提出了"零度写作"这一概念,与存在主义权威萨特《什么是文学》的介入式写作针锋相对,动摇了萨特的为谁写作的命题。罗兰·巴特以现代结构语言学的理论为基础,在语言学革命深刻影响的背景中,发现了形式的革命性能力,提出了写作是单纯的"不及物"活动,文学不再是观念意识的传声筒,作家在沉默的"白色写作"中实现零度写作和写作的真正自由,这对传统的"风格即人"的西方经典文论是一个巨大的挑战和反驳。

多丽丝·莱辛的代表作《金色笔记》是罗兰·巴特的"零度写作"理论在文学界的翻版。《金色笔记》中的"零度写作"首先体现在零度的语言上即白描般、片段式的语言;其次体现在零度的结构上即小说中独特的网状结构、多重复合视角的开放式叙事;最后体现在语言功能上,莱辛用零度写作的话语方式更好地表达了她的话语目的。罗兰·巴特认为言语与文体是作者创作的两个维度。古典写作中的语言符号承载的是工具的作用,意义和语言符号之间虚构了一种透明的确定关系,语言符号作为作者思想的载体,存在的必要性来自于对意义、情感、思想的表达或转译,即语言成为创作主体的奴隶。罗兰·巴特受结构主义影响,发现所指与能指无必然联系,相反,能指作为独立的因子,可以完全游离于所指之外。语言符号并不通过与外界事物联系获得意义,而是作为一种结构,一种系统组成部分的结果。零度语言通过发现字词的独立品质,标志着"作者已死"和一个语言自足封闭的狂欢世界的到来。

《金色笔记》中零度语言首先体现在删繁就简、近乎白描的对话上,白描是中国画中摒弃色彩、完全用线条来表现物体的画法,具有简洁朴素、概括明确的特点。在文学上,白描是用最少最精炼的文字,不加渲染、铺陈地勾勒出人物的精神面貌。从《金色笔记》第一章《自由女性》的开头安娜与摩莉的对话开始,简短的对话贯穿了本书的始终,最常见的句子字数约为 15 字左右,而长句不到 4%。作家发掘动词与名词的想象力,较少用到形容词、副词和状语,句型多为无变化层次的简单句,如"主+谓+宾"的框架,多使用无感情色彩的中性词。对话正如在日常生活中呈现的那样,以最原始、最纯朴的形态呈现在读者面前,不加丝毫文学上的修饰渲染。在《黄色笔记》——《第三者的影子》中,爱拉被情人保罗毫无理由地抛弃后,万分痛苦,好友朱丽娅没有说任何安慰之词,只是问她"要不要来支烟?",爱拉也没有诉苦,只是回答说"我要去睡了。"此处作家写得平淡克制,完全摒弃了古典写作的长篇大论,用最简洁朴素的对话,增加作品的维度,使文本富有立体感。省略的使用,无声胜有声,调动了人们丰富的想象力。作家如同摄影机般忠实地记录这一切,叙述者不介入叙事,以客观、冷静、平实,以一种洞悉世事沧桑的含蓄和深沉来展示笔下自由女性爱拉的无法言说的苦痛。正是这种近乎白描、低调清爽、笔法瘦硬、风格干脆的对话体现了罗兰·巴特毫不动心的纯洁的写作风格。

零度语言在《金色笔记》中还体现在语言的片段化、碎片化上。在《黑色笔记》的开头,主人公安娜写道:"黑色/黑,它太黑了/它是黑的/这里存在着一种黑。"安娜在笔记中随意书写,文中点缀着各种符号,笔记中很多故事戛然而止,甚至有的句子只有一半,尤其是蓝色笔记,以剪报的形式记录了 50 年代广岛原子弹、美苏冷战、麦卡锡主义、苏共 20 大等历史事件。各种新闻剪贴凌乱无序、松散重复,意义又大相径庭。我们无法将这些片段式的语言归类为任何一种文学体裁,我们仅仅可以将之称为文本而已。这些看似杂乱无章的语言片段绝不是因为莱辛语言基本功的薄弱，而是为作品的最终目标服务的，即反映主人公安娜的意识流、片段式思绪以及迷乱、失重的灵魂。在后现代主义看来，写作并不要采用经典的精美语言，因为读者已经对精美的语言审美疲劳，文学作为一种语言的暴力，只要能唤起读者对语言的感受就是合适的文学语言。

在罗兰·巴特的眼中，现代语言与线性不可逆的古典语言完全相反，现代语言则是一些独立语言片段的临时聚会，它们无序和混乱，可能随时分化，也可能貌合神离，充满矛盾和悖论。进入现代社会以来，尤其是第二次世界大战以来，科技的发展带来了对人类更大的杀戮，完整统一的世界观已经不能维持。为了反映后上帝时代纷乱的社会现实和人类价值观的多元化，文学不再需要，也不能提供单一的价值标准，来营造一个秩序、公正、理性、现实的虚假世界的感受。

零度语言之下是零度结构，它在《金色笔记》中首先体现在其独特的网状结构上。古典主义小说的结构往往按照铺陈—发展—高潮—结局这样一种线性叙述模式，尽量使得作品意义连贯、情节跌宕起伏，引人入胜，这样的小说读者的代入感很强，但后现代主义作家却往往对传统小说的封闭性和虚伪性颇多微词，认为这是迎合读者的一次性的消费品。莱辛在《金色笔记》中借女主人公安娜之口，评价安娜自己写的《战争边缘》这部传统小说，由于迎合了读者低级的猎奇审美心理而获得了商业上的成功，安娜自己却从此失去了写作的信心，陷入写作障碍症。因此，在这部作品中莱辛打破了传统的叙述模式，将704页的小说按空间和时间进行分割，传统小说《自由女性》的章节被分割成Ⅰ，Ⅱ，Ⅲ，Ⅳ，Ⅴ五个部分，黑色、红色、黄色和蓝色四本笔记依次插入《自由女性》中。《金色笔记》最后出现，它被放在《自由女性Ⅴ》之前。《自由女性》作为《金色笔记》整部书的主干部分，支撑整个框架的构成，而其他五个部分的笔记则是以《自由女性》为基础，向四处延伸。《黑色笔记》关于安娜的作家生活；《红色笔记》记录的是安娜的政治生活；《黄色笔记》描写安娜的爱情生活；《蓝色笔记》是关于安娜的精神生活。四本笔记象征着安娜四个分裂的自我，最后，合成一本《金色笔记》，意味着安娜的自我由分裂最终走向整合。如果我们把《自由女性》作为经，黑、红、黄、蓝四本笔记作为纬，小说的结构就像一张纵横交错的网，建构了一种任意循环的话语结构。这样一部结构如此独特、内容如此庞杂的作品,无疑给读者造成了混乱的感觉,不理解的读者会因此认为《金色笔记》算不上一部真正的传世之作。然而,这也正是莱辛匠心独运之处,就如正如作家莱辛自己所说,"这是一次突破形式的尝试,一次突破某些意识观念并予以超越的尝试……我的主要目的就是要让本书的结构自己作评,是一种无言的表述,通过它的结构方式来说话"。(Lessing,1974:20)事实上,作家正是要用这种文本之"乱"来象征外部世界的乱和由此导致的人精神内部的混乱。

《金色笔记》讲述的故事发生于上世纪五六十年代。那时"二战"的阴影尚未散去,原子弹、氢弹等大规模杀伤性武器足以毁灭全人类,麦卡锡主义横行,美苏冷战,战争摧毁了人们原有的价值观和道德观,打破了内心世界的平衡,经济危机还有社会变革使置身于精神荒原的人们倍感焦虑和恐慌。女主人公安娜是有着独立思想和稳定经济来源的中产阶级女作家,表面上,她的生活可以称得上自由和幸福。可是,作为简纳特的母亲,她无法给孩子提供一个稳定的家庭;作为自由女性,她在爱情的名义下无名无分地做了多年的情人,最终还是被人抛弃以致精神几乎崩溃;作为作家,她的作品《战争边缘》的真正价值不为世人所承认,安娜发现自己患上了"写作障碍症";作为共产党员,她对自己信仰的一切感到绝望。多重身份反而使安娜的生活一片混乱。通过错综复杂的乱序结构,《金色笔记》摆脱了传统小说的故事情节。阅读时读者无不为作品人物所经历的混乱、破裂、无序的生活而震撼,而莱辛认为"乱"更体现了生活的本质。在《黄色笔记》的《第三者的影子》中,她描绘了一个意欲自杀的年轻人,他表面上生活井井有条,内心却涌动着混乱、疯狂、失望的暗流。小说中,莱辛还采用了拼贴术,《蓝色笔记》中出现了大量剪报,涉及《快报》、《每日电讯报》、《政治家》等报刊上常见的关于战争、暴乱、谋杀等新闻内容,杂乱无章的形式象征当时世界的混乱秩序。《金色笔记》中小说结构跳过内容直接揭示主题,从而完全颠覆了古典主义写作那种形式从属于内容的观念。莱辛正是运用这种让语言形式代替内容和意义的手法巧妙地隐藏了自己的意图,这正好与罗兰·巴特所提出的语言和形式摆脱附属地位、不再隐匿于意义之后而成为一个独立的观察和思考对象的零度写作理论相契合。

零度结构除了网状结构,在《金色笔记》中还体现在多重复合视角的开放式叙事上。叙事视角是对故事内容进行观察和讲述的特定角度。它分为三种,即零聚焦—叙述者大于人物,全知全觉;内聚焦—叙述者等于人物,指叙述者仅说出某个人物知道的情况;外聚焦—叙述者所说的比人物所知的少。小说《金色笔记》主要采用了零聚焦型即全知全能的叙事模式和内聚焦型即第一人称叙述视角这两种视角。《自由女性》是莱辛用第三人称全知视角叙述女主人公安娜的故事,而黑、红、蓝、金色笔记采用内聚焦型第一人称视角,是叙述者"我"——安娜·伍尔夫对自己的生活从不同角度的记录、讲述和呈现。此时安娜成为小说叙事的中心和焦点,小说的视角由此发生了改变。

除此之外,在《黄色笔记》一章中,安娜还充当了自传体小说《第三者的影子》中的第三人称全知叙述者,通过安娜之口讲述了爱拉的故事,并且爱拉也作为叙述者写了本小说。尽管安娜·伍尔夫是小说中事实上的叙述者,但这个叙述者在《自由女性》和《笔记》中由于人格分裂产生了多重性的视角,叙述视点经常跳跃,如《黄色笔记》中的安娜在自传小说中化身为爱拉,主人公爱拉的话语和叙述者安娜的话语常常混杂在一起,安娜自己也承认这一观点:"我见到爱拉在一个空空的大房间里慢慢地走来走去,她一边沉思一边等待。我,安娜,见到了爱拉,而她当然就是安娜自己。但问题就在这儿,她又不是。每当我安娜写道:爱拉给朱丽娅挂电话时宣称什么等等,爱拉就从我身上游离出去,变成了另一个人。我不明白在爱拉与我分离开来成为爱拉的时候,发生了什么。没有人知道。叫她爱拉而不是安娜,这就够了。"(莱辛,2000:487)

莱辛正是用多重复合视角的叙事方式,消解了作者的主体性,将叙事自我和经验自我分离,将小说作者这一主体游离在情节之外,冷静克制如同摄影机放映般娓娓道来,对人物对错不置可否,从而进入了一种不介入、中性的白色状态。故事的结尾安娜与摩莉话别也是开放性的,这就给读者提供了多种可能的解读自由,读者可以与作者一起参与作品意义的构建。由此可见,《金色笔记》中的多重叙述者在令人困惑的同时,使文字充满无限可能性,没有趋向,中性、自足、饱和、客观——这就是罗兰·巴特一再强调的语言行为:零度的写作。

零度还是莱辛的话语方式而非话语目的,即《金色笔记》的语言是"零度"的,但感情却绝非是"零度"的。罗兰·巴特的零度写作,产生于古典写作虚伪地标榜"真实"和"自然"的神话的特定背景下,强调由字、词独立品质所带来的无限可能性和无趋向性,以此反击资产阶级所标榜的秩序、公正和理性。然而这种零度写作并不能被理解成无意义的、虚无的写作;作家游离于作品之外,更不意味着作家失去了对作品的控制。有评论家认为,莱辛的《金色笔记》语言平淡,结构混乱,主题模糊,只是一场语言虚无的游戏,毫无社会目的,关闭了文学艺术通向思想、价值、终极意义的通道,没有承担起文学应该承担的社会责任,它充其量算是文献记录或新闻报道,无法跻身经典文学之列。其实,这是对莱辛零度写作的误读,因为零度写作是莱辛的话语方式而非话语目的。

莱辛写《金色笔记》无疑是有其明确的目的的。莱辛认为,《金色笔记》是一部精心构思、组织严密的书,它用形式表明了小说的意旨。在 1972 年版的序言中,莱辛曾明确地介绍了自己的创作意图:即写出像托尔斯泰《安娜·卡列尼娜》、司汤达《红与黑》那样的,全面描写社会风貌和时代精神的小说。事实上,作为向现实主义大师致敬之作,《金色笔记》在内容和形式上走得更远,莱辛完全无愧于"将自己的怀疑、激情以及幻想投入在对分裂的文明的审视上"的评价。

莱辛使用平淡到近乎白描的语言,并非没有能力写出华丽的词句,而是基于美学的少即是多的原则,去掉修饰语,突出重点,突出名词和动词的想象力,使文本增加维度,富有立体感。莱辛从不借人物之口直抒胸臆,冷静克制地叙述并不是她缺乏感情,而是将澎湃饱满的感情降至冰点,让理性之花升华,比如《黄色笔记》一章中的爱拉在被抛弃后,莱辛只是平静地写她日复一日地站在窗前等待,读者却不由自主地为"自由女性"掬一把同情之泪。她从不硬塞给读者什么观念,并不是她没有自己的价值判断,而是将价值判断蛰伏在语言形式中,投射在字里行间,正如演员面无表情的表演却反映内心最大的震撼一样。作者的中立使作品的审美蕴涵获得最大张力。她片段式的句子绝不是因为她没有完成句子的能力,而是处于精神崩溃边缘的主人公本身的思维就是片段式的,意识流的。莱辛精心设计的小说的网状结构于混乱中显秩序,形式不再是内容的奴隶,而是与内容并驾齐驱。莱辛独特的多重复合视角带来的开放式叙事,使创作主体游离在作品之外,不是作者失去叙事控制力,而是为了淡化创作主体的功利目的,反对作者如全知全能上帝般直接干预作品,使作者的思想表达得更为客观、可信。由此可见,零度写作这一后现代主义强有力的话语方式的确更好地表达了作家莱辛的话语目的。

英美澳当代重要作家女性创伤叙事研究

51

二、《金色笔记》中的复调

莱辛的多维写作还体现在"复调"上。复调叙事理论是前苏联著名文艺理论家、结构主义符号学的代表人物巴赫金提出的。"复调"又名"多声部",本为音乐术语,前苏联学者巴赫金借用这一术语来概括陀思妥耶夫斯基小说的诗学特征。陀氏的作品中有着众多各自独立而不相融合的声音和意识,每个声音和意识都具有充分的价值,他们不在作者的统一意识下展开,也不仅仅是作者议论所表现的客体,而是平等的各抒己见的主体。巴赫金提出复调叙事以区别于独白型(单旋律)的、在作者统一的意志支配下已经定型的欧洲小说模式。(巴赫金,1998:29)

巴赫金是 20 世纪原苏联最卓越的思想家和文论家之一,他的研究横跨哲学、文学、美学、语言学领域,研究之深,程度之广,且能被多层理解,因此,社会学、符号学、结构主义、叙事学均视其为代表人物。巴赫金那独特而复杂的思想本身就是一种"多声部"现象,即"复调"。(巴赫金,1998a:29)复调叙事强调对话性,即众多各自独立而不融合的,具有同等地位和价值的声音和意识,不依赖于作者的统一意识,平等地各抒己见。

巴赫金提出复调叙事的概念后,学界反应不一。在经历了长期的沉寂后,随着近年来国内巴赫金研究热潮的兴起,复调小说理论重新进入批评视野,但国内现有的研究大都集中在文艺理论层面,而用复调理论来具体分析作家作品的却并不多见。在汗牛充栋的莱辛研究中,从复调叙事的角度来探讨《金色笔记》的研究数量并不多,四川外语学院罗洁的《莱辛的复调》是其中较有代表性的。复调小说具有对话性,主人公之间、主人公与作者之间是平等的对话关系。这种开放性的结构不仅为叙事学的研究开辟了一个新的方向,也为读者提供了广阔的思考空间,激活了读者参与故事建构的积极性,丰富了人类的艺术思维。

关于巴赫金的复调叙事理论,国内外争议颇多,主要集中在以下这点:即巴赫金的复调小说是在强调人物的主体性的前提下建立的,主人公都是"思想家"式的人,所以才有触及终极问题的对人对己的思想上的拷问(巴赫金,1998:101-103),而在以卡夫卡小说为代表的 20 世纪现代小说中,由于外部世界异己力量的强大,主人公已沦为异化为物的存在状态,如《金色笔记》中的女主人公一度失去了写作能力,只能拼贴一些剪报,精神也几近崩溃,那么,巴赫金所强调的人物的主体性是否依然成为作品不可或缺的要素?如果作品所要表现的对象已全然丧失支配自我和理解自我的能力,那么,"对话"是否依然可能?用巴赫金复调叙事研究多丽丝·莱辛20世纪后现代小说的典范《金色笔记》,可以为这些问题提供一些深层次的思考。

我们认为复调小说理论对于研究多丽丝·莱辛的《金色笔记》具有独特意义。传统叙事的拥护者从小说三要素——人物、故事、环境出发,认为《金色笔记》结构混乱,内容纠缠不清,是涂鸦之作,谈不上文学性。而作家对此的反击是称《金色笔记》是"一次突破形式的尝试,一次突破某些意识观念并予以超越的尝试……我的主要目的就是要让本书的结构自己作评,是一种无言的表述,通过它的结构方式来说话"(Lessing,1974:20)。

莱辛正是凭借作品中"史诗般的女性经历"而折桂2007年诺贝尔文学奖。尽管作家在漫长的写作生涯中,创作了多种类型和体裁的作品,《金色笔记》依然以其新颖的主题和独特的结构吸引着文学批评界的目光。学界对《金色笔记》的解读多从女性主义、生态主义和心理分析等角度。下文从显性复调、隐性复调以及由此进一步细分出的声音、结构、多重叙事视角的转换、时空体的复调分析《金色笔记》的复调特征,解析莱辛的复调叙事艺术,更进一步揭示即使主人公失去了话语能力,精神几近崩溃,作品中依然存在着"对位"的复调。莱辛通过大型对话和小型对话的方式,给予主人公、读者和作者平等的地位,使他们一起参与意义的构建,从而激发了读者积极的审美接受。

文体分类学上把复调叙事分为显性复调和隐性复调两大类。显性复调包括文体的复调、叙述视点的复调等形式方面的内容。隐性复调包括时空观念和情感空间的复调。人物内心复杂的情感挣扎与斗争即属于隐性复调。显与隐的交织相融,一起构成了庞杂的复调小说体系。尽管莱辛生前并未申明《金色笔记》是复调小说,但却在客观上提供了复调叙事发展的现代维度。随着全球化进程的进一步推进,文化间的冲突与碰撞逐渐成为不可回避的现实,而巴赫金的对话理论从对于人自身以及各民族文化之间的相互理解出发,强调各方平等的话语权,因此,我们可以说复调叙事不仅一种文艺理论,更是一种独特的思维方式,以其开放性、包容性、对话性和未完成性而日益受到学术界的关注。

小说文体的复调,即在小说中,引进其他文体,如戏剧、诗歌、哲学,甚至应用性文体,不同的声音各自表达同一个意思。文体复调能给作者提供了一个更加广阔的话语空间,使文本在多样体裁下更具张力,不同类型的文本在同一主题上相互阐释,有助于调动读者的审美积极性。《金色笔记》的复调特征在文体上体现的十分明显。多丽丝·莱辛一向对该小说的形式感到自豪,她曾在一封给出版社的信中称《金色笔记》是"一次突破形式的尝试……通过它的结构方式来说话"。"(Lessing,1974:20)

莱辛打破了文体统一的传统线性叙事模式。《金色笔记》与其说是一部小说不如说是由一个故事,黑、红、黄、蓝、金5本笔记构成拼贴画。故事名为《自由女性》,以女主角安娜的人生经历为主线。故事似乎是采用传统线性叙事模式,但莱辛将《自由女性》分为Ⅰ、Ⅱ、Ⅲ、Ⅳ、Ⅴ五部分,每部分之间,依次插入黑、红、黄、蓝四种笔记,在这四种笔记本中,或隐或现地穿插着多篇短篇小说的故事梗概,最后《自由女性Ⅴ》之前还插入一本总结性的《金色笔记》。而细心的读者在发现《金色笔记》的结尾,索尔·格林为笔记的主人安娜写的那句"两个女人单独待在伦敦的一套住宅里"(莱辛,2000:676)竟是《自由女性Ⅰ》的开篇句。也就是说笔记的主人安娜根据自己的人生经历创作了《自由女性》,其女主人公也叫安娜,笔记的主人安娜在《黄色笔记》中化名爱拉,作家爱拉也写了本小说。《金色笔记》中作者刻意安排了马赛克式的混乱结构,全书按《自由女性》的故事分成五个相对较大的碎片,再分裂成二十二个较小的碎片,叙事时断时续,思维跳跃,最后从分裂中统一。其中,笔记与小说这两种不同的文体交相辉映,各具独立的完整价值,不受至高无上的作者思想的控制。这里莱辛发展了巴赫金复调理论的核心——"对话"。对话即既有表现在人物声音上的"微型对话",又有篇章结构上的"大型对话",即"对位"。复调小说的对话既可以反映在语言层面,又可以反映在结构层面。(施云波,2013:68-70)

叙事视点指叙事人站在何种角度,以何种方式来叙事的着眼点。同一件事从不同的角度去叙述会产生截然不同的效果。在叙事视点中还有不同的聚焦作用。由于复调小说要展现"众多各自独立而不相融合的声音和意识"(巴赫金:1998a:28),为了给每个意识更大的发展空间,而不局限于某个单一视点,往往要根据故事情节,变化叙事视点,使得叙事多视点、多角度地呈现。

多重叙事视角的转换有以下的功能,由于复调小说是由多个独立、平等的意识组成,每个意识都需要极大的发展空间以得到充分的发展,而每一种叙事视角都有其优缺点,因此,复调小说的叙事视角需要不断转化来满足人物意识发展的要求。同时,这种转化并不是随意进行的,它始终围绕着人物与自己和其他人物的双声语对话进行,它是受作者控制,为表达主题服务的。

《金色笔记》中主要有两种叙事视角——第三人称叙事视角写成的《自由女性》和第一人称叙事视角写成的五本笔记。总体而言,黑、红、蓝、金色笔记采用的是第一人称视角,是"我"——安娜·伍尔夫对自己的生活从不同角度的记录、讲述和呈现。叙述者是安娜,这一点是十分肯定的。《自由女性》是用第三人称全知视角叙述女主人公安娜的故事,读者刚开始很容易认为叙述者是莱辛,但是《金色笔记》的结尾处索尔为安娜写下了小说的第一句,读者惊奇地发现,这是《自由女性》的开头,也就是说,《自由女性》的作者是安娜,《自由女性》的主人公安娜则是作者安娜虚构出来的,两个安娜不是同一人。在《黄色笔记》中,安娜还充当第三人称全知叙述者,以爱拉为主人公创作了小说《第三者的影子》,在《第三者的影子》中,爱拉也作为叙述者写了本描写自杀的小说。

第三人称全知视角与第一人称限制性视角在叙事风格上存在很大差异。在全知视角中,叙述者借用自己无所不知的眼光全方位地叙述了安娜、摩莉、摩莉的儿子汤姆、摩莉的前夫查理以及查理现在的妻子玛丽恩的相互关系,较多关注人物的社会生活和外在活动,并尽量显得客观冷静,为读者理解笔记提供了背景。第一人称视角方便叙述者表达内心隐秘的情感,将读者直接带入叙述者内心世界,产生共鸣,它直接生动、更真实地反映了人物心灵,具有主观片面等特点。莱辛用笔记将《自由女性》一分为五,使得两种叙事视角交替出现,没有将一种叙事视角凌驾于另一种之上,读者与笔记中的安娜都可以将这两种叙事视角进行对比、结合,在一定的距离之外,客观地评价人物。两种叙事视角都没有提供一个最终的结局,因而作者、人物、读者可以共同参与来构建小说的终极意义。莱辛采用这种复杂的多重叙事视角,使叙事视点不断转换,跳跃,使人物不再是作者意识的单纯客体,而且也是思想表达的主体,体现了复调的特征。

《金色笔记》中多重叙事视角的转换不仅体现在第一人称和第三人称两种叙事角

度的采用上,而且还体现在主人公与叙述者叙事视角叠合和交织之中。如同前文所说,笔记的作者安娜以自己的经历为蓝本,虚构了小说《自由女性》的主人公安娜。叙述者与主人公的结合,使得小说的叙事从主人公的内心透视人物,又能保持一定距离旁观,审慎视察人物的意识。如《自由女性》的开头,主人公问自己:这被人看得那么美好的安全感和心理平衡到底是什么东西呢? 在一个飞速变化的世界上,凭感情活一天过一天又有什么错呢? 这显然也是叙述者向世界提出的问题。这是叙事视角暗移形成叙事声音互相叠合的复调。另外,在《黄色笔记》中主人公爱拉的话语和叙述者安娜的话语常常混杂在一起。安娜甚至屡次打破叙述者的隐身功能,直接闯入情节,插入评论:“我见到爱拉在一个空空的大房间里慢慢地走来走去,她一边沉思一边等待。我,安娜,见到了爱拉,而她当然就是安娜自己。但问题就在这儿,她又不是。”而有时爱拉又身兼“我”和叙述者。作为安娜的对位人物,爱拉同安娜一样经历了人格分裂。因为《黄色笔记》的前三部分采用的是有情节、人物的传统叙事,但最后一部分并未给出故事的最终结局,相反是由很多有关男女关系的短中篇小说组成的大杂烩。这些片段式的语言混淆叙述和故事,将爱拉与安娜糅合在一起,使叙述者能够不露声色地评说主人公的经历。

《金色笔记》中多重叙事视角的转换还表现在作家常常利用人物视角投射作者视角,借人物之口传达作家自己对人生的思考。巴赫金曾指出:复调小说主人公的独立性并不意味着作者没有自己的艺术构思,因为,主人公自始至终是由作者创造出来的,复调小说作者的意识具有高度的积极性。在《蓝色笔记》第三部分中,作者让安娜对苏格大娘说出了如下的话:“实际上我已经登上这个舞台,在台上我看着人们说——无论他或她,他们是个整体,因为在这个或那个舞台上他们选择了封闭。”通过封闭和限制自己,人们才保持了心智健全。莱辛暗示了所谓的心智健全的普罗大众,只是由于他们封闭自己的意识,不敢面对真实的生活,活在虚伪里。作者通过安娜精神分裂后的康复,告诉世人,只有承认世界的分裂,才能重拾完整和统一。与独白型的作家不同,莱辛并不明确地直抒胸臆,而是尽量将自己的视角隐藏在人物视角的后面,但读者还是可以通过字里行间的点滴之语,以及人物命运的安排,发现作者的态度。

小说《金色笔记》就是复调叙事视角的典范。它的多重叙事视角打破了单一的传统叙事模式,使文本充满了开放性和张力。小说分为两大叙述层:外叙述层和内叙述层。外叙述层即小说自由女性部分,多丽丝·莱辛用全知全能的零聚焦模式叙述了女主人公安娜·伍尔夫伦敦生活的方方面面。内叙述层即黑、红、黄、蓝四种笔记,最后加上总结性的《金色笔记》。作家采用是内聚焦型第一人称视点,以笔记的形式忠实地记录了叙述者"我"——安娜·伍尔夫的作家、政治、爱情、精神生活。在《黄色笔记》中,叙述者"我"还创作了自传小说《第三者的影子》,用第三人称全知视角,通过安娜之口讲述了其化身爱拉的故事,而且小说中作家爱拉也在写小说。并且,外叙述层和内叙述层不是线性发展的,而是互相穿插、交织在一起,这就造成了叙事视角的不断变化。另外,读者不难发现,《金色笔记》的结尾处索尔为安娜写的小说的第一句,正是《自由女性I》的开头,也就是说,《自由女性》的女主人公安娜是由笔记的作者安娜虚构出来的,此安娜非彼安娜。貌似安娜·伍尔夫是在小说中事实上的叙述者,但这个叙述者精神分裂出了多重人格,她们的个性和意识站在不同的叙事视角上进行对话。这也类似于巴赫金的教堂比喻,即各种各样、相互对立的灵魂可以共存的一个场所。莱辛正是用叙事视角不断跳跃、转换,消解了作者的主体性,打破传统文本的单一视角、线性的情节结构,使人物不再是作者意识的单纯客体,而且也是思想表达的主体,因而读者可以与人物作者一起共同参与小说的建构。

隐性复调包括时空观念和情感空间的复调。在巴赫金看来,时空观念复调的最大特征就是时间和空间的有机融合,即时间的空间化、空间的时间化。与过去经典小说注重情节的发展,表现为时间的历时性不同,复调小说注重时间的共时性,所有的内容、人物关系都是此在的现时的集中地表现,即空间化的非时序化。这种共时的时空观不仅打破了逻各斯中心主义,颠覆了理想化的思维结构,而且是产生"多声部"的复调小说的基础。

时空体的复调有很深的渊源。从柏拉图、亚里士多德到康德,从哲学到文学,理论界集大成者都对作品中的时空因素做过分析,但这种分析只停留在设置故事发生的环境和推动情节发展的功能上。巴赫金从爱因斯坦的相对论得到启发,创立了时空体的复调,即时间的空间化、空间的时间化,时间和空间的有机融合、不可分割(巴赫金 1998b:274)。

传统独白小说以情节为核心,决定了其叙事必然采取线性的、历时的叙述,即使有倒叙、插叙等手法,依然是为了突出情节的发展。而复调小说的特征就是去情节化,以人物的意识为描写重点,而正如爱因斯坦所言,不同主体对同一段时间的感知是完全不同的,在有的人物觉得时光飞逝的同时,有的人物正觉得度日如年,因此很难将各种声音的心理时间统一起来,意识又是可以在时空中自由穿梭的,因此很多习惯了传统小说的读者批评复调小说在过去、现在、将来之间做无序的跳跃,叙述杂乱无章。其实,这正体现了人物意识对物理时间的压缩、移置,彰显特殊,有二度校正的功能。

时空体的复调在《金色笔记》中首先体现在平面共时结构即时间的空间化上。莱辛不强调对事件的线性叙述,而是如黑、红、黄、蓝四本并置的笔记那样,强调不同空间中的事物在这一“现时”的瞬间同生共存,相互作用(施云波,2014:28)。《自由女性》的叙述时间为1957年夏到1965年,是《笔记》中的主人公安娜虚构出来的,属于想象空间的故事;《黑色笔记》的叙述时间为1951年到1957年,主要描写主人公的非洲生活;《红色笔记》的叙述时间为1950年1月3日到1957年,主要描写主人公回到欧洲后的政治生活;《黄色笔记》无日期,叙事上用一般现在时,表明主人公的情感创伤不属于某一特定的时空,而是盘亘在意识中的永恒的存在;《蓝色笔记》的叙述时间为1950年1月7日到1956年9月,叙述的是主人公几近崩溃的精神生活,时态上时而用一般过去时,时而用一般现在时;《金色笔记》的叙述时间为1956年9月到1965年。《自由女性》又和《笔记》交织在一起,读者的阅读追随着主人公的意识在不同的空间中来回切换,安娜还以剪报的形式将千里之外的朝鲜战争、核试验等拉入其自我空间,使叙述进一步碎片化,叙述时间空间化,获得了叙述的共时性效果,即不同空间中的事件在此刻同时在场,相互作用,不因物理空间的隔阂而产生距离。莱辛将主人公不同空间中的自我在“现时”这一瞬间的横剖面剖出多彩、多形、多态的图案,通过反映主人公混乱的内心来展示20世纪中期整个世界的画卷。

正如莱辛所认为的,《金色笔记》的后现代主义特色之一就是结构的非情节化,摆脱了理性主义的因果逻辑,因为把情节结构强加于无情节的生活之上实际上是对生活真相的歪曲,而结构的非情节化办法之一就是打破时序关系。《金色笔记》自由女性部分的线性叙事不时地被黑、红、黄、蓝四种笔记所打断,并且内容以日常对话为主,没有主要的情节发展,处处是语焉不详的省略以及思维的跳跃,并且还常常与笔记的内容有出入。如在《自由女性》的开头,1957 年,汤姆是 20 岁(莱辛,2000:8),但是在安娜 1950 年的《蓝色笔记》中却记录着他当时的年龄已经 17 岁了,作者用这种时间上的错乱让读者明白"真实"的时间本来就是不可靠的。笔记中更是充满了剪贴画和蒙太奇的风格,在安娜的笔记中,非洲的过去、伦敦的现在、失败的婚姻、写作障碍、理想的幻灭、精神分裂以及她虚构的人物爱拉的经历,各个时空中真实与虚构的片断如剪贴画那样,打破时序,交织在同一时空,叙事从一个片断跳跃到另一片断,中间没有任何过渡与解释。在《黄色笔记》中,叙述者安娜甚至屡次与笔下的主人公爱拉的叙述混杂在一起:"我见到爱拉在一个空空的大房间里慢慢地走来走去,她一边沉思一边等待。我,安娜,见到了爱拉,而她当然就是安娜自己。但问题就在这儿,她又不是。"(莱辛,2000:487)文中这种错乱零散、时而心理分析、时而纪实的无情节叙事增加了混乱感和读者的阅读难度,但这种共时的写作真实地体现了安娜分裂的人格,给予各种意识平等对话的机会。

同时,时空体的复调在《金色笔记》中还体现在空间的时间化上。《自由女性》和黑、红、黄、蓝、金笔记本身即存在于不同的历史时间,具有各自的时间内涵,安娜的各个自我之间,安娜与摩莉、汤姆等人物之间并不是简单地在"现时"这一瞬间共存,而是带着各自时间的烙印对话,即主人公历时的时间经历影响着现时的此刻的存在。没有过去那段非洲经历,便不成为作家安娜;没有在英国共产党内的经历,便没有《红色笔记》中的安娜;没有那痛苦不堪的感情经历,便没有《黄色笔记》中的爱拉,这段经历如此痛苦,以至于安娜失去了面对自己的勇气,她只有借助于长篇小说中的主人公爱拉倾诉自己的痛苦;没有精神濒临崩溃的体验,就没有《蓝色笔记》中那细致入微的描写。《金色笔记》中经常出现"梦境"、"幻想"等虚幻空间,身在欧洲的主人公与多年前非洲的自我对话。他们的对话融合了不同的历史时间,又和"现时"的各种因素交织在一起,大大激发了对话的丰富性。在独特的网状循环结构中,《自由女性》和笔记被分割开的部分之间交相辉映,说明同一事物在不同的发展阶段也具有不同的特征,即具有各自时间的存在,如《黄色笔记》中爱拉从一开始对情人保罗的满不在乎,发展到后来的不可自拔,最终在时间的沉淀中用写作来愈合内心的创伤。时间历程在爱拉的各个阶段留下了历史的印迹,也体现了空间的时间化。

时空观念复调不仅体现在共时性上,还体现在融合了不同的历史时间空间的对话上。或者说,它打破了单一的、历时性的叙事方式,绝不是作家失去了对叙述的控制能力,相反,这是作家蔑视外在时空更关注作品内在时空的表现。正如莱辛在1972年版的"前言"中所说的那样,她有意向艺术大师学习,全面描写整个世界的风貌(莱辛,2000:4)。莱辛将女主人公命名为安娜·伍尔夫,并在自由女性的第一句写上"两个女人单独待在伦敦的一套住宅里。"(莱辛,2000:3)很明显是与弗吉尼亚·伍尔芙半个世纪前的名作《一间自己的房间》构成对话,安娜的名字对应着乔伊斯《芬尼根的守灵夜》中的安娜。女主人公梦境的反复出现对应弗洛伊德1900年的《梦的解析》。汤姆对抗父亲理查拯救精神崩溃的继母的故事,与古希腊俄狄浦斯弑父娶母的神话相映射。安娜黑、红、黄、蓝四本笔记象征了她分裂出来的四个自我,在真实与虚幻的空间中,每一个自我身上都有着历史时间的印记,他们的对话融合了不同的历史时间。在空间上,小说横跨几大洲,叙述了非洲殖民地民族斗争、"二战"、两大阵营对立、共产主义兴衰、女权主义、生态问题等,立体式全景象地展现了20世纪中期广阔的世界历史图景。莱辛的写作,自由地穿梭在不同的历史时空,将隐秘的内心叙事和宏大的外部世界相整合,将各种独立的意识集中到同一平面上描写,构成一部"多声部"的交响乐。

隐性复调除了体现在时空观念的复调上,还体现在情感空间的复调上,就是使不同的情感空间抛弃其发展先后,在横截面上并列呈现。情感空间的复调不仅指人物意识的对立,它还可以指作者为母题而造设的一系列事件、多种文类论述的综合体,是多方位、多层次展示小说主题的表达。情感空间的复调不仅发生在有形的物理空间,也发生在抽象的心灵空间。《金色笔记》的多重叙事情境,时间空间转换的叙事策略构筑了莱辛独特的"叙事话语",组建新的时空秩序,构筑多重意蕴空间,为小说情感空间的复调创造了条件。《金色笔记》中黑、红、黄、蓝四本笔记分别从不同的侧面表现安娜迷乱、失重的灵魂。作为自由女性、作家、母亲、情人、共产党员,安娜那多种身份的综合即体现了多重情感空间的并置,多重情感空间的独立发展,使安娜的生活陷入了混乱、崩溃的边缘。如同《黄色笔记》中《第三者的影子》中,那个意欲自杀的年轻人,他表面上井井有条的生活一直与内心混乱、疯狂的暗流并列存在。与安娜混乱的内心并列存在的还有社会大环境的"乱",《蓝色笔记》中出现了大量关于战争、暴乱、核污染等内容的剪报,杂乱无章的剪贴契合着当时世界的混乱。情感空间的复调有助于动态地有层次感地表达人物的复杂心理,其本质是外部世界与人物内心、人物分裂的自我、人物表层意识与潜意识的错综复杂、互相交织的表现。

在隐性的复调中,后现代写作技巧的灵活运用,如拼贴、戏仿、蒙太奇等,为情感空间的复调表达提供了很好的方式,它展现了世界的混乱和分裂,人物性格的多重和不确定,使小说表面上缺乏逻辑性和连贯性,不同现实与虚构空间之物常常同时喷涌而出,看似浅显的背后有着深邃的意义。莱辛的《金色笔记》不以故事情节取胜,而是用多重空间的建构中体现的厚重思想征服读者。莱辛通过独特的形式与内容互文,表达作家对战争与和平、民主与自由、男女平等等一系列问题的关注和思考。

复调除了显隐性还包括大型对话和小型对话。叙述声音的多重性为巴赫金复调小说的理论基础,巴赫金认为复调小说是由互不相容的各种独立意识、各具完整价值的多重声音组成。他考察了陀思妥耶夫斯基小说的主人公,如"地下室人"、卡拉马佐夫兄弟、梅思金公爵等,认为他们并不受作者思想的支配,他们的个性和意识处于对话的状态之中。对话又分为微型对话和大型对话。微型对话从形式上表现为双声语,即两种声音处于内在的对话状态,但还没有分裂表现出来,从内容上表现为主人公内心独白中各种意识间的对话。大型对话是指一种结构上的对话,亦即小说各部分之间的结构、主人公之间、作者与主人公之间潜在的对话。它往往涉及小说结构,人物关系结构。这种多声部的对话,是理解复调小说理论的关键。对话表现在宏观的框架结构上即为大型对话;对话渗透进文本言语时即为微型对话。微型对话在《金色笔记》中体现在人物为各种错综复杂的思想所影响,内心中进行着相互渗透、呼应、交锋的双声语对话。

复调在文学术语词典上又称为"对话性结构",可见对话之于复调的重要性。巴赫金说,"一切都是手段,对话才是目的"(巴赫金,1998:344)。他更是直言不讳地指出,与其说对话展现了人物的思想和意识,倒不如说对话参与了人物思想和意识的生成。这也就是说,对话是思维的存在方式。伊格尔顿笔下的巴赫金

61

认为"语言应该被视为本身就带有对话性:语言只有从它必然要面向他者这一角度才能被把握(伊格尔顿,2006:102)。这与索绪尔提出的静态语言学有很大的不同。索绪尔认为语言是能指的语音和所指的概念的结合,他从纯语言学的角度着眼于语言本身发掘其意义,忽略其与其他社会因素之间的互动联系。而巴赫金以动态的语言交流为研究对象,从不同声音间的冲突和交锋来建构意义的生成。具体到作品中,声音的复调即对话主要体现在小说的人物之间、作者与主人公之间、主人公和读者之间、作者与读者之间,以及更加微妙的主人公内心各种意识间的对话,又称双声语,即"两种声音处于内在的对话状态,它往往表现为暗辩体、带辩论色彩的自由体、隐蔽的对话体,是复调小说的主要艺术手段(巴赫金,1998:101-102)。"

女主人公安娜是其中的典型代表,她的身份是作家、共产党员、母亲、情人、自由女性,这本身就是个多声部的对话。《金色笔记》的开头,安娜就开始了她的独白:一切都开始崩溃了。这一独白暗示着安娜内心的自我在各种身份冲突中处于崩溃的边缘。作为作家,她发现她的成名作《战争边缘》非但不能反映真相,甚至反而扭曲真相,但同时她又不得不依靠《战争边缘》的收入,这使她对自己的写作充满了蔑视最终造成了她的写作障碍症;作为共产党员,安娜经历着信仰危机,但她又迟迟不愿退党,因为她无法忍受和她的政治理想说再见;作为母亲,安娜自认为即使在她万念俱灰时,都能够为了女儿,勇敢地撑下去,但另一位单身母亲摩莉的儿子汤姆的自杀有给了她当头一棒,因为她一直过着东飘西荡的生活,无法给孩子提供一个稳定的家庭,必然对孩子造成伤害;作为情人,安娜表面上蔑视世俗的道德标准,老于世故,对传统的女性角色不屑一顾,但她一旦爱上迈克尔,又表现出一个恋爱中女人的天真与单纯,甚至委曲求全来留住情人的心,表现得比传统女性更为弱势;作为自由女性,安娜自认为在经济上、精神上、身体上都非常独立,她已经实现了弗吉尼亚·伍尔芙的理想,然而,颇具讽刺意义的是,她五年全身心的付出却连一个分手的理由都未得到,而此时她已对情人极度依赖,自由没有为她带来快乐,反而使她失去了传统的保护。安娜的每一种身份就代表了一种声音。这多重的叙事声音相互独立、共同存在、相互碰撞,如安娜的情人身份就与她作家和母亲的身份相冲突。需要注意的是,如同陀思妥耶夫斯基小说的主人公内心充满了自己与其他人物的双声语对话,安娜也经常为自己辩护,她上百次地问自己,"为什么我要跟别人要一样呢?"她笔下的人物爱拉为描绘自杀这种对社会有负面影响的主题而羞愧,但她马上对自己说,"我可以写给自己,不用发表啊。"此时,似乎有另一个自我,跳出来跟爱拉交锋、对峙。

声音的复调在《金色笔记》中有着充分的体现。在小说的开头,"两个女人单独待在伦敦的一套住宅里",就预示着人物之间将会有大量的对话,如安娜与摩莉之间,爱拉与朱莉亚之间,安娜与迈克尔之间,爱拉与保罗之间等,这种人物间的对话也是传统小说常采用的。而在作者与主人公关系上,与传统小说不同的是,作者不再等同于主人公,主人公也不再是作者的传声筒。作者给予主人公与自己平等的地位,赋予其完全的独立性。莱辛曾在访谈中断然否认《金色笔记》是"多丽丝·莱辛的忏悔录"(Newquist,1964:418),这证明了作者莱辛与书中的女主人公安娜·伍尔夫是完全不同的个体。

《金色笔记》叙事上分为外叙述层和内叙述层。外叙述层为小说贯穿始终的《自由女性》部分,其中莱辛用全知全能的零聚焦模式叙述了主人公安娜作为"自由女性"在伦敦的生活。此处由于采用了传统叙事手段,读者难免误以为莱辛即等同于《自由女性》中的安娜。内叙述层显得较为凌乱,分为黑、红、黄、蓝四种笔记,最后加上总结性的《金色笔记》。笔记中采用了内聚焦型游移视角,以第一人称视点,断断续续记录了叙述者"我"——安娜的以黑非洲为创作背景的作家生活、共产主义的红色政治生活、黄色的爱情生活、蓝色的精神生活。在《黄色笔记》中,叙述者"我"为了医治情感的创伤创作了小说《第三者的影子》,其主人公为爱拉。爱拉被情人保罗抛弃,痛苦难耐,也开始写作疗伤。由于《自由女性》在前,笔记在后,读者难免根据线性思维习惯认为《自由女性》中的安娜写了这五本笔记。直到《金色笔记》的结尾处索尔与安娜告别时,为她未来小说写的第一句话"两个女人单独待在伦敦的一套住宅里"(莱辛,2000:676),而这正是《自由女性》中"我"的开头第一句话。至此,读者幡然醒悟,外叙述层《自由女性》是由内叙述层笔记的叙述者安娜创作出来的小说。并且,外叙述层和内叙述层绝非线性发展,而是互相穿插、交织,形成了一个循环、运动、自足、饱和的系统。作家莱辛游移系统之外,将叙事自我和经验自我剥离,冷静克制,给予主人公充分的发展空间,消解了作者的权威,开放性的叙事给读者提供了多种解读的可能,看似杂乱的叙事并非有意为难读者,而是要充分调动读者的主观能动性,与作者和主人公一起参与作品意义的建构,犹如各种独立的声音交汇成一个比单声结构更高、更雄厚的统一体。需要说明的是,这并不意味着作家如批评者所言,没有能力创作传统线性的、独白清晰的、有着固定解读的经典欧洲小说,而是复调小说的艺术魅力就在于其开放性、复杂性、对话性和未完成性,以便更真实而不是更完美地反映这个多元而又复杂的社会。

声音的复调在《金色笔记》中更体现在主人公不同自我间的双声语对话中。巴赫金认为每个人都是受出身、社会环境影响的矛盾综合体,不是单数的"我",而应该是复数的"我们"。巴赫金指出,一个作家,或者主人公不可能是全知全能的,其内心深处也有可能是矛盾的,如果他要述说真实,就必然要描绘出这种内心的矛盾和挣扎。他十分推崇陀思妥耶夫斯基小说的主人公,如"地下室人"、卡拉马佐夫兄弟等,认为他们的个性和意识始终处于对话的状态之中。《金色笔记》中的主人公安娜走得更远,她已经分裂出多个自我。如她在一开始所说:"一切都开始崩溃了"(莱辛,2000:3)。这一独白暗示着主人公安娜内心的自我在各种身份冲突中处于精神分裂的边缘:她身兼母亲、作家、共产党员、情人、自由女性,还一度在客观上成为年轻人汤姆的精神导师(汤姆曾私底下阅读安娜的笔记)。这几种身份处于不断的对话和冲突中。如作为母亲,孩子是她万念俱灰时活下去的理由,但作为"自由女性",安娜过着东飘西荡的生活,无法给孩子提供一个完整的家庭。她将情人带回家留宿,孩子心中燃起了对父爱的渴望,但情人却无意扮演父亲的角色,这必然对孩子造成伤害;作为"自由女性",安娜自认为在经济上、精神上都不依附情人,对对方没有任何物质和婚姻诉求,一心追求感情,这种追求最终却成了情人眼里的放荡。颇具讽刺意义的是,失去世俗的保护后,"自由女性"比传统女性更为弱势:作为作家,她发现她的成名作《战争边缘》被出版商过于商业化解读后失去了其本意,但作为"自由女性"的她没有家庭的物质保障,不得不依靠她所蔑视的收入,这种冲突最终造成了她的写作障碍症;作为精神导师,安娜没能为汤姆授业解惑,反而使汤姆在接受安娜的灰色思想后选择了自杀;作为共产党员,安娜在斯大林主义后产生了信仰危机,但她又不愿退党,因为这是她其他角色失败后的避风港。安娜一开始决定用四个笔记本代表四个方面的自我,以抵御自己心理的混乱,但到后期她已没有能力给笔记分类,各种身份纠结在一起,矛盾冲突的最高点是他们共同造成了主人公的失语,只能拼贴一条条剪报。

不仅是笔记中有安娜不同的自我,甚至我们有充分的理由相信摩莉、朱莉亚和爱拉是安娜自我的不同投射。这一点可以从安娜的情人索尔为她写下了《自由女性》开头的前言,即"安娜与朋友摩莉别后重逢",并在后面说,"这儿有两个你……"(莱辛,2000:676)得到证明。这几位自由女性的生活几乎相同,摩莉和朱莉亚象征安娜独立、外向、坚强的一面,爱拉象征安娜内向、脆弱的一面。当安娜得了写作障碍症痛苦得想要放弃时,摩莉作为她性格中坚强的一面告诫安娜:"如果你白白浪费自己工作的才能,我将永远不会宽恕你。"(莱辛,2000:6)安娜在遭遇情感挫折后将内心中最痛苦的自我分离出来成为爱拉,爱拉向安娜倾诉着她的痛苦,安娜通过对爱拉痛苦的书写来治愈内心的创伤。《金色笔记》中安娜的每一个自我都是一个声音,众多声音互相牵制、影响,最终形成了矛盾综合体主人公"安娜"。

大型对话在《金色笔记》中体现在小说各部分之间的结构、主人公之间、作者与主人公之间的对位关系上。《金色笔记》以其独特的网状结构而著称。这部作品由一部《自由女性》的小说和五本笔记组成,其实是用两种方式讲述同一个故事。《自由女性》采用了传统的线性叙事模式,但被作者分割成Ⅰ、Ⅱ、Ⅲ、Ⅳ、Ⅴ五个部分,黑色、红色、黄色和蓝色四本笔记依次插入《自由女性》中。《金色笔记》最后出现,它被放在《自由女性Ⅴ》之前。我们可以把《自由女性》作经,四本笔记为纬,小说的结构就形成了一张网,网中各种意识连同它们相关的世界,统一于整本小说,而相互间不发生融合。从形式上来看,传统小说《自由女性》与笔记部分构成文本上的对话。读者将这两种文本进行比较后必然会发现,笔记部分真实的认识内容只有在经过削减、甚至篡改之后才能被传统的形式容纳,因此,传统小说《自由女性》的表现力显然大大逊色于笔记,这也让读者不由自主地反思传统的文本究竟掩盖了多少真实的东西。《金色笔记》结构上没有传统小说的开头,也没有明确的结尾,情节较为简单,这也是与复调小说理论相吻合的。因为巴赫金认为,小说应着重描绘意识的形成过程,而不是用跌宕起伏的情节哗众取宠,《金色笔记》正是描写安娜通过书写将隐匿在内心深处的创伤理性地剖析和重构,进而获得自身完整性的意识的形成过程。

大型对话还体现在主人公之间的对位关系上。《自由女性》主要角色安娜对位于五本笔记本的拥有者安娜,两者之间有着千丝万缕的联系,但并不是同一人。《自由女性》中安娜最终被疲惫击垮,不再写作,《笔记》中的安娜写作障碍症已经痊愈,写出了《金色笔记》。《自由女性》人物关系也与五本笔记本构成对位关系,如安娜/摩莉对应的是爱拉/朱莉亚,安娜/迈克尔对应着爱拉/保罗等等。摩莉和爱拉可以被看作安娜分裂出来的不同的自我,不断与安娜对话。小说的开头,安娜与摩莉作为两个自由女性交相辉映地出现了,她们的生活几乎相同,她们自己也认为可以交换各自的角色,我们有理由认为摩莉是安娜虚构出来的人物。摩莉象征着安娜独立外向坚强的一面。当安娜要放弃写作时,她性格中坚强的一面跳出来,通过摩莉告诫自己:"如果你白白浪费自己工作的才能,我将永远不会宽恕你。"安娜的情人索尔为她写下了《自由女性》开头的第一句话,即"安娜与朋友摩莉别后重逢",并在后面说:"这儿有两个你……"看到这儿,我们不得不感叹莱辛的匠心独运。这样我们便不难理解结尾"两个女人互相吻过之后,便分手了"的寓意,因为一旦安娜完成了分裂后的重组,获得了自身的完整和独立,摩莉的功能也不复存在,两者已合二为一。与摩莉相对照的是《黄色笔记》中的爱拉,爱拉象征着安娜内向、脆弱的一面。她逃避自我,离群索居,由于被情人抛弃而精神崩溃。安娜只有借助对爱拉的痛苦的书写来释放出自己一直压抑的隐秘的情感。安娜审视着爱拉,爱拉向安娜倾诉着痛苦,《黄色笔记》瓦解了,爱拉最终完成了职责,安娜也走出了精神危机。《金色笔记》中每一个人物的故事都是一个声音,众多人物故事奏出了相互独立、相互影响的复调。

大型对话在《金色笔记》中同样体现在作者与主人公之间的对位关系上。巴赫金认为主人公不是第三者的"他",也不等同于作者,而是作为对话伙伴的"你"。主人公具有独立性、主体性、创造性,主人公与作者的关系是平等对话的关系。安娜、摩莉、爱拉的观点并不是作者莱辛本人的观点。作者与人物在同一件事物上观点并不一致,如摩莉对前夫理查的评价:理查一旦决定继承家业就变得很成功。此处,摩莉更多的是不解,而作家表达了一种相当程度的讽刺。《第三者的影子》中,爱拉被情人保罗毫无理由地抛弃后,日夜在窗前等待,爱拉只是觉得自己要是睡了,保罗就不来了,叙述者安娜觉得爱拉要崩溃了,莱辛则为这些自由女性掬一把同情之泪。需要说明的是,主人公独立自主,并不意味着作者失去了掌控人物的能力,而是给人物更大的自由,从而更好地参与主题的构建。

大型对话说到底是一种结构的复调。传统的文学理念一般认为,作品内容和形式正如灵魂和肉体,相互依存,不可分割,尽管形式也很重要,却是次于内容的,因为形式没有能力单独表达作品的寓意。复调结构的出现颠覆了这一理念。《金色笔记》如果用传统写作手法来创作,可能只是个极普通的故事,莱辛完全改变了传统的文学理念,以一种"多声部"的复调结构来叙事,形式被抬到了和内容同等重要的位置。

结构的复调在《金色笔记》中首先体现在小说各部分之间的结构上。莱辛说过"这是一部结构高度严谨、布局非常认真的小说。本书的关键就在于各部分之间的关系"(Newquist,1964:418)。《金色笔记》其实分为两部分,《自由女性》和《笔记》。《自由女性》的故事是小说的主要脉络,被《笔记》分割成不同的部分,如果将《笔记》抽掉,《自由女性》的故事本身就是一个完整的小说。该小说采用的是第三人称外视角,用传统小说线性叙事方式,以事情的进程为序建立了小说的情节脉络,以离异带着孩子独立生活的"自由女性"安娜为主要人物,并在其叙事中包含其他人如"自由女性"摩莉的故事。这又构成了小说《金色笔记》叙事结构中的外叙述层。小说《金色笔记》叙事结构中的内叙述层正是这四本笔记,这四本笔记最后交织成为一本《金色笔记》。《自由女性》表面上采用了传统的线性叙事模式,以女主人公安娜的伦敦生活为主线,其中有大量的对话,但并未有明显的故事情节发展,跳跃的叙事给读者理解造成了难度。

不仅如此,《自由女性》还被黑、红、黄、蓝四本笔记分为五个部分,叙事就更加零散化、片段化。《笔记》由于是主人公纯主观的叙事,情节就更为奇特,充斥着各种乱涂乱写的符号和主人公的前言不搭后语,《笔记》中还或隐或现地穿插着多篇短篇小说。这样,作家彻底打乱了叙事节奏,打破了读者惯常认同的生活结构,消解了作者权力的威严,使各种意识共存共在、交流互动,造成了一种意义的狂欢。如果以《自由女性》作经,四本笔记为纬,小说的结构就像一张纵横交错、任意循环、

英美澳当代重要作家女性创伤叙事研究

自足饱和的网，《自由女性》与笔记相互交叉，但又保持着各自的独立（陈才宇，1999：72）。这种结构看似混乱，但正是用这种混乱来衬托主人公那混乱、失重的灵魂。巴赫金认为，复调小说描写的重点已经从"主人公在世界上是什么"转移到"世界在主人公心目中是什么，主人公在自己心目中是什么"上来，即小说应着重描绘意识的形成过程而不是用跌宕起伏的情节来娱乐读者。《金色笔记》正是通过描写"多声部的混乱"对安娜的分裂人格进行理性地剖析和重构，进而获得其整个时代的风貌在主人公意识中的投射。笔记中一度还拼贴了大量剪报，这种多种文本的并置正是莱辛对巴赫金复调对话理论的发展——即对话不仅体现在人物声音意识间的"微型对话"，还有结构上文体间的"大型对话"，即"对位"。复调既有语言层面上的，又有结构层面上的。

这种独特的网状的复调结构，打破了传统独白型小说的封闭性结构，能够将各种迥异的材料整合在一起，极具包容性。以前被当作整体的故事情节、作者的风格、传统独白叙事在这里变成了其中的一部分，而不再需要像独白型小说那样去设计一个贯穿始终的声音，而是多种声音都可以独立自由地表达（朱立元，2005：261）。这种结构上的开放性导致了复调小说整体上的未完成性，作为此在的人，其思想存在无穷变化的可能，因此，描绘思想意识的复调小说也具有不可完成性（李凤亮，2003：96）。笔记中的安娜在索尔的鼓励下开始写作，《自由女性》中的安娜已经放弃了作家生涯，到底故事会以何种方式发展，一切都是未知的。这种未知，激起了读者的阅读兴趣，使读者情不自禁参与进来，与人物、作者进行对话。

小说的结构的复调呼应作品的多重主题，小说被分成碎片化的很多个部分，四本破碎笔记展现了战后现代西方女性痛苦的精神世界。在小说的最后，四本破碎笔记本交织成为一本《金色笔记》，这代表了女主人公安娜整合碎片化的自我和自我治愈的力量。其意义是："二战"后的世界是痛苦的，核战争的威胁、极权主义、杀戮充斥其间，女性的生活也是充满了创伤的，她们在寻求社会身份上遭遇了失败，不论是作为作家、政治家，还是情人和妻子，追求那些完美的生活是不现实的，女性也不能把希望放在一些外界之物上，只有用野草般的坚毅和韧性，在默默地忍受中向自我寻求力量，这才是最终的救赎。

《金色笔记》在声音、结构、时空体上都体现了复调特征,多丽丝·莱辛穿越在不同的历史时空,包容进主人公多重隐秘的内心自我和纷繁复杂的外部世界,作品中独特的网状循环结构充满开放性和未完成性,在空间和时间的有机融合中,各种独立的意识平等自主地发出自己的声音,构成一部"多声部"的交响乐,激发了读者的审美积极性,真正做到了让形式为内容作评。平等、开放、包容、对话的复调理论作为一种思维方式,既契合当今世界多元化的潮流,又展现了作家的人文情怀。

巴赫金的复调小说理论从叙述声音的多重性、多重叙事视角的转换揭示《金色笔记》所具有的复调特征,莱辛通过对话的方式,给予主人公和作者平等的地位,开放化的复调叙事使作者、主人公、读者一起参与意义的构建。由于一些历史、现实的因素,巴赫金的复调小说理论和莱辛的《金色笔记》并未在发表之初得到学界的瞩目,然而正如巴赫金所言:经典作品是长时间里开放的对话中的永恒物质存在。半个多世纪以来,他们自由、平等、对话的人文关怀精神依然激励着一代又一代的读者找寻生命的完整和意义。

《金色笔记》是一部反映20世纪50年代英国乃至整个世界的人类精神风貌的伟大作品。莱辛通过淡而有味的语言,匠心独运的结构,客观公正、不偏不倚的零度叙述,曲折隐晦地表达了作者在"混乱"中创建"秩序"、从"分裂"中走向"整合"的努力,尽管她将价值观隐匿得很深,但读者依然可以从字里行间读到她对当代社会的深刻思索和博大的人文主义情怀。莱辛的零度写作对于中国的文坛也有很大的启迪性。自盛唐以来,中国文学一直是寒门学子投之当道的行卷,十年寒窗,金榜题名,为了迎合统治者的价值取向,文章往往辞藻华丽,情节曲折,引人入胜,并习惯直接借人物之口表达自己的伦理观念,真正在写作中体现语言表达自由的作品并不多见。莱辛《金色笔记》中的零度写作,以及她真诚而犀利的批判精神,是永远值得我们当代作家和文学研究者去努力效法与追求的一个高度。

巴赫金的复调理论为文艺批评提供了一种全新的范式:纯语言学研究仅关注作品的语言形式,对作品意义的生成不感兴趣;传统的社会学研究往往仅从社会政治的角度分析作品内容,对作品的语言形式不感兴趣,不免有使文学庸俗化、政治化的风险。而巴赫金将形式提高到和内容同等的高度,肯定了小说的意义要在时间和空间的有机融合的对话形式中生成。这一点可在莱辛的《金色笔记》中得到充分的体现。《金色笔记》穿越于不同的历史时空,在声音、结构、时空体上都体现出复调特征,作品中独特的网状循环结构充满开放性和未完成性,包容进主人公多重隐秘的内心自我和纷繁复杂的外部世界,在空间和时间的有机融合中,各种独立的意识平等自主地发出自己的声音,构成了一曲多声部的"交响乐",激发出读者的审美积极性,真正做到了让形式为内容作评。"零度写作"和"复调"只是莱辛多维写作中的两维,多种叙事手法的应用,使形式为内容作评,形式也体现了内容,获得了与内容同等的地位,莱辛无愧于"文坛祖母"的称号。平等、开放、包容、对话的复调理论作为一种全新的思维方式,既契合当今世界多元化的潮流,又展现出丰厚的人文情怀。在全球化的 21 世纪,中国作为发展中国家,迫切需要在国际交往中保持独立,平等对话,这一点与正好巴赫金的"复调"理论不谋而合,因此复调叙事研究可以为中国提高软实力、提升国际形象做出一定的贡献。《金色笔记》探讨了西方社会在物质高度发达以后精神上的混乱和空虚,对中国精神文明的发展有借鉴意义。

第三章

美国文学中的女性创伤叙事

　　创伤是一个古老的命题。它源自于希腊语，一开始是个病理的概念，意思为"刺破或撕裂的皮肤"，后引申为精神分析上精神伤痛的感觉。创伤可以说是一个医学名词，也可以说是一个心理学名词和文学的名词。英国当代哲学家，西蒙·克里奇在《伦理、政治、主观性》（*Ethics，Politics，Subjectivity*）一书中，将创伤认定为一种外界因素导致的冲击（Critchley，1999：191）。弗洛伊德在《超越愉悦原则》（*Beyond the Pleasure Principle*）中这样论述，"一直以来，大家知道产生在严重的机械事故，铁路灾难以及其他可能危及生命的突发事件之后，人们所处的一种精神状态。"（Freud，1955：12）弗洛伊德提到在遭遇到当时比较常见的火车事故后，人精神上往往在很长一段时间内都不能离开这个事故现场。弗洛伊德将此命名为"创伤性神经官能症"（Freud，1955：12）。可以这样说，创伤是一种打破了精神上均衡状态的极限的情绪体验，也是一种极不愉快的体验。精神分析学家多从自我和内心愉悦原则等角度出发分析创伤，研究创伤的历史学家则倾向于从历史经验、效应、民族心理等角度看待创伤。耶鲁学派的重要旗手、大屠杀叙事的奠基人、历史学家兼创伤学家多米尼克·拉卡普拉（Dominick LaCapra）在《书写历史，书写创伤》（*Writing History，Writing Trauma*，2001）中这样论述："创伤是一种经验的断裂和停顿。这种断裂和停顿是经验的破碎，具有滞后效应。"（LaCapra，2001：186）"书写创伤，就是书写事后影响。从普遍意义上说，书写创伤是一种能指活动。它意味着要复活创伤经验，探究创伤机制，而且在某种程度上要分析并喊出去，研制出与创伤经验、有限事件及其在不同的组合中，以不同的方式显示的象征性效应相一致的过程。"（LaCapra，2001：186）

　　女性创伤叙事也并非英语文学所独有，古今中外文学都有女性创伤叙事。中国古代的作品中有怒沉百宝箱的杜十娘，有"良辰美景奈何天，赏心乐事谁家园"的杜丽娘，杜丽娘因为这种爱情求而不得的创伤而导致生命走向凋谢，最后又因为爱而重生。在中国现当代文学的河流中，张爱玲的《金锁记》，沈从文的《边城》，鲁迅的《祝福》等等，这些作品或从个体的生存体验，或从民族国家社会的高度阐述家庭、社会、文化的创伤。

　　由于男权社会对女性长期的排斥和仇视对女性造成了创伤和认知障碍，很多女性往往对自己的身份表现出一种自我怨恨，不能正确地悦纳自己的女性身份。女性要么对男性无限地臣服，三从四德，在家从父、出嫁从夫、夫死从子，一切以男权社会的标准来要求自己;要么走向另一个极端,极度自恋,仇视男性,将男性妖魔化。女性想要逃避社会给予她的身份却又无从逃避,想要寻求安稳、向往自由的生活,却又不知该如何实现。她们一直生活在一种不安和焦虑中,这种不安和焦虑在面对社会剧变时会成倍放大,因为社会剧变如战争、瘟疫、死亡会带走她们的亲人和社会支持系统,使她们孤立无援地应对这一切。

在现代社会和后现代社会,由于种种原因,人类都饱受着各种类型创伤的困扰,家庭、社会、文化、情感、种族、战争和信仰这些都会给人以创伤。作为人类存在于这个荒谬的世界,我们无从选择自己将要遭受怎样的创伤,但是我们仍可以选择对创伤做出积极的应对。我们可以用积极的滤镜来过滤掉创伤的消极成分,我们更可以用书写来作为一种疗伤的途径。女性创伤叙事包括女性作为创伤书写的主体即如多丽丝·莱辛等女作家的书写,也包括女性作为创伤书写的客体,如男作家对女性悲剧的书写,威廉·福克纳就创造过鲜明的南方女性形象。女性主义文学理论的众多流派可分为三个大类:一是对女作家作品的关注、发掘和重新评价;二是揭露男权社会对女性的压制和歧视,即厌女症;三是研究文学作品历史、文化、社会等背景。因此,不难看出,只要是书写女性创伤的都可以被看作是女性创伤叙事。这也为我们运用女性主义理论分析作品提供了理论依据。

在美国的女性创伤书写中,南北战争和黑奴制是其历史上绕不过去的点,威廉·福克纳的《献给爱米丽的一朵玫瑰花》,田纳西·威廉斯的剧作《玻璃动物园》刻画南方贵族白人女性无法适应南北战争后社会的沧桑剧变,一步步走向自闭和精神分裂。托妮·莫里森的《宠儿》描写了黑奴制给予黑人女性的创伤,这种创伤以幽灵的方式不断纠缠着黑人女性。我们可以通过经典作家的经典文本从新的角度阐释,认识美国女性创伤书写发生的原因、机制、内涵和艺术特色。较之于英国女性,美国女性不需要背负欧洲文明数千年的创伤,也不需要有面对殖民地的内疚,但黑奴问题带来的南北战争和南北战争后依然没有解决的种族问题依旧困扰着白人和黑人女性。

在女性创伤书写中,美国女性因其独特的历史文化,有着独特的创伤体验。她们背负着种族、信仰、文化、情感的创伤,经历了多次精神和自我身份认同的危机。美国女性的创伤,是独特的,也是普适的。如西方的谚语中所说的那样:"苦难是化了妆的财富。"或者如佛家所云:"遇到多大的魔,就会成就多大的佛。"苦难是人生的财富,只要不被苦难所压垮,只要人生不走向肉体和精神的毁灭,就能从苦难中站起来。如同路遥的《平凡的世界》那样,创伤的主体没有在创伤中沉沦,而是从创伤中升华,转换为对艺术的追求和创作,超越个人具体的创伤,并进而反思个人的创伤,将创伤升华为对全人类命运的关注。对美国的经典作家群用怎样的风格来实现女性的创伤书写,这依然是个没有完成的研究。但有一点是可以肯定的,真正的作家都不会回避生活的苦难,相反苦难经历会成为艺术的宝库。书写本身就是走出创伤的手段,作家们用意识流、拼贴、闪回等手段书写创伤,如本雅明所论述的那样,是在文明的废墟之上,企盼着弥赛亚救赎的灵光。美国的经典作家群在形式创新的道路上勇往直前,展示了他们深深的人文情怀。

第一节　"南方淑女"神话的破灭：
绝望的玫瑰爱米丽

　　女性创伤叙事包括女性作家书写的创伤，也包括男性作家以女性为主题的创伤叙事。诺贝尔文学奖得主、美国作家威廉·福克纳就创造过鲜明的南方女性形象。威廉·福克纳是美国文学史上重要的作家之一，美国的意识流文学代表人物，1949 年以"对当代美国小说做出了强有力的和艺术上无与伦比的贡献"获诺贝尔文学奖。他以虚构的约克纳帕塔法县为背景，写了一系列长短篇小说，其中《沙多里斯》(*Sartoris*)、《喧哗与骚动》(*The Sound and the Fury*)、《当我弥留之际》(*As I Lay Dying*)、《圣殿》(*Sanctuary*)、《八月之光》(*Light in August*)、《押沙龙，押沙龙！》(*Absalom，Absalom！*)和《去吧，摩西》(*Go Down，Moses*)较为有名。《献给爱米丽的一朵玫瑰花》(*A Rose for Emily*)这一短篇小说也是这套"约克纳帕塔法县世系"的一个组成部分。

　　福克纳的书写与他的个人经历不可分割。威廉·福克纳出生于 1897 年 9 月 25 日，此时南北战争已经结束了三十多年，南方名门望族们在北方资本的入侵下正在崩溃。威廉·福克纳全名威廉·卡斯伯特·福克纳，他出身名门，曾祖父威廉·克拉科·福克纳是有名的南方贵族，被称为"老上校"，是种植园主、企业家、作家、军人、政治家。曾祖父为这个家族建立了光荣的传统，福克纳一直以曾祖父为骄傲，很多小说中以曾祖父为原型。但威廉·福克纳的父亲却无所建树，他是公认的不肖子孙，连一份像样的工作都找不到，根本无法承担养家糊口的重任。幸而福克纳的母亲坚强自尊，意志坚定，她独自承担起了整个家庭的重任。福克纳小说中的各种正面的女性形象,例如珍妮婶婶、罗莎·科德菲尔德等人,都有他母亲的影子。福克纳的青年时代有着英雄情结,一战爆发后,他十分渴望参军却因身高和年龄未能如愿,为此,他不惜伪装成英国人以假文件报名参加了英国皇家空军。5个月后,战争就结束了,这段经历成了福克纳战后十分自豪之事。

1919年9月,在母亲的建议下,福克纳成为了密西西比大学里的特殊学员。在学校,福克纳吊儿郎当的南方做派引起同学们的不满,他们称他为"不顶事伯爵"。但也正是在这个时期,福克纳发表第一篇短篇小说《幸运着陆》和一些练习性的诗作。1920年福克纳主动退学,靠着父母和朋友接济过活。1921年他幸运地在纽约一家书店工作,得以有机会阅读了大量经典作家的作品,尤其是美国作家霍桑、马克·吐温等人的作品。1922年,福克纳成为了密西西比大学的邮政所长。放荡不羁的他在经常在上班时间阅读、喝酒、打牌,并不花心思在工作上。1924年,他被解雇了。1925年7月,福克纳出发去了魂牵梦绕的巴黎和伦敦,同年12月福克纳首部长篇小说《士兵的报酬》正式出版。1928年春,他开始创作以康普生家族为题材的小说《黄昏》,这就是后来的《喧哗与骚动》。

总体而言,福克纳的个人生活较为动荡,新婚妻子埃丝特尔蜜月之中曾尝试自杀,后来靠镇静剂过活。弟弟迪安在飞行表演时死在了福克纳为他购买的飞机里,福克纳十分内疚,认为弟弟的死因是他鼓励迪安学习飞行。悲痛中的福克纳经常写作到深夜来逃避。正是在这样的心境中,《沙多里斯》、《圣殿》、《当我弥留之际》等小说大量出版。

福克纳漫长的一生共写了19部长篇小说与120多篇短篇小说,其中15部长篇小说与大多数短篇小说都发生在美国南方约克纳帕塔法县,称为福克纳的"约克纳帕塔法世系",以约克纳帕塔法县杰弗生镇几代人的故事为描写对象。时间从19世纪开始直到第二次世界大战以后。"约克纳帕塔法世系"是一个宏大的历史画卷,600多个有具体姓名的人物在各个长篇、短篇小说中穿插交替出现。福克纳的小说刻画了南方贵族的落寞,新兴资产阶级的兴起,涵盖了若干个家族不同社会阶层几代人的故事,长篇小说中最有代表性的作品是《喧哗与骚动》,短篇小说中最具代表性的是《献给爱米丽的一朵玫瑰花》。以描写高密故乡为特色的中国诺贝尔文学奖得主莫言也曾多次提到福克纳约克纳帕塔法县:"读了福克纳之后,我感到如梦初醒,原来小说可以这样一本正经地胡说八道,原来农村里发生的那些鸡毛蒜皮的小事也可以堂而皇之地写成小说。他的约克纳帕塔法县尤其让我明白了,一个作家,不但可以虚构人物,虚构故事,而且可以虚构地理。"这是莫言在美国加州大学伯克利校区演讲时提到的。

种族问题是每个美国作家多多少少都要面对的。"二战"后,美国黑人民权运动风起云涌。出身南方贵族的福克纳政治上支持渐进、柔性的改革以平稳地达到种族平等的目的,对激进的革命并不赞成。黑人、北方自由主义者、以三K党为代表的南方极端种族主义者对他的主张均表示反对。《星期日泰晤士报》发表文章,批判福克纳会"为反对美国,为密西西比州而战,即使这意味着他将走上街头向黑人开火",尽管福克纳后来否认了自己说过上述言论,黑人作家詹姆斯·鲍德温还是评论说,"在经历了二百多年的奴隶制和九十多年的准自由之后,人们很难对威廉·福克纳的'慢慢来'的建议有很高评价。"黑人女作家《紫色》(*The Color Purple*)的作者爱丽丝·沃克(Alice Walkes,1944—)也不认同福克纳的渐进式改革,认为"福克纳不准备用斗争来改变他所生于其中的那个社会的结构。"

然而,福克纳就是这样的福克纳,他不追逐热点话题,一心一意写着自己的故乡。1955年福克纳访问日本,他对自己的创作做过如下评论:"从《沙多里斯》开始,我发现我那邮票般大小的故土很值得写,而且不论我多长寿也不可能把它写完……我喜欢把我创造的世界看做是宇宙的某种基石,尽管它很小,但如果它被抽去,宇宙本身就会坍塌。"福克纳以故乡为原型创造的南方小镇约克纳帕塔法,是文学史上有名的虚构地点之一。弗洛伊德认为童年的经历对人的一生都有影响。这在福克纳的小说中有着清晰的体现。福克纳经常落笔于南方小镇,着力描绘的传统与现实的交织、流言蜚语、压抑的空气、南方的传统文化对北方物质文明无力的抗争就是源于其童年的影响。

《献给爱米丽的一朵玫瑰花》就以约克纳帕塔法县杰弗生镇的没落贵族妇女爱米丽为主人公,杰弗生镇是南北战争时期的一个南方小镇,爱米丽属于当地赫赫有名的名门望族——格里尔森家族。爱米丽母亲早亡,只有自私专横的父亲相伴。父亲是家族族长,对所谓家族的等级和尊严十分看重。在爱米丽青春年少时,父亲赶走了所有向爱米丽求爱的男子,剥夺她获得幸福的权利。父亲去世后,爱米丽已经是三十多岁的老处女,也彻底失去了缔结门当户对的婚姻的可能。只有来小镇修建铁路的工头北方人赫默与她纠缠,赫默是游手好闲的浪子,名声并不好,爱米丽顶着整个社会的压力与他走到一起。然而镇上的人横加干涉,先是议论纷纷,然后派浸礼会牧师登门说服,最后请爱米丽保守顽固的堂姐妹出面干涉。赫默本就抱着玩弄南方淑女寻找刺激的心态,现在不堪其扰,便顺势选择放弃。此时的爱米丽内心深处的家族尊严与父亲对她的影响在长期压制后突然爆发。当她发现赫默无意与她结婚,自己是被玩弄时,她知道她这辈子过正常生活的希望破灭了,绝望中,爱米丽用砒霜毒死了情人。从此,爱米丽不再出门,她在破旧封闭的古宅里过着与世隔绝的生活,并与尸体同床共枕 40 年直到爱米丽自己也去世。小镇居民长期闲谈爱米丽的生活,对她的生活十分好奇,直到在爱米丽的葬礼上才得以走进老小姐的屋子,发现了爱米丽闺房的婚床上赫然躺着一具干尸。爱米丽那自尊倔强到极点的悲剧性格带着福克纳母亲的影子,可以说福克纳是在书写其家族的故事。《献给爱米丽的一朵玫瑰花》于 1930 年 4 月发表在《论坛》杂志,引起文坛极大反响。同年诺贝尔文学奖获得者,美国作家辛克莱·刘易斯在其演说中专门提到了这篇短篇小说,称福克纳"把南方从多愁善感的女人的眼泪中解放了出来"。通过分析爱米丽悲剧成因,解读处于历史性变革中的南方和陷于精神危机的南方文化,福克纳试图向我们说明南方文化的衰落给女性造成的创伤绝不是多愁善感的无病呻吟。

一、悲剧人物爱米丽

威廉·福克纳用看似纷乱的手法将一个心酸的故事娓娓道来:老小姐爱米丽是约克纳帕塔法县杰弗生镇上的没落贵族,专横的父亲赶跑了所有的追求者,以致她一生未嫁,唯一的一次恋爱也因未婚夫的遗弃而告吹。她几十年来足不出户。她的姓氏、她的傲慢,使她成为小镇人心中的纪念碑,成为南方传统精神的化身。

对于青年时代的爱米丽,福克纳用的是近似神化的手法。爱米丽家世很高,出生在当地的名门格里尔森家族,恪守南方清教徒文化的清规戒律,是一个在美国南

英美澳当代重要作家女性创伤叙事研究

方文化环境中成长起来的淑女。此时的爱米丽，犹如一位天使，或如名画中的仙女，她身段苗条，一袭白衣立在其父身后，满足了杰弗生镇上人们膜拜传统的需要。因为美国南方是受清教思想影响最大的地方，甚至比清教徒最早定居的新英格兰更为清教化。美国南方是种植园经济的农业社会，农业社会往往更看重门第、传统等亘古不变的东西。本杰明·富兰克林（Benjamin Franklin，1706—1790）是美国南方著名政治家、科学家、出版商、记者、作家、外交家和发明家。他于1706年出版的《穷理查历书》就规定了一系列道德规范，如"自我节制、自我获益"，"二十岁起支配作用的是意志，三十岁时是机智，四十岁时是判断。"此时的美国南方，以骑士风度和淑女风范傲然挺立。在它的全盛时期，南方是文明教化的代名词，就像日神阿波罗一样光芒万丈，在南方人的眼里，北方是粗俗、市侩、愚昧、野蛮的代名词。在南方的阿波罗的梦境中，最受推崇的是南方淑女，她们亭亭玉立、端庄大方，在各种舞会上轻歌曼舞，当她们身着华服，佩戴钻石，鱼贯而出，就如同夜空中闪闪发光的星星。在美国南北战争时期，南方社会面临剧变。这些即将到来的变革，如同高悬的达摩克利斯之剑，造成了南方人内心的焦虑。可以说南方淑女是南方最后的骄傲和象征，是他们免于崩溃、维持体面的最后的盾牌。所以不难理解，在小镇人的心中，爱米丽必须是像一位天使一样纯洁的存在。她的身份不容玷污。

可是，天使永远不会老去，爱米丽却不是不食人间烟火的天使。她的生活也在发生剧变。首先是家族荣誉的代表父亲的去世，父亲看不上所有追求女儿的小伙子，最终却用死亡的方式抛弃了女儿。女儿在这个世界上变成了孤零零的存在，因此爱米丽拒绝将父亲埋葬，这其实是她拒绝自己被遗弃被抛下的命运。最后在家族中长老的压力下，父亲最终入土为安。这个时候的爱米丽，看上去就像一个伤心的姑娘。"她的头发已经剪短，看上去像个姑娘，和教堂里彩色玻璃窗上的天使像不无相似之处——有几分悲惨肃穆。"（福克纳，1994：31）但此时的她依然有一份世俗气，并没有太多地走向变态。在跟北方人赫默在一起的时候，小镇人对其恋爱十分鄙视。爱米丽驾着她的黄轮轻便马车，把头高高地昂起，勇敢地与镇上人对峙，丝毫不妥协，甚至顶着压力，买下各种结婚用品准备结婚。这时候爱米丽的形象是一个幸福中的小妇人，她不愿意再做那个孤独的高高的天使被供在神坛上，而愿意在世俗的快乐中过正常的生活。

在爱米丽被情人抛弃后。在我们小镇人的眼中这时候的她已经显得十分的冷傲。"依然是个削肩细腰的女人,只是比往常更加清瘦了,一双黑眼冷酷高傲,脸上的肉在两边的太阳穴和眼窝处绷得很紧,那副面部表情是你想象中的灯塔守望人所应有的。"(福克纳,1994:31)她已经关上了内心世界通往外界的阀门,一步一步地封闭自己,把自己变成教堂中神龛中的人物。在余下的四十年中,爱米丽足不出户,人们只在它楼下的窗口见到过她的身影。在爱米丽的老宅散发异味事件中,"我们"忐忑不安地请求爱米丽打扫那栋古旧的大屋,这时的爱米丽是:"灯在她身后,她那挺直的身躯一动不动像是一尊偶像。"(福克纳,1994:30)这时候的爱米丽就像是一个神像,但已经不是那种天使的形象,而是像有些变态的、干枯的干尸。而事实上,老宅异味的来源就是爱米丽的房中未婚夫的尸体。从古老的宅子向外望,本身就充满了惊悚的哥特式风格。接下来又发生过一件事情,就是随着民主的进程,政府要求所有人纳税,但爱米丽拒绝纳税。这样与社会多时不联系的爱米丽又出现在小镇人的面前。她身架矮小肥胖,在别的女人身上显得不过是丰满,而她却给人以肥大的感觉。她看上去像长久泡在死水中的一具死尸,肿胀发白。她那双凹陷在一脸隆起的肥肉之中,活像揉在一团生面中的两个小煤球似的眼睛不住地移动着。这时候的她却完全没有往日的淑女和天使的样子。在父亲死后清瘦的她变得肥胖了,人完全没有往日的神采。在随后的岁月里,她的女性特征一步一步的减退,甚至最后有点像男性了。在爱米丽生命的最后岁月时:"她已经发胖了,头发也已灰白了。以后数年中,头发越变越灰,变得像胡椒盐似的铁灰色,颜色就不再变了。直到她七十四岁去世之日为止,还是保持着那旺盛的铁灰色,像是一个活跃的男子的头发。"(福克纳,1994:34)

在女性主义研究中,身体与人的精神状态密不可分,或者说相由心生。爱米丽逐渐丑陋、男性化的相貌,正展示了她原来的女性特征在男性社会的压抑下一步一步失去、消退,最终这个南方的淑女变成了一个丑陋的老妇人。她南方淑女的性格并没有在南方文化的洗礼中变得高贵,相反在岁月的冲刷下,优雅变成了粗鲁,娴静成了变态,恶的方面占领了善的阵地。宁静高贵,可望不可即的"南方淑女"最后竟然是怪癖的杀人犯。这对于小镇人心目中的南方神话无疑具有非常强烈的讽刺意义。

在小说的结尾,全文的高潮出现了。在爱米丽的葬礼上,大家都怀着敬仰的心情瞻仰这位小镇最后的"南方淑女"、镇上的偶像,同时,人们又对爱米丽与世隔绝的生活有着好奇的窥探。最终,人们怀着朝圣般的好奇走进了她楼上的房间,却意外地发现了她未婚夫的干尸,以及干尸枕旁长长的一缕老小姐爱米丽褐红色的头发,小说行文至此戛然而止。毫无疑问,几十年前,当年"身材苗条、浑身素白"天使般的爱米丽小姐就策划了一起凶杀案。事情的经过,据上下文推测,应该是这样的:作为一个极端残忍的女人,爱米丽去药店买了一包毒性强烈的砒霜,在男友与她分手时骗他喝下,接着给他的尸体穿上结婚时的衬衫,并把尸体放在婚床上。离群索居的日子里,她便与干尸相伴而眠。

这是一个令人毛骨悚然的故事。爱米丽,一个天使般圣气凛然的女孩,她身上熔铸了旧南方的光荣与梦想。她活着时,代表了一种传统、一种责任,即使她在家中独处之时,也仿佛是历经岁月沧桑的"壁龛里一座无头的雕像"。她是在天气晴朗的日子,驾着黄轮轻便马车出游的贵妇,"不久,我们开始在星期日下午看到他和爱米丽小姐兜风,坐着配有成对的枣红马的黄轮轻便出租马车"。(福克纳,1994:31)渴望幸福的爱米丽甘愿冒风险,在一片反对声中昂着高贵的头颅,勇敢地与镇上的人对峙,承受着异乎寻常的舆论压力却丝毫不妥协。她是如此勇敢和坚强,甚至都已经买好了各种结婚用品。她杀人后的最后一次亮相竟是一个矮胖的黑衣妇人,老态龙钟,形同朽木。这些无疑会对读者产生强大的吸引力,本不具备悲剧性格的主人公为什么一步步走向深渊?为什么最后竟然杀死了自己的情人,深居简出,凭着对往昔爱情的回忆和情人尸体相伴而度过了余生?是什么原因最终导致爱米丽只能以杀死情人的方式来保存对爱情的回忆呢?天使是如何蜕变成了魔鬼的?

爱米丽是成长于南方贵族世家为数不多的淑女,有着贵族的清高、固执和冷傲,也有着女性的脆弱和孤独。她的身上背负着南方精神的骄傲与尊严,父亲对她的要求也就是南方文化对她的要求。一开始的爱米丽是驯服的,她甘当南方文化的传声筒,她兢兢业业地站在父亲的身后,任由父亲挥动马鞭,赶走了她所有的求婚者。母亲早亡的爱米丽把父亲作为唯一的情感寄托。因此,不难理解父亲去世后,爱米丽拒绝处理丧事的人员进门,阻止小镇人将其火化。有的研究者从恋父情结的角度解读这个事件,但更可以从南方文化的视角来解读。爱米丽的父亲是南方文化的代言人,他对爱米丽的规训就是南方文化对爱米丽的规训。爱米丽放弃一切正常的欲望,将自己塑造成清教徒式的圣女,满足了南方文化的一切期待和想象。然而这时,父亲却死了,父亲之死象征了南北战争时期南方文化的式微,爱米丽本是附着在南方文化之上的淑女,然皮之不存,毛将焉附?爱米丽拒绝发丧,就是她拒绝接受南方文化的死亡,她对如此明显的事实视而不见也符合创伤发生时受创主体的心理。如果创伤以突然的方式发生,又大大超过了主体的承受能力,主体在心理上便会产生一种自我麻醉,即幻想创伤不存在或者从自己的内心中重新塑造一个另外的事实,并信以为真。当时的爱米丽就是处于这样的思想状态。

在爱米丽与小镇权威人士僵持的过程中,最后势单力薄的爱米丽还是没有拗过小镇的权威人士。父亲被火化了,也彻底消失了。爱米丽心目中的南方文化传统,过去的田园诗般的生活,一切已经不可能回来了。这时候爱米丽的心态肯定是恐慌的,也是惧怕的。这让她从一个极端跳向了另一个极端。她开始以一种前所未有的惨烈的方式背叛自己清教徒圣女的形象,与来自北方的声名狼藉的工头纠缠在一起。她与他之间与其说是爱情,倒不如说是爱米丽实在是太孤独了,或者是她实在是想过另一种人生,来反抗自己原来的人生定位。孤独而绝望的爱米丽,采取了与社会对抗的形式。如果说父亲曾是她温暖的来源的话,那么现在她所有温暖的来源只有北方工头。这场恋爱是她对生命创伤的应对,她将自己一生的幸福都维系到一个并不爱她的男人身上。这样的爱情,终究是个悲剧。南方文化曾抛弃了爱米丽,但是当爱米丽拒绝扮演南方精神的化身的时候,南方文化又死灰复燃,开始对爱米丽进行规训。爱米丽唯一的一次恋爱没有一天不在小镇居民和亲友的注视和干涉下。爱米丽没有能力掌握自己的命运,也不可能掌握自己的命运,除了南方文化赋予她的价值,爱米丽从未实现过任何自身的价值。

当爱米丽被她唯一的希冀——她的未婚男友抛弃时,她的内心是多么的刚烈和绝望。这不仅仅是因为她的尊严受到了挑战,她的神圣受到了侵犯,她作为南方的贵族淑女竟被一个粗鲁的北佬弃之如敝履。更重要的是,这是她对南方文化反抗的彻底失败。当爱米丽用砒霜毒死自己的未婚夫的时候,她其实是在毒死另一个自己。那一个敢于跟传统作战的自己已经死了,那一个身着白衣有着生命的活

英美澳当代重要作家女性创伤叙事研究

力和朝气的女性也已经死了。从此在今后的四十多年中,她放弃了自己所有的情感需求,放弃了自己正常的生活,形只影单、深居简出,只有一个年老的黑奴作伴,而且黑奴也从不说话,老态龙钟。她的外形在一步一步地退化,变得老,肥胖,呆滞,木讷。如果说当年恋爱时的爱米丽,曾经一度幻想用爱来抚平内心的创伤,那么此时她应对创伤的方式就是彻底麻木自己的身体,让自己不会感觉到任何的伤痛,让生命的活力彻底从自己的身体上消失,此时的她与她四十年前毒死的未婚夫的干尸有何区别?

小说《献给爱米丽的一朵玫瑰花》不仅仅是关于一个女人失足的天真故事而更多的是一个传统女性在南方社会中苦苦挣扎,直到所有的出路都被封死,直到所有的灯都被熄灭,最终走上了一条不归路的故事。英国女性主义作家弗吉尼亚·伍尔芙写过女权主义的经典论文《莎士比亚的妹妹》,描述了在16世纪的英国一个有天赋的想要写诗创作剧本的莎士比亚的妹妹。这样的女性在当时是没有任何出路的。当诗人的心被囚禁在女人的身体里时,她最终的出路是自杀后被埋葬在大象咖啡馆的下面。福克纳的小说证实了在18世纪美国南北战争之后,南方的贵族女性也同样没有出路。在18世纪中后期随着南北战争的爆发以北方的全面胜利而告终,新旧两个时代、两种文化、两种制度正在交替。南方种植园主昔日的荣光,如落花流水,一去不回。南方的诗歌、骑士、淑女等一切都消亡了。历史已经无情地将这一页碾过。只有迅速适应北方资本主义的游戏规则才能在新的形势下生存。同样是反映南北战争的小说,《飘》中的主人公斯嘉丽就是一位非常适应环境的女性。斯嘉丽在社会剧变后展示了旺盛的生命力,她巧取豪夺,开工厂,雇佣非法劳工,投机专营,充满了资产阶级资本原始积累时期的狡黠和精明。而爱米丽缺乏这样的手段,她如同她居住的破败不堪的大木屋,陈旧、落后、愚昧,在明知南方文化行将就木时却依然执拗不驯地充当其牺牲品。她是生活在过去的人,她的南方淑女的身份只有在过去才成立,因此,爱米丽执著偏爱一切旧时空的东西。房子是祖屋,给市政府官员时写信用的是很多年前褪色的墨水,信纸也是旧的。家具是旧的,皮革都裂了,仆人已经服务了她40多年,还有她婚床上的未婚夫也是旧的,他已经死了40多年……

二、悲剧成因

亚里士多德认为,悲剧发生的主要因素是主人公的性格缺陷。如同麦克白的野心导致了他的毁灭,爱米丽的傲慢与偏执导致了她自己人生的悲剧。作为当地显贵格里尔森家族的最后一员,爱米丽秉承她父亲与生俱来的傲慢。傲慢如同一层无形的壁障,隔开了她与周围的环境,使她失去了普通人的喜怒哀乐,直接结果是爱米丽三十好几依然待字闺中。偏执使她失去了思考的能力,在疯狂的道路上愈行愈远而不自知。爱米丽的一切,都与变化中的南方小镇格格不入。她是一个过了时的女人,抓不住现实的一切,所以在潜意识中便格外留恋所拥有的一切。时光流逝,她所拥有的东西愈是减少,她的举动也愈是疯狂。父亲死后,她不顾牧师与医生的劝说,拒不发丧,直至公众诉诸武力她才屈服,这也成为她后来秘密安置未婚夫尸体的诱因。总而言之,爱米丽是一个失去了健全心智的主人公,她亲手导演了自己的悲剧。

然而,爱米丽是否该为自己的疯狂负全责? 是否还有其他深层次的原因导致了主人公的病态? 弗洛伊德的精神分析法也许能为此提供借鉴。弗洛伊德认为:每个人都是站在水中的,上半身为自我,即被社会规范改造过的人,下半身为本我,即人的本性。自我与本我处于永恒的矛盾中。对自我的要求愈高,对本我的压抑就愈残酷。爱米丽是一位格里尔森家族的贵族小姐,小镇居民,她父亲,乃至她本人对她的要求都很高:她是一种传统、一种骄傲、一座丰碑。她去世后,全镇人怀着崇敬之情前去奔丧。爱米丽是一个女人,一个彻底的南方女人,她所处的文化使她认为正经女人只能有丈夫而不能有情人。作为贵族淑媛,她冒了南方之大不韪找了情人,因此她的内心一直备受煎熬。她急于用婚姻的形式把爱情正当化。然而当她知道这个愿望不能实现的时候,她那根深蒂固的南方妇道观和脆弱的感情让她失去了理智,她选择了杀死赫默的极端方式来留住他,与一具死尸结为了夫妻,以这种表面的成全来维护自己不可侵犯的妇道观。爱米丽最终没有逃脱生于斯长于斯的环境给她的影响,没有超越南方旧道德带给女性的种种精神束缚,这是酿成她悲剧的深层原因。爱米丽一直生活在压抑之中,她的父亲赶跑了她所有的求婚者,最终又以去世的方式抛弃了女儿,而此时三十好几的爱米丽已彻底失去了缔结一门门当户对的婚姻的机会;更严重的是,她的心灵由于长时间的孤寂已经变得有些变态。可怜、可悲的爱米丽想获得爱情,找一个丈夫,建立家庭,这是女性正常的渴望,为了得到所有人都想得到的基本的东西,爱米丽和自己的心灵、和别人、和环境进行搏斗。在傲慢与偏执的背后,是一个可怜的、充满了对正常生活渴望的爱米丽,尽管这种渴望因失望而扭曲。

爱米丽性格的变态源于她没有能够以正常的速度度过他的生活。她的心灵一直处于儿童期,直到三十岁父亲死后才进入青春期。又由于外界的过度关注、男性的玩弄和生活的坎坷从青春期迅速跳入成年期。而在此过程中,她一没有母亲的指导,二周围没有任何成年女性的陪伴和照顾,也没有任何人可以成为她成长的典范。男权社会要么以狩猎的眼光看待着她,要么以崇拜女神的眼光看着她,把她作为南方文化的象征,这两者都不是她想要的。爱米丽一直生活在情感的创伤和走出情感创伤的努力之中。但创伤的平复不能在孤寂中进行,只有拥有亲密的听者,才有可能发生。受伤主体与他人分享创伤经验是恢复对世界意义感知的先决条件。在这个过程中,幸存者不仅从最亲近的人那寻求援助,而且向更广泛的社区求助。社区对创伤的应对措施对创伤的最终解决影响巨大(Herman,1992:51)。爱米丽显然不具备这个条件。

她的未婚夫赫默是个典型的浪荡子,他漂浮不定的本性注定了他不可能接受现实的婚姻,而且他还是个同性恋。爱米丽歇斯底里地爱他,直至不惜以杀他的方式把他留在身边,这并不是因为他多么值得她爱,而是因为他是她唯一能爱的人,爱情是她唯一的寄托,也是她过正常生活的最后一丝希望。爱米丽不是不知道赫默对她的爱带有玩弄的性质,但他是唯一不把她看作纪念碑的人,他是她与现实世界的最后的纽带。与赫默的爱情也是爱米丽对自己社会角色所能进行的微弱的反抗。爱米丽的心灵在社会和家庭的层层束缚下已经扭曲了,她对爱疯狂的渴望和占有正是她身上尚未完全丧失的人性之光,也是她最后的救赎。可是爱米丽连这么一点小小的愿望都不能得到满足,她因孤独而绝望,因绝望而疯狂,又终因疯狂而做出了可怕的事情:在布满尘灰的新房里,梳妆台上放着生锈的精美的洁具,玫瑰色的床单上躺着一具腐烂得只剩骨头的干尸。故事到此,正如亚里士多德所言,引起了读者的恐惧和怜悯。事实上,怜悯多于恐惧。与其说爱米丽是一个行凶者,不如说她是一个被害者,一个社会的牺牲品,她已完全丧失了自我选择的能力。由此可见,主人公的性格缺陷和社会环境共同造成了小说的悲剧结局,其中社会环境又是最主要、最根本的原因。

社会环境对主人公命运的影响又表现在小镇人对爱米丽复杂的感情上。"我们"在爱米丽死后说道:"现在爱米丽小姐已经加入了那些名字庄严的代表者的行列,他们沉睡在雪松环绕的墓园之中,那里尽是一排排在南北战争时期杰斐逊战役中阵亡的南方和北方的无名烈士墓。"(福克纳,1994:28)当爱米丽病后重新出现时,显得"和教堂里彩色玻璃窗上的天使不无相似之处——有几分悲怆肃穆"。小说中也提到她像神像:"在楼上时,她的上半身一动不动犹如一尊神像;在楼下时,像壁龛里的神像。是否在看我们,我们无法知道。"(福克纳,1994:34)这些叙述使她极为神秘,宛如某种神之化身。镇上的人们需要一个丰碑式的爱米丽,代表着他们对往昔南部精神的追忆。爱米丽是他们逝去的骄傲,代表着往昔社会的某些东西,这些东西时至今日也是让人们感到自豪的。虽然"我们"自己不能坚守这些传统,但是"我们"还是希望有人坚守,并对坚守者爱米丽心存敬畏。他们对爱米丽的孤寂有着适度的同情,一旦爱米丽想要跨越这个限度,成为一个有血有肉的女人,她便成为他们眼中堕落的女人、茶余饭后的谈资,他们甚至请她的远房表亲来干预这桩婚事。女士们都说:"一个格里尔森家的人当然不会看上一个北方佬,一个出苦力的。"(福克纳,1994:32)不过,也有些上了年纪的人认为,就算是(父亲去世后)心里难过,一个真正的大家闺秀也不应该忘了高贵的身份。当然,他们没有说,只是说:"可怜的爱米丽,她的亲戚该来管管她了。"(福克纳,1994:32)

令他们难以置信的是,他们的偶像爱米丽在情欲的驱动下竟会下作到这一地步,和一个不入流的男人打得火热。爱米丽在他们心目中的形象也因此一落千丈。在爱米丽依然一如既往地昂着高傲的头颅时,"我们相信她已经堕落了"。人们所倾力关注的是动用一切手段,逼迫她回归"正轨"。在齐心协力的集体意志和指控面前,一向我行我素的爱米丽终于屈服,不再和赫默一起公开露面。爱米丽购买鼠药的行为被人们视为是她要结束自己生命的前兆。"于是第二天我们都说她要自杀了;并且我们说这是最好的出路。"(福克纳,1994:33)

他们不能容忍秩序与习俗继续受到践踏。在他们看来，把她本人连同那段不堪回首的往事一起送入坟墓是彻底解决问题的最好选择。虽然人们的行为没有直接导致她的肉体死亡，但从爱米丽命运的结局看，他们的行为对于她无异于一场精神谋杀。它打碎了爱米丽对世界尚存的一线希望，摧垮了她对生活的期待，将她推入了阴暗、扭曲的心灵深渊。此后的几十年里，她在前门紧闭的败落的大宅子里茕茕孑立，形影相吊，与腐烂的尸体相伴，幽灵一般度过了生不如死的时光。待人们重新见到她时，她的头发已经花白。她的父亲、亲戚和镇上居民掌控了她的命运，合力促成了她的人生悲剧。爱米丽寻求爱的尝试被无情地扼杀，爱的渴望被强行掩埋，她的个人利益受到了群体意志的操纵，成了无辜的牺牲品。爱米丽的悲剧撕碎了旧南方文化优雅尊严的外表，暴露了人性的冷漠与自私。

三、福克纳作品的文化隐喻

爱米丽是特殊文化环境下所产生的一名女子，正如文中小镇居民所认为的那样，她是南方精神的象征，是美国清教主义文化孕育的一位典型的淑女。如果早生一百年，爱米丽应该是可以享受其贵族的荣誉和尊严的，然而，文中的她面对的是一个南北战争后的南方小镇。建立在种植园经济基础上的南方文化经受了北方商品经济的强烈冲击，昔日贵族、奴隶、农庄、田园诗般温文尔雅的美好生活一去不复返了。这种变化集中反映在了人们某些观念的转变上，如人人平等，破除特权阶层，小说中，镇上的年轻一代曾要求爱米丽纳税；如恋爱自由观念，小说中，赫默抛弃了爱米丽，这在清教气氛甚严的 18 世纪几乎是不可能的；如女权意识的崛起，女性不再是深闺中的囚徒，女性一样可以走上社会，取得经济、人格、精神上的独立。在另一部同时代的小说《飘》中，贵族小姐斯嘉丽在遭受命运剧变后，勇敢地挑起生活的重担，展示了旺盛的生命力，成为光彩熠熠的女性形象。可怜的爱米丽看不到这些变化，或者说，她在潜意识中拒绝看到这些变化。她生长在遗老遗少的破落空气里，又不自觉地成为它最典型的代表。爱米丽在精神上的幻灭，正象征着美国南方文化无可奈何的衰落。

爱米丽的创伤正是美国南方文化创伤，小镇居民对南方淑女贞节的关注正是源于其对南方文化消失的焦虑。这一点在福克纳的最著名的长篇小说《喧哗与骚动》中的女儿凯蒂身上有着深刻的体会。《献给爱米丽的一朵玫瑰花》是福克纳的短篇小说代表作。作者采用非线性的表达方式,开篇就制造悬念讲述了爱米丽之死,并认为:"爱米丽小姐在世时,始终是一个传统的化身,是义务的象征,也是人们关注的对象。"爱米丽去世时,小镇人深感惋惜"一个纪念碑倒下了。"(福克纳,1994:28)

接着作家引领读者进入叙事的迷宫,充满了荒诞、怪异、恐怖的气氛,使人仿佛进入了一个荒诞的世界,到最后情节急转直下,爱米丽人物的形象顿时从淑女转为惊悚的女巫。《献给爱米丽的一朵玫瑰花》与同样是南方作家的爱德加·爱伦·坡(Edgar Allan Poe)的恐怖故事有着某些相同特质。故事大多发生在哥特式颓败的城堡和府邸、教堂地下室、家族墓穴等地,充满了死亡的气息,故事主人公一般都是贵族,他们既富贵优雅,又腐朽没落。福克纳与坡的共通性在于他们都没用复杂曲折的情节,却都能让读者感到一种深入骨髓的恐怖。小说中有着对血腥的迷恋、病态的欲望之火,在快乐与残酷尽头,死亡之美的最高境界才能降临。

爱米丽是变态的,她曾是父亲欲望的囚徒,又用谋杀的方式囚禁了自己欲望的对象,用死亡来使爱情永恒,甚至连她唯一的黑人仆人,也有可能是爱米丽为了保密都给毒哑了。她逃避现实,一直活在自己的王国里,每天摆弄着恋人的尸体,就像天鹅绒里的铁手,在"淑女"的外表下真相竟如此可怕。原本天使般的爱米丽最后竟是一个杀人凶手。她的"虽生犹死"的悲剧除了个人性格的悲剧外,更多的是社会、时代和民族的悲剧,爱米丽用生命来为南方文化殉葬,爱米丽之死标志着南方贵族文化的终结,北方工业资本主义的号角早已吹响。

福克纳用高超的写作技巧准确地把握住了那个时代,他的作品中弥散着茫然不知所措的忧虑和失落感。一个旧的文化已经在抗争中没落了,而一个新的文化还尚未确立,这就给人们的思想留下了大段的空白,这就足以解释为何小镇人会对爱米丽那一点可怜的风流轶事表现出空前的兴趣。小镇人对爱米丽态度反复不定,他们看不上守旧贵族爱米丽的生活方式,又要她保持传统;喜欢赫默的爽朗可亲,又认为其身份低贱,配不上爱米丽,体现了人们思想的矛盾——既想摆脱旧的文化,又以之为豪;既欢迎新的事物,又对它的到来感到惊恐不安。福克纳在小说中以一个旁观者冷静的语调叙述着整个故事，打乱了事件发生的先后顺序，使之看上去更像是由街头巷尾的道听途说零零碎碎拼凑而成，看似杂乱无章，实则匠心独运。他有意识地运用这种时序颠倒的艺术手法，要求读者在阅读时主动、积极地随作家的思路和线索去思考，不断调整期待视野。小说结尾对干尸枕旁一缕老小姐爱米丽褐红色头发的描写，更是此时无声胜有声的神来之笔，给读者造成了强烈的震撼。福克纳对南方文化的感情是复杂的，一方面，惊惧于它的僵化性和压抑性；另一方面，又多少有些留恋。尽管他非常小心地控制着自己的情感，从不直接表明自己的态度，只是在文中留下了一些蛛丝马迹供人去揣测，然而，读者到底还是发现了，因为他的小说名为：《献给爱米丽的一朵玫瑰花》。玫瑰代表了爱情和人世间美好的东西，这正是爱米丽一生在绝望中渴求而又未曾得到的。这篇小说犹如是对爱米丽小姐所做的一次满怀敬意的缅怀和充满深情的回忆，它道出了福克纳对爱米丽式的人物的迷恋与惋惜等复杂情愫，反映了他内心深层对业已湮灭的某些东西的追怀，为此他真诚地向爱米丽献上了一朵玫瑰。或许，这也正是作家的期望之所在。

第二节 城市贫民窟中的玻璃动物园:阿曼达一家

　　在书写南方女性的创伤方面还有一位重要的文坛人物——剧作家田纳西·威廉斯(Tennessee Williams),威廉斯原名托马斯·拉尼尔·威廉斯三世(Thomas Lanier Williams Ⅲ),1911 年 3 月 26 日出生在美国密西西比州,以笔名田纳西·威廉斯闻名于世,代表作品有《玻璃动物园》(*The Glass Menagerie*,1945),《欲望号街车》(*A Street Car Named Desire*,1947),《夏日与烟》(*Summer and Smoke*,1948)和《热铁皮屋顶上的猫》(*Cat on A Hot Tin Roof*,1955),凭借这些作品,他曾两次获得普利策奖,四次获得纽约剧评奖和道诺森奖。剧本是与小说完全不同的表达方式,但也同样是展现创伤的强有力的工具。小说用叙述来刻画人物、讲述故事、描写心理、描绘环境、交代人物和历史背景等,小说不一定是线性的,它可以中断,以后现代叙事的方式让读者去完成故事的建构。剧本以对白为主,通过灯光、布景、演员的肢体动作来刻画人物。观众现场的反应对戏剧的成功至关重要。剧本也是文学体裁的重要一环,通过对不同文体的南方女性的创伤叙事研究,可以全方位地复原那个时代。

　　较之于威廉·福克纳,同为南方人的田纳西·威廉斯出生的时代晚了几十年,他故事的场景也从福克纳的南方小镇搬到了城市贫民窟,更多地融入了现代城市的特征,展示了一个在城市化进程中"礼崩乐坏"的南方社会。同样,威廉斯的创作与他的个人经历密不可分。威廉斯的外祖父是当地有名的牧师,而母亲则从小生活在浓厚的宗教气氛围中,道德水平较高,追求精神生活的满足,是一位典型的南方淑女。威廉斯的父亲是一位旅行推销员,这是商业时代美国最常见的职业。父亲追求物质享受,注重感官刺激,与母亲格格不入,两人的感情很差。父亲的工作决定了他一直在路上,在孩子的成长过程中,他是长期缺席的,母亲则带着威廉斯姐弟一直与外祖父母生活在一起。在威廉斯很多戏剧中,父亲都是挂在墙上的照片,这与他的童年经历不可分。

这段从一开始就是错误的婚姻,由于父亲被提升为公司驻圣·路易斯分部的经理后举家迁到圣·路易斯而矛盾加剧。家庭团聚本是喜事,但在威廉斯家却是悲剧。父亲经常酗酒,与家庭生活格格不入,汤姆被他嘲笑为是"女人气的少年",对他的写作十分蔑视,认为不是正当职业;对各方面表现平平的女儿罗丝更是百般挑剔。父亲与母亲日益形同陌路,后来他们还是于1947年离婚了。"母亲到最后甚至没有参加父亲的葬礼"。打击威廉斯的除了不良的父母关系还有姐姐罗丝的遭遇。罗丝像剧中的劳拉从学校辍学,她无法适应社会,大部分时间待在自己的房间里抽泣或摆弄她的玻璃动物。纤瘦美丽的罗丝最后被诊断出有精神分裂症,她父母最后不得已为她选择做前脑叶白质切除手术,这项争议很大的手术使罗丝的余生失去行为能力,在精神病院度过。罗丝的状况对威廉斯是极大的打击,他不肯原谅他的父母对姐姐施行该手术,一直生活在家庭的阴影中。在威廉斯的戏剧里,有许多偏执的女性角色,有《欲望号街车》中的布兰琪,还有《玻璃动物园》中的劳拉,这些脆弱而美丽的女性形象都是威廉斯在剧本中对姐姐的思念。威廉斯也一直很担心自己有姐姐的疯狂的一面,因此他时不时会感到忧郁症的发作。所幸的是,根据列欧·列夫立契(Leo Leverich)的传记,他的助理兼同性爱人法兰克·梅洛一直陪伴剧着他。法兰克·梅洛对于威廉斯是生命中安定的力量,他将威廉斯从忧郁症的泥潭中救出,但梅洛因癌症去世之后,威廉斯就在长达十多年的岁月中一直被忧郁症困扰。混乱不安的家庭可能是造成威廉斯酗酒的因素之一。1983年,威廉斯在纽约一栋旅馆里意外死亡,死因是被瓶盖噎住呼吸道导致窒息,享年71岁。尽管有人(包含他弟弟达金)质疑威廉斯的真实死因,警方的调查报告显示他的死因可能与用药使用不当不无关系。

可以说威廉斯的生命从童年开始就是有缺失和创伤的,因此他积极地投身写作。写作是他对抗忧郁症、走出创伤的一个重要手段。威廉斯16岁的时候在一次文学杂志的比赛中赢得了散文的第三名,奖金为五美元。从此以后。他对写作开始有了兴趣和信心。威廉斯在大学的时候加入了ATO兄弟会,由于他说话的南方口音,同伴们给他取了"田纳西"(Tennessee)这一个外号。威廉斯干脆以此作为自己的笔名。他的第一部戏剧是《开罗！上海！孟买!》(*Cairo! Shanghai! Bombay!*),并在田纳西州公演。之后,威廉斯又再接再厉创作了《玻璃动物园》。《玻璃动物园》自 1944 年问世以来就受到批评界的高度重视。1945 年,该剧在百老汇连续演出 561 场,大获成功。1947 年威廉斯创作了《欲望号街车》。这部剧作后来被好莱坞搬上荧幕,由马龙·白兰度主演,有着非常大的知名度。这些使田纳西·威廉斯成为世界公认的美国文学史上的泰斗级大师。

《玻璃动物园》描写了经济大萧条背景下美国南方普通人生活的艰辛与无奈:为了在绝望的生活中支撑下去,温菲尔德一家三口人——母亲阿曼达、儿子汤姆与女儿劳拉在现实、幻想和谎言中寻求慰藉,演绎了感伤却独特的人生之美。威廉斯剧本中的角色带着他的家庭成员的烙印。《玻璃动物园》中坚强的母亲阿曼达可以被认为是威廉斯自己的母亲,《玻璃动物园》里的劳拉就是以姐姐罗丝为样本,《欲望号街车》中最后被送进精神病院的布兰琪也有罗丝的影子。儿子汤姆怀着对家庭深深的愧疚,则可视为是威廉斯自己,威廉斯小时候就是被叫作汤姆。

国内批评界对《玻璃动物园》多从浪漫主义、同性恋隐喻、女性主义的角度进行解读。通过将剧中人物的悲剧与南方文化的内涵相联系和分析,可以探讨田纳西·威廉斯意欲表达的一贯主题——南方文化在工业化时代的抗争、衰落甚至消亡以及这样的消亡给它曾经的追随者尤其是无法独立生活的女性以怎样的创伤。对南方文化及其独特传统的关注,一直是生于斯、长于斯的南方作家特别是威廉斯等人的宿命。

一、贫民窟中南方"最后的贵族"

《玻璃动物园》剧本是以已经离家多年当上了海员的汤姆回忆当年的方式展开的。当时,汤姆和他的母亲、姐姐生活在一个南方城市的贫民窟里。那里房屋狭窄,拥挤不堪。汤姆的母亲阿曼达过去是一位风光的南方美人,生活十分悠闲,追求者众多,过着众星捧月般的生活。有一天下午就有 17 位种植园主绅士来拜访她。阿曼达的喜好,也是当地种植园上流社会的风向标。然而时光飞逝,中年的阿曼达生活在城市的现实世界里。她被丈夫抛弃,孤独地带着一儿一女过着清贫、单调、苦涩而又没有希望的生活。

爱米丽的生活诚然是一个悲剧,但读者心里可能会有一个疑惑,如果北方佬娶了爱米丽,并把爱米丽带离了那个南方小镇,离开了传播流言蜚语的邻居,离开了那些飞短流长的亲戚,爱米丽的生活会怎么样? 她是否就从此可以摆脱南方文化的控制过上了自由自在的生活? 爱米丽的下一代,是否也可以在城市里快乐幸福地长大,过上自由现代的生活? 因为城市是文明进步的象征。然而《玻璃动物园》将这一个幻想狠狠地击碎!《玻璃动物园》描写了以劳拉为代表的第二代南方淑女,由农村走向城市,虽离开邻居的闲言碎语,却暴露在现代工业社会赤裸裸的凝视下,城市的生活使她们失去了可以求助的庞大的人际网络。她们的人生如同玻璃动物园那样不堪一击,威廉斯剧本中有着自己家庭的影子。

汤姆是这个家族中唯一的男人,也是唯一支撑生活来源的人。他的工作十分卑微,在一个仓库当办事员。但是汤姆的内心有着远大的理想。他渴望自己成为一个诗人,过着自由自在的生活,因此汤姆的外号叫"莎士比亚",尽管工友们叫他这个外号更多的是一种调侃,但是汤姆却以此为骄傲。这个绰号也预示着下文汤姆的离家,因为莎士比亚就是在汤姆这个年纪离开家去伦敦闯荡而最后拥有巨大的成就的,可以说远方一直在诱惑着汤姆。

汤姆的姐姐劳拉是一个轻微跛足的典型的南方女孩,非常的害羞而敏感,深受神经官能焦虑症的困扰。由于严重不能与社会接触,劳拉没有完成中学的学业,也没有能够完成职业培训,成为一名能够打字而自立的秘书。为了应对母亲的盘问,劳拉在每天上课的时候去大街上闲逛,在公园博物馆等各种地方消磨时间。直到很久以后,母亲阿曼达才发现劳拉的秘密。极端孤独的劳拉只有一个爱好——收藏玻璃动物。她的玻璃动物园陪伴她度过了很多的岁月,母亲为她这一爱好十分担忧。阿曼达也曾经想好好培养女儿,也不惜贷款送女儿上学,但是,母亲愈是驱赶着女儿往前走,女儿的神经官能症发作得就越厉害。劳拉在第一次速打考试时,紧张到呕吐,人彻底地垮了下来,不得不被架到盥洗室里,不得不从卢比坎姆商学院辍学。数年之后,阿曼达深知培养劳拉独立自主的希望都化为泡影。母亲觉得她唯一的希望就是嫁出去,因为劳拉没有任何独自谋生的本领,晚年会很凄凉。"那些没有本领找一个职位的不结婚的女人落得怎么个下场。……那些老姑娘被勉强收留下来,靠吝啬的妹夫或是弟媳妇的恩赐过活! ——一天到晚躲在一间老鼠笼似的小房间里——这个亲戚撺掇她去找那个亲戚——这种女人像没有窝的小鸟——一辈子过的是低声下气的生活!"(Williams,1966:349)

阿曼达的话形象地点明了南方淑女的困境。在数十年前,终生未婚的爱米丽还刻意保持着她贵族的尊严。她可以住在一栋大宅里,虽然这个宅子已经老旧,却没有任何人敢私自擅闯她的空间。邻居们尽管对她的生活保持好奇,却只敢站在大街上凝望爱米丽的大宅。爱米丽还有一位黑人仆人忠心地伺候日常的起居,使她不用出门面对柴米油盐这些琐事。然而数十年后随着城市化的进程,终生未婚的南方淑女们却连这点生活的优势也没有了。他们不会有祖传的大屋,他们也没有黑人仆人,他们一切都要靠自己来谋生,而如果没有谋生的本领便会落到无家可归的地步,晚景凄凉。阿曼达无疑对现实有着清醒的头脑,她更是一个超级的预言者。因为在《欲望号街车》里,女主人公布兰琪就是因为无家可归投奔妹妹。号称南方贵族小姐的布兰琪,在这个工人阶级聚集的贫民窟里受尽了羞辱,最后妹夫为了摆脱她,竟将她送进了精神病院。妹妹尽管不舍,却全程保持沉默,不敢违拗自己的丈夫,因为丈夫是身为家庭主妇的妹妹生活的依靠。

阿曼达清醒地意识到,对劳拉而言,剩下的唯一出路就是嫁一个可靠的男人,生一个孩子,这些都是她以后的依靠。因此阿曼达时时帮劳拉物色合适的丈夫人选。但家庭主妇阿曼达社会圈子有限。她只有不停地要求汤姆给姐姐介绍男朋友,汤姆不堪其扰,随便介绍了一个同事,也不与同事说明,而事实上同事已经订婚。不知情的阿曼达精心准备这次晚宴,从女儿的打扮、家居的摆设到晚宴的食物,无不体现了南方的贵族风范。

劳拉听说拜访者(the Gentleman Caller)是绅士吉姆,内心暗喜,因为她在高中阶段就已暗暗喜欢上了他。劳拉的害羞与自闭正好对应了吉姆的热情开朗,尽管吉姆只是一个普通工人,却夸夸其谈,给劳拉编织了一个美丽的梦想。他给劳拉描述在芝加哥看过的展览——科技的进步以及美国的光辉未来。他宣布自己正在学习演讲和无线电工程,很快他就要成就一番大事业。他不满意自己干仓库工作,他吹嘘只要掌握了先进的科学技术和演讲,长着一副讨人喜欢的外表,就可以飞黄腾达。他还给劳拉在她所保存的高中节目单上签名,并骄傲地说"我的签名现在还不怎么值钱,但将来某一天说不定能值钱。"对于自己社会底层的处境,吉姆以哲人的超脱大言不惭地说:"失望是一回事,气馁是另一回事。我失望但并不气馁。"

南方淑女因为没有独立的能力，在潜意识中就想依靠一个强有力的男人，一个有英雄气概的男人，然而，20世纪大萧条的背景下，真正的英雄又能有多少？即使有，以她们的生活背景和阅历的又能有多少机会认识？她们所找的无外乎是那些夸夸其谈的浪荡子弟，阿曼达如此，劳拉亦如此，劳拉即使成功嫁给吉姆，也不过重蹈母亲的覆辙而已。但少女时代的阿曼达和如今劳拉看不到这一点，比起残酷的现实，南方女性更喜欢玫瑰色的梦幻。劳拉坐在地板上，像羊羔一样静静地听着，眼中焕发出神采，对吉姆言听计从。吉姆认为劳拉有自卑情结，邀请劳拉在窄小的客厅里跳舞，结果不小心打坏了她最爱的玻璃动物独角兽，这也是胆小懦弱的劳拉最后的领地。这象征着劳拉的内心已经毫无保留地对吉姆开放了。

这一次约会唤起了劳拉对生活的勇气，她鼓起勇气，克服跛足的自卑感，与心目中的白马王子跳起了舞。劳拉在吉姆的感染下，正在从自己封闭的世界里走出来，吉姆会是劳拉的拯救者吗？就在一切好转的形势下，剧本画风突变，恰在该剧的高潮处——吉姆亲吻劳拉，一个爱情故事即将诞生的时候，吉姆突然刹车，向劳拉道歉。因为他已经有婚约在身，未婚妻是一名叫贝蒂的姑娘，即将在6月的第二个星期天就要结婚了。吉姆的吻只是一时的冲动。浪漫的爱情故事最后证明是一个闹剧。劳拉刚刚萌发的希望又破灭了，她只有再次缩到她的玻璃动物园中寻求内心世界的平衡。客观地说，吉姆没有错，他也绝不是有意戏弄阿曼达母女，他对老同学劳拉一直怀有善意，当情绪失控时，还主动坦白自己的婚约。吉姆唯一的错误就是他只是个普通人，没有能力扮演拯救劳拉的英雄。劳拉作为一个第二代南方淑女，已经彻底穷途末路，她需要的不仅是爱情，而是一个万能的神来点燃她内心熄灭的生命之火。如果要一定追究责任的话，汤姆应该负责，因为他明知道母亲的意思却依然不假思索地随意将有婚约的男人带回家，只是为了搪塞母亲的唠叨。

劳拉彻底崩溃了，阿曼达为此事跟跟汤姆大吵一架，本就想离家出走的汤姆一气之下彻底抛弃了母亲和姐姐，与他的父亲一样，再也没有回过家。在随后的经济大萧条中，没有谋生能力的母亲和姐姐命运会如何呢？汤姆不管走到哪里，心中都会浮现出母亲和姐姐的声音，他在有形的空间里摆脱了她们，在内心深处，却从未走出她们的世界，她们给了他无法摆脱的负罪感。可是这又能全怪他吗？面临社会的剧变，南方女性将生活的希望全部寄托在男性身上，男性受不了，便只有逃离。

《玻璃动物园》深刻地表现了南方女性那种绝望的境地。南方女性，不管她们是多么如女神般优雅、美丽、纯洁,她们在男性经济中是完全寄生的,一旦被男人抛弃就什么也不是。阿曼达曾经热切地指望自己的丈夫,在被丈夫抛弃后又开始指望自己的儿子汤姆。劳拉寄希望于与汤姆的姐弟之情,希望汤姆能够撑起这个家庭,在跟吉姆会面后又渴望得到吉姆的爱和同情。这里的女性都渴望救世主,但是事实上,没有男人可以成为她们真正的救世主。她们自动奉献了两性关系的主动权,男性在关系中往往处于一种主动的地位,他们随时可以抽离,而女性却只能呆在原地,默默等待。阿曼达的丈夫就是这样一位抛弃妻儿、没有家庭责任感的丈夫和父亲。尽管他是如此的不堪,他的巨幅照片却依然贴在这个家庭的客厅墙上。他出走后给家里人寄来的最后一张明信片上只写着"你好,再见。"

阿曼达——"南方神话"世界里的"最后的贵族",出身南方庄园主家庭,深受"南方神话"及文化的浸淫。在青春年少的如花岁月里,她有很多选择,但她却钟情于那个诗人丈夫——温菲尔德先生。尽管只是一个电话接线员,但温菲尔德用他漂亮迷人的微笑和夸夸其谈的口才,征服了年幼单纯的阿曼达。阿曼达嫁给了他,仅仅因为他有着迷人的笑脸。婚后不久阿曼达就被丈夫抛弃,就如同爱米丽如果跟北方的工头结婚也未必会幸福一样。婚姻改变了女人,婚姻却没有能力改变任何男人。女人为婚姻所束缚,不能追求自由自在的生活。南方女性如同天使般的微笑,并不能感化浪子,最终反而变成了一个可怕的负担而被无情抛弃。男性诚然是自私不负责任的,女性没有能力控制自己的人生也是悲剧的成因。在捉襟见肘的艰难生活中,阿曼达靠回忆自己的淑女时代来打发时光。在当时的工业城市中,阿曼达已找不到任何属于自己的位置。作为失落时代的牺牲品,她所能做的就是疯狂地抓住那个逝去的时代。尽管阿曼达知道过去的南方已一去不复返,可她无法摆脱对南方文化的依恋;怕失去天性不安分的儿子,可又望子成龙,忍不住对他严加管束;她反反复复地向女儿灌输她的南方淑女观,顽固不化地执著于自己的信仰,全然不顾时代的进步、社会的发展。

儿子汤姆与女儿劳拉一直生活在母亲的南方种植园文化的阴影下,纠结于现实与理想的矛盾中,直至性格扭曲。汤姆卑贱的劳动是家庭收入的主要来源,而在南方文化中,这种本应由黑奴来完成的工作是很不体面的。绰号为"莎士比亚"的汤姆继承了父辈的诗人气质,一颗躁动不安的心时时听到远方的召唤,对付枯燥的鞋厂工作、压抑的生活环境和母亲的唠叨的唯一方法是在电影院度过一夜又一夜。

汤姆深知自己对家庭的责任,可他的诗人梦想与现实格格不入,摆脱束缚、实现自我的渴望又如此强烈。他的内心承受着巨大的煎熬。在家庭关系上,汤姆很像他的父亲。虽然他也热爱他的母亲和姐姐,但是他也依然和他父亲一样,把女性看做累赘。当他们对生活不满的时候,他们急于离开家庭去寻找自由的天地。汤姆不满足于自己蓝领的身份,但是他的母亲和姐姐需要他为家庭提供经济支持。汤姆对他的这个使命觉得非常地烦恼,因此他总是到电影院去躲避,来感受虚幻生活的乐趣。他通过写作,忘记无聊乏味的现实生活。对母亲和姐姐生活的困境,虽有同情,却从不主动帮助他们。他受不了母亲的唠叨,为了搪塞母亲,也为了帮自己找到一个养活姐姐的人,汤姆打算为劳拉物色一位相当的男士作为结婚对象。但是汤姆如同他的父亲一样,是一个漫不经心不负责任的人。即使是如此重要的事情,他也不打探别人的背景,就很随意地带到家庭中,介绍给自己的姐姐。这一点反映了现代都市的经济文化对传统南方社会的蚕食。在过去将一位绅士介绍给家族中的女性是一个十分盛大而严肃的事件,要经过层层把关,确保男士的人品等各方面万无一失,而在现在却以一种如此随意的方式来表现,那是因为在这个城市的贫民窟中,一切都已经退而求其次,一切都已不再能讲究,曾经的南方名门世家再也撑不起往日的荣光。

劳拉其貌不扬,腿有轻微残疾,这其实并无大碍,但在信奉女子以貌取悦男子并依附男子的南方文化中,跛脚却是一大缺陷。因为在南方文化中,女性是一件美丽的摆设,她的价值不在于多能干、多善良、多独立,而在于能在多大程度上满足男性的审美期待。正是母亲阿曼达无形中给女儿灌输的观念导致了劳拉极度自卑并有心理障碍。纯洁脆弱的劳拉一直对自己会成为家人的心病而惴惴不安,可又无能为力,无法面对现实。她无法与人正常交往,对外面的世界怀着病态的恐惧,根本无法独立生存,只有在她收集的一组精致而脆弱的玻璃动物们中才能找到安慰,而她的精神家园——玻璃动物园,则随时可能会消失。

劳拉对于介绍婚事起初是非常抗拒的,因为她就像玻璃独角兽那样经不起现实的碰撞。母亲对儿子的介绍深感满意,并开始积极地筹备。这似乎不是女儿的婚事,而是母亲当年光辉岁月的一次回光返照。阿曼达慢慢地蹲下身来精心打理着女儿衣服的褶皱,幻想着自己的青春岁月。她不停地唠叨着那个有 17 位绅士同时拜访的下午,家里面连凳子都不够。她渴望着踏着昔日的旋律,一切又会回来。

她甚至渴望着自己还能回到从前的样子重新开始。假如她不选择劳拉的父亲又会怎样？她当年的追求者之一，如今已经是百万富翁，拥有可口可乐公司的大量股票。可是昔日不会重来，在男权文化中一个结过婚、生过孩子的年长女性是没有价值的。而且阿曼达当初的选择必定是她当时认为最好的选择。因为阿曼达是南方文化中长成的淑女，南方文化承袭英国贵族文化，追求相貌堂堂的英雄气概，追求谈吐幽默的趣味，追求彬彬有礼的绅士风度，唯一不追求的就是实际的谋生本领。有一句西谚说"绅士是没有工作的"，这在当时的种植园经济和黑奴劳动的前提下是可行的。所以阿曼达当年必然不会看上一门心思投机倒把、有着类似于北方佬作风的追求者。但此一时彼一时，当年阿曼达看不上市侩商人，如今已经是金融巨鳄，阿曼达只有遗憾的份。但是如果让她重新选择一次，她还是会做这样的选择，这就是美国南方文化的特性，是阿曼达深入骨髓无法改变的东西。

尽管已经穷途末路，阿曼达依然有自己的骄傲，她尽力操持着这个日常生活捉襟见肘的家庭，并尽力为孩子们打造一个好的前程。在第5场，儿子汤姆告诉母亲将要有一位绅士来访时，母亲非常高兴。接下来在第6场，母亲便开始竭尽所能为劳拉梳妆打扮，尽管这在过去的南方社会是贴身女仆的工作，母亲阿曼达也丝毫不介意。劳拉在她的打扮下就像一个美丽的玻璃动物。经过母亲的努力，"劳拉显出一种脆弱的、非尘世的美；她像一件亮光照耀着的半透明的玻璃器皿，散发一种暂时的光采，既不真实，又不持久。"（Williams,1966:371）这段寓意深刻的话，非常准确地道出劳拉异常脆弱的本质，也象征了南方文化的美已经是一种与当今的时空不吻合的美，注定要走向消失。

这束打在盛装的劳拉身上的光，就像打在了美国南方文化的身上一样，是从过去的时空中归来的不真实的美。《玻璃动物园》的主人公们有着盲目的、固执的选择和那些不切实际的、过去的梦想，丝毫不顾及这个梦想早已被时代的车轮碾压在底下，因此他们在现实面前撞得头破血流，但是他们已无力回头。她们的人生是个悲剧，但她们以怎样非凡的勇气来演完这个悲剧？在丈夫长期缺席的情况下，在没有任何社会关系支持的情况下，阿曼达，这位没有工作的家庭妇女将两个子女抚养长大。爱米丽如果嫁给北方工头，命运也会同阿曼达一样。她们的第二代，儿子抛弃了家庭，女儿连结婚的可能性都不会有。第二代美国淑女劳拉如同玻璃般脆弱。她与社会格格不入，在现实世界中毫无作为，身体上轻微的残疾给她造成了巨大的精神压力。她过早地从学校辍学,也根本无力完成职业进修课程。她有社会交往恐惧症,不能与任何人交往,甚至包括自己的家人。孤独是她摆脱这种创伤的唯一方法,劳拉把自己关在狭小的世界当中,这就是她的玻璃动物园。这一点威廉斯是以他的姐姐为原型。当年威廉斯的父亲经常酗酒,回家以后责怪威廉斯的母亲,认为儿子过于女性气,只会写一些不现实的小说,对于女儿,他也十分愤怒,因为女儿总是待在房间里摆弄她的玻璃动物园,成绩平平,相貌平平,社交能力平平。

二、南方女性的"表演"悲剧

劳拉是一个循规蹈矩的女儿,她善良脆弱,她知道自己无法在这个已经被工业文明所统治的专横、冷血、弱肉强食的社会中生存下去,所以她只有不停地退缩,缩进自己那个小小的玻璃动物园。英国女性主义作家弗吉尼亚·伍尔芙认为教育的缺陷使女性在男女力量对比上处于一种劣势,连柏拉图的精神之恋更多的也是指男性之间的精神恋爱,因为在柏拉图的眼中,当时的女性没怎么受过教育,是没有与男人对话的能力的。后来男权社会并不赞同女性进行太多的思考。男人只需要训练他们"服从男性以及男性的虚荣心"(Apter,1979:10)。女子无才便是德,典型的例子就是阿曼达。阿曼达是一位非常聪明的女性,但是她在南方所受的所有教育是如何打扮、如何优雅地交谈、如何讨人欢心。她如同一只美丽的金丝雀,可以娱乐男人的生活,却没有任何独立的生存技能。在剧尾,眼看着汤姆的离去和心碎痛苦的劳拉,此时的阿曼达显出一种"悲壮的美"。阿曼达是一个典型的不肯向命运低头的矛盾的悲剧人物。

《玻璃动物园》与许多古典希腊悲剧一样,是一个没有具体摧毁者的悲剧,如果一定要找出它的毁灭者,那么这个反角就是将悲剧的主角推向毁灭的压迫性力量,这种力量就是命运。在本剧中,就是人物生于斯、长于斯的南方文化。因为一旦个体的思想在某种文化中铸就,就无法在另一种文化中委曲求全。思想和诗歌消失了,苹果树和樱桃树不见了,人物在抛弃了传统信仰的时代大背景下一无所有——南方文化已随风消逝,而北方的价值观又是他们不屑于拥有的,由于缺乏必要的技能,他们也不能在北方的主流文化中找到新的身份。因而《玻璃动物园》中的角色处于过去和现在分裂的状态,他们唯有疯狂地抓住另一个时代,才能逃避现实中的困境。而这种疯狂爆发出的力量和美,足以引起观众的怜悯和恐惧。悲剧之所以为悲剧,并不仅仅因为悲惨的结局,悲剧中最有价值的东西,是主人公忍受痛苦,在灾难面前保持自己的尊严,揭示了人的价值,展示了令人感动的力量,这也是悲剧令人肃然起敬的重要来源。

阿曼达被自己千挑万选的丈夫抛弃后,并未自暴自弃,为了独自抚养两个孩子成人,没有一技之长的她只能放下淑女的架子,四处推销,遭受冷言冷语后也未向家人诉苦。她与孩子的冲突也主要集中在他们自身的前途上,而不是为了她自己。在心力交瘁之时,阿曼达依靠对少女时期风光岁月的回忆支撑着自己,以"精神胜利法"维护自己处于窘迫的现实包围之中的精神城堡。女儿劳拉优雅脆弱,因为腿疾而极度害羞,像玻璃独角兽那样禁锢在自己的内心世界里。但中学时代暗恋对象的出现使她最终鼓足勇气向心上人敞开心扉,不顾腿疾共舞一曲,就在她拼命向正常生活回归、憧憬爱情之时,心上人却告诉她已有了结婚对象,这无疑是当头一棒。劳拉坠入了痛苦的深渊,她的心门又一次关上,并有可能从此再也不会打开。儿子汤姆在剧中是故事的讲述者。作为南方绅士的代表,他赖以安身立命的种植园经济已经烟消云散了,但他却无法像《飘》中的女主人公斯嘉丽那样转变为新兴的工业资本家,因为他摆脱不了旧南方所奉行的美好但不切实际的道德观念,适应不了工业社会那种血淋淋的生存竞争和赤裸裸的金钱关系。作为家庭的顶梁柱,他无法在已经工业化了的主流社会中找到自己的位置,只能躲进诗歌中寻找人生的意义。尽管深知自己对家庭的责任,但卑贱的生存处境和对摆脱束缚、寻找自由的向往,最终使他选择了逃亡,然而,他又为自己不负责任的行为而终身悔恨不已。

这种无所适从在南方女性身上表现得更为强烈。南北战争后,由于北方工业文明的入侵,过去神话般的旧南方已不复存在,南方淑女也失去了赖以生存的舞台,男人们要么逃离,要么如布兰琪的妹夫那样粗俗,假如观众已经不复存在,"美目盼兮、巧笑情兮"的南方佳人们又该"表演"给谁看?她们的表演已经出现了悲剧性的断裂。朱迪斯·巴特勒(Judith Butler)在"酷儿理论"的经典文本《性别麻烦:女性主义与身份的颠覆》(*Gender Trouble: Feminism and the Subversion of Identity*)一书的开篇就指出,"性别"不是天生的,是表演性的。性别是"在表演过程中生成的,是由性别一致性的规范实践所强加的"(Butler,1990:13)。在这本自1990 年面世以来就是女性主义理论研究的重要著作《性别麻烦:女性主义与身份的颠覆》中,巴特勒对"女性"的主体性提出了质疑,"女性"的性别更多是一种社会属性,通过模式化的重复表演生成。在美国南方,远道而来的英国殖民者给美国带来了英国贵妇温柔娴静的女性神话书写,女性在两性关系中总是处与一种被凝视的地位。

因此,"南方淑女"的概念自 19 世纪以来风行美国大地。它与美国南方的种植园经济相适应,使女性在不知不觉中将男权社会凝视内化为对自我的要求,不断地塑造符合主流期待的淑女形象。在阿曼达家起居室的墙上,挂着"父亲"温菲尔德先生的大幅照片。温菲尔德先生已经抛弃了家庭许久,但他依然有资格在照片中微笑着凝视全家,他依然是全家当之无愧的家长,这是南方文化认为必需的。阿曼达在他以及整个南方文化的凝视下,处处以淑女的身份要求自己,再婚更是独居已久的阿曼达想都不敢想的事。对在凝视中长大的阿曼达而言,吃饭不是为了补充能量,而是为了表演自己的风度,她喋喋不休地强调优雅,丝毫不顾及在工业时代的贫民窟,这显得有多老套和迂腐。正是因为阿曼达所受的严格的"规训",她对儿子汤姆用餐的风度百般挑剔。

阿曼达[对她儿子]:宝贝,别用手指头塞。你要是非用什么塞不可的话,就该用面包皮塞……吃得慢一点,孩子,真正享受一下。一餐做得好的饭菜有许多美味值得留在嘴里欣赏。

汤姆:我对这餐晚饭一口也没有享受,因为你一刻也不停地在指导我怎么个吃法。你像老鹰似地注意着我吃的每一口,才使我把一餐餐匆匆忙忙地塞下去。(Williams,1966:345)

阿曼达时时在考虑别人对自己举止的看法,就像是在舞台中间表演一样,这意味着南方女性已经在男权文化的凝视中培养了"表演性"的人格,因为她们无法独立,只有靠男性的恩典才能活下去。对女儿,阿曼达强调"淑女"风度加重了劳拉内心严重的自卑情节。当劳拉起身去端牛奶冻时,这本是一件无足轻重之事,但阿曼达马上要她"重新坐下","我要你保持娇嫩和漂亮——等男客人们上门!"(Williams,1966:346)饭后,女儿劳拉刚要收拾桌子,阿曼达马上让她坐下,因为她要"保持娇嫩和漂亮"(Williams,1966:346)。这些给女儿巨大的心理压力,因为阿曼达不让女儿做家务,是有一个更大的期望——"保持娇嫩和漂亮",找个好男人把自己嫁了。然而,身体有残疾相貌平平的女儿自出生便不可能是男权社会"娇嫩和漂亮"的花瓶。劳拉内心内化的南方男权社会的标准与自身条件的冲突是她神经官能症的来源。母亲阿曼达更是将男性凝视内化,她一直回忆过去的光辉岁月,她如何周旋在 17 位来访的男士中,就像一场盛大的表演。她的表演满足了男权社会的期待,也满足了自己的虚荣心。用阿曼达自己的话说,"我懂得谈话的艺术!"(Williams,1966:347)而身体残疾的劳拉注定了不可能是一个好的演员,因为觉得自己没有能力达到标准,因此劳拉在自卑中走向自闭。这些都展示了女性在南方文化及男性凝视中建构表演的过程。

朱迪斯·巴特勒的表演性的哲学来源是英国哲学家奥斯汀(J. L. Austin),奥斯汀首次提出了"表演性"(performativity)这一概念。奥斯汀认为"语言不仅能反映世界,而且能创造世界"(Jackson,2004:2)。奥斯汀的"表演性"理论后来发展为"言语行为"(speech acts)理论。他的思想影响了许多后来的思想家和文学理论家。酷儿研究理论家巴特勒用解构主义来重新阐释表演性理论,并将其运用于性别研究当中。后现代主义文论家德里达提出了"断裂的力量"(force de rupture)的概念,认为这是"一种与集体性决裂的力量",为表演性的断裂提供了理论基础。

在朱迪斯·巴特勒的性别表演理论中,当个人不再能够表演社会赋予他/她的性别角色时,他/她就会产生表演性"断裂",这种时刻就会产生"性别麻烦"。风度娴雅的南方女性本可以一直这样表演下去,但南北战争这一社会剧变发生了,种植园经济被彻底摧毁,北方现代工业文明的强势入侵,南方女性钟爱的表演"舞台"已经灰飞烟灭。这样的"断裂"令主体十分痛苦。她们无法找到新的角色来进行表演,或者说,城市贫民窟中的新角色是她们无法接受的,她们也不知该如何表演。从前风华绝代的美女如今是被丈夫遗弃的容颜憔悴的中年女性。阿曼达疯狂地"迷恋着另一个时代和地方",这就是她固守古老的传统,不愿退出历史舞台,也是她执意克服"断裂",重新表演"南方淑女"身份的过程。其主要原因在于她已经习惯南方男权社会的凝视,当老南方土崩瓦解之后,当观众消失后,她却依然执著地在这份凝视下生活。

阿曼达生活在城市贫民窟里,面对着黑魆魆、阴森森的经济公寓房的后墙,黑暗、狭窄的小巷,小巷的两侧是错综复杂的晾衣绳和垃圾箱,她依然将它幻想成南北战争前的蓝山,充满着美和诗意。普通工人吉姆也被阿曼达幻想成"绅士拜访者",被劳拉幻想成白马王子,她们希望通过他跨越现实与梦想的"断裂",获得重新表演的舞台。然而他们最终的结局是像劳拉的玻璃独角兽那样碎裂了,这象征着"南方淑女"表演性的彻底断裂。吉姆即将结婚,汤姆也将如父亲那样一去不返,阿曼达在失去丈夫后被亲自抚养长大的儿子抛弃,劳拉也将在失去父亲后失去兄弟。这是现代性对田园诗的放逐,是北方工业文明对南方淑女的放逐。

萨特说过,"他人即地狱。"在他的著作《存在与虚无》中,他以大量的篇幅描写了"他人的注视"。萨特的情人波伏娃(Simone de Beauvoir)由此出发,发出了著名的论断"女人不是天生的,而是生成的。"在《玻璃动物园》中,南方女性阿曼达和劳拉正是被南方文化"凝视"的目光塑造的典型。过去的南方文化给了阿曼达表演的热情,以至于她沉睡在这美梦中,不愿醒来。她又将这种文化强加给女儿,女儿被这种借尸还魂的凝视深深伤害,失去了生活的信心。

主人公对自身命运悲剧性的抗争,足以使观众不仅仅对他们,更对面临着未知的、无法控制命运的人类自身掬一把同情之泪。历史的进步是建立在残酷的竞争法则之上的,适者生存的社会进化理论同样适用于人类社会。美国内战中旧南方在与新兴资本主义北方的交锋中惨败,鲜花、舞会、充满诗意的生活已经远去。那套优雅、严格、清教徒式的道德价值观也被粗俗强悍而又充满生命力的北方工业文明所替代。然而,在社会的急剧转型期,文化的影响力是不会随着一场战争而消亡的。美国南方文化必然在衰落中做出绝望而又疯狂的悲剧性抗争。《玻璃动物园》中母亲阿曼达、儿子汤姆与女儿劳拉身处过去与现在的夹缝之中,旧式的教育使他们在新的社会里找不到存在的位置,他们对现实生活感到困惑,承受着充满竞争和杀机的社会的折磨。同时,他们又都怀着对生活的憧憬进行抗争,而这徒劳的抗争使他们终遭毁灭。他们的悲剧是养育了他们又把他们抛弃了的文化的悲剧,他们的失败是南方文化的失败。田纳西·威廉斯通过这些"南方最后的贵族"的坎坷经历和不幸遭遇,唱出了一曲旧南方的挽歌,写尽了美国南方文化的悲哀。

三、美国南方文化的尴尬境地

美国南方文化历史上曾经有过一段全盛时期。美国历史上南北方有着显著区别,南方居民大部分为英格兰贵族保守党的后裔,由于在17世纪英国革命中受到克伦威尔排挤而从英国本土移民到美国南部。美国南方社会相对于工业化的北方是比较稳定的,南方优越的自然条件使建立在奴隶剥削基础之上的种植园经济蓬勃发展,美国南方在文化上更倾向于维多利亚时代的英国。自身的优越感以及与北方不同的经济形式和文化传统,使南方在 18 世纪和 19 世纪逐渐形成了地区主义。而北方此时正处于资本原始积累早期,不停地涌进大量外来人口,大部分都处于社会的底层。北方龌龊狼藉的贫民窟、不堪入目的街道、阴暗的房屋与古朴典雅、田园诗般的南方乡村生活形成了鲜明的对照。然而,浪漫悠闲的贵族生活是建立在黑奴的血泪之上的。罪恶的奴隶制最终引发了南北战争,战争的失败带给原本骄傲自信的南方人致命的打击,罪恶感、失败、贫穷、道德沦丧成了南方道德意识中的阴影。创伤已经沉淀在南方文化的集体无意识中,并且在代际间传递。南方人只能依靠昔日的美好生活来逃避现实,聊以自慰。于是,梦幻般的"南方神话"产生了。这是南方文化传统的重要组成部分。南方如诗如画的田园生活中,温和的老主人坐拥繁茂庄园,他的别墅官邸宽敞明亮,品位不俗,快乐的黑奴在田里歌唱,大片装有玻璃窗的白色房屋里居住着高贵的精通诗文音乐的绅士和女士,舞会上彬彬有礼的绅士向风情万种的美人求爱,天使般的孩子受到忠实的黑人仆人的精心照料。以棉花为主要产品的南方经济稳定繁荣,南方人民幸福和睦、其乐融融,连种植园中的黑奴也在白人的保护下不断繁衍。甚至有不少南方人认为神话中经过美化的南方才是真正的南方。然而,有良知的南方人在内心深处又为祖辈的奴隶制、私刑等深重罪孽而深感内疚,身处爱与恨、回忆与梦想、骄傲和恐惧、执著与怀疑的夹缝中不能自拔。

这些美国南方神话的见证人在战败后依然难忘种植园时代优雅浪漫的生活方式,在冷酷的现实面前,他们沦为"最后的贵族"。阿曼达就是其中的典型。即使被丈夫抛弃,含辛茹苦地独自把两个孩子抚养长大,在阴暗的街道过着贫困而没有任何娱乐的生活,她依然念念不忘那个充满鲜花和舞会的年代,那是个有 17 位翩翩少年在同一个下午登门向她求爱的年月。种植园的经济结构使绅士淑女们无需参加任何劳动,生活悠闲而富裕。具有自我牺牲精神的已婚女性,冰清玉洁、纯洁纤弱的未婚女子由于满足了"南方神话"对女性的一切想象而具有崇高的地位。阿曼达拥有美丽的外貌,如同纯洁的女神,很符合当时清教主义的审美观。她受过一定的教育,但这种教育不能使她在现代社会中自立,只能使她在未婚时吸引追求者,与这些人调情，卖弄风骚。追求的人越多，说明这个女子魅力越大，她也越有可能在一番巧妙的周旋之后，从追求者中选定她下半生的依靠。然而，在南方神话光鲜的表面下隐藏着很多问题，如经济发展落后，种族矛盾日益尖锐。奴隶制在19世纪已经是一种畸形的社会制度，绅士淑女们天堂般的生活其实反映了南方贵族生活腐化、穷奢极欲。南方，已是被蛀食的朽木，"南方神话"不过是花言巧语构筑的空中楼阁，是海市蜃楼的幻觉。它的存在早已是无源之水，无本之木，而虚幻的肥皂泡一旦破裂，主人公的痛苦必将是惨烈的。

历史的车轮不可能停顿，它将无情地碾过那些无法跟上其发展的人。在南北战争之后，这种与种植园经济相适应的古朴落后的乡村生活形式被彻底摧毁，南方经济完全纳入北方的现代工业经济。如同堂吉诃德大战风车，南方优雅的骑士精神和浪漫风情在北方物质至上的实用主义面前显得那么迂腐可笑。思想和诗歌消失了，苹果树和樱桃树不见了，绅士淑女都随风而逝。南方人面临社会的剧变，体验到了失落、困惑、空虚、孤独，甚至困境中的绝望。

田纳西·威廉斯的剧作《玻璃动物园》描写了美国经济大萧条背景下美国南方普通人生活的艰辛与无奈：为了在绝望的生活中支撑下去，温菲尔德一家三口人——母亲阿曼达、儿子汤姆与女儿劳拉在现实、幻想和谎言中寻求慰藉，这些南方"最后的贵族"在强悍的现实世界面前的悲剧性抗争与衰落，演绎了感伤却独特的人生之美。这体现了田纳西·威廉斯意欲表达的一贯主题——南方文化在工业化时代的抗争、衰落甚至消亡。

美国内战后，由于南方战败，北方开始了对南方的占领和统治。在强势北方的统治之下，南方人逐渐丧失了自己的传统观念和文化身份。因此，寻求和重建南方的文化身份成为战后南方人的一项重要任务。作为美国南方最重要的作家之一，威廉斯也在为寻求南方传统和重建南方文化身份而努力。他将目光对准了一个秩序、结构受到挑战的世界，展现了文化断裂过程中人的彷徨焦虑、无根情绪及支离破碎的生活。一方面，威廉斯通过塑造"南方神话"并且在作品中大量使用"南方性"来唤起南方人内心深处的集体无意识，以此来解构北方在南方的文化霸权，使南方不再被边缘化。另一方面，威廉斯也刻画了一部分在战后成功融入主流社会的南方人，这其实是南方文化与北方文化的交流和对话。由此可见，作家试图通过混合南北方文化来重新构建南方文化身份。然而，如何在融入主流社会的同时，保持南方文化的特性,却是令威廉斯困扰的问题,他在剧中也并未给出答案。

　　《玻璃动物园》是威廉斯对南方文化所作的一次满怀敬意的缅怀和充满深情的回忆,作品中弥散着茫然不知所措的忧虑感和失落感。解构"南方神话",为寻求南方传统和重建南方文化身份作出努力,一直是生于斯、长于斯的南方作家特别是威廉斯等人的宿命。威廉斯一方面惊惧于南方文化的僵化性和压抑性,另一方面又怀有迷恋与惋惜等复杂情愫。他既以南方文化为荣,回忆书写着南方的过去,支撑着南方神话的代代相传,又反思抨击南方的历史问题,试图改写甚至颠覆南方神话;既想融入北方发达的工业文明,同时又对战前的以奴役黑人为基础的种植园"田园生活"无限留恋。这种创作的矛盾性正是缘于南方文化是威廉斯的精神家园,给予了他强烈的归属感,使他的理性与感性处于矛盾之中。他自己的创作深植于家乡的那片土地、梦幻般的"南方神话"、无法摆脱的怀旧情结、南方人在命运的重压下与生俱来的优雅而坚韧的贵族风度。他怀着骄傲而又沉痛的心情暴露和批判南方问题,这是需要勇气的。纵观文学发展史,正是在威廉斯等作家的努力下,南方文化在战后依附着文学形式得以流传,也使读者在研究南方文化时更真切地触摸到一个时代远去的背影,加深了对人生、命运以及历史悲剧的深刻洞察。

第三节　黑人女性的种族创伤：
黑色美狄亚塞丝

爱米莉、阿曼达、劳拉等南方贵族女性哀叹在南北战争中失去的天堂,天堂中有着如诗如画的田园生活,庄园繁茂,快乐的黑奴在田里劳动歌唱,天使般的孩子受到忠实的黑人仆人的精心照料。南方人民幸福和睦,其乐融融,连种植园中的黑奴也在白人的保护下不断繁衍。南方淑女拥有美丽的外貌,冰清玉洁、纯洁纤弱,因满足了"南方神话"对女性的一切想象而具有崇高的地位,南方淑女是当时清教主义的审美观的膜拜对象。然而,清教社会被压抑的欲望投射在哪里？如果南方的绅士淑女都不用工作,是什么支撑起了南方的天堂生活？答案是黑奴制,南方的种植园经济是建立在黑奴制的基础之上的。作为一种奴隶制度,黑奴制充满了深重的罪孽。南方白人女性的创伤至多是遇人不淑,被抛弃,而黑人女性是被贩卖、强奸、杀戮,她们被看作是牲口,被剥夺了人的一切尊严,在整个社会体系中没有任何发声的可能。这种黑人女性的创伤被压制到整个民族潜意识的深处,一个多世纪后,美国著名黑人女性作家托妮·莫里森(Toni Morrison)在她的后现代主义小说《宠儿》中再现了那段创伤的历史。

托妮·莫里森(Toni Morrison,1931—)个人经历也是一部黑人创伤史。她1931年2月18日出生于俄亥俄州洛雷恩,莫里森从小家境贫寒,父亲是蓝领工人,母亲在当地白人家当帮佣,这也是当时的黑人女性能从事的为数不多的工作之一。莫里森尽管成绩优异,1949年也只能考入当时专为黑人开设的霍华德大学,攻读英语和古典文学。随后,莫里森于 20 世纪 60 年代末登上文坛,先后出版了《最蓝的眼睛》(*The Bluest Eye*,1970)、《所罗门之歌》(*Song of Solomon*,1977)、《秀拉》(*Sula*,1973)、《柏油娃娃》(*Tar Baby*,1981)、《宠儿》(*Beloved*,1987)、《爵士乐》(*Jazz*,1992)、《天堂》(*Paradise*,1999)、《爱》(*Love*,2003)、《恩惠》(*A Mercy*,2008)、《家园》(*Home*,2012)等。作为一名黑人女性作家,莫里森继承了拉尔夫·埃利森和詹姆斯·鲍德温的黑人文学传统,体现了对黑人群体族裔创伤的关注。她曾主编的《黑人之书》(*The Black Book*),将黑人到达美国后 300 年历史悉数道来,被称为"美国黑人史的百科全书"。1993 年,她因"在小说中以丰富的想象力和富有诗意的表达方式使美国现实的一个极其重要方面充满活力"获诺贝尔文学奖。莫里森是第一位获诺贝尔文学奖的黑人女性。

小说《宠儿》是托妮·莫里森最具震撼力的代表作之一,也是在文学界获得较多关注的一本小说。小说于 1987 年完成,次年获美国普利策小说奖。2006 年《宠儿》被美国《纽约时报》评为 25 年来最佳美国小说。《宠儿》描述了一个骇人听闻的故事。主人公是一个叫塞丝的黑人女奴,为了获取自由,塞丝怀着身孕只身从肯塔基的奴隶庄园"甜蜜之家"逃亡到俄亥俄州的辛辛那提。在短暂的 1 个月自由生活之后,追捕的奴隶主追踪而至。走投无路的塞丝,眼看即将被捕,为了让自己的孩子摆脱做奴隶的悲惨命运,她毅然决然地将刚刚会爬的女婴的喉咙割断。这个被自己的亲生母亲杀死的女婴,塞丝为她取名为"宠儿"。18 年来,她因为这件往事一直被黑人社区排斥,塞丝也一直活在过去的创伤和良心的愧疚中。最后宠儿的鬼魂化身为一个 18 岁的女孩,来到母亲的住所,讨要当年失去的母爱。塞丝在鬼魂这样的纠缠下几乎崩溃。1998 年,小说《宠儿》被搬上银幕,由著名电视主持人奥普拉·温芙莉担纲主演女主角塞丝。

宠儿的故事,并不是作家莫里森主观编造的,而是取材于历史上的一个真实故事。20 世纪 70 年代,莫里森在蓝登书屋编辑《黑人之书》时注意到了一张剪报上描绘的真实事件。一个名叫马格丽特·加纳的黑人女奴带着她的几个孩子,从肯塔基州逃亡到俄亥俄州的辛辛那提。当奴隶主带人追到她的住处进行抓捕时,她抓起斧子,砍断小女儿的喉管,接着企图杀死其余几个孩子后自杀。玛格丽特·加纳的婆婆是一个牧师,但当时她只在一边无声地观望,没有阻止，也没有鼓励。颇具讽刺意味的是。当玛格丽特加纳被捕时，她的审讯罪名不是谋杀，而是偷窃财产。法庭并未判决玛格丽特终身监禁或死刑，而是宣判将她押送回原种植园。因为在当时的时代，黑人并不享有人权，他们跟马、牛一样是种植园主的财产，是会说话的工具。黑人女奴玛格丽特决定先把孩子杀死，然后再自杀。作家莫里森被玛格丽特对自由的渴望所感动。玛格丽特为了自由，不惜牺牲一切代价，不惜采用残忍的手段，那无疑拥有一种力量的美学。这个故事深深地吸引了莫里森，在她的脑海中一直酝酿回荡，最终于 10 多年后创作了《宠儿》。莫里森也觉得小说的创作是有难度的，因为单纯写一个历史事件不足以表现马格丽特·加纳所身受的创伤。因此莫里森用一种后现代的手法，跳出了历史客观叙述的局限，用虚构和想象，再造了一个历史语境。

用正常的思维来看，每一位母亲都对孩子有着无比的疼爱，即使是动物，也是舐犊情深。孩子是生命的延续，母亲更因为 10 月怀胎与孩子建立了天然的血脉上的连接。杀婴不仅有违人伦，也有违生物进化的规律。希腊神话中著名的杀婴案例是《美狄亚》。《美狄亚》是古希腊的悲剧，公主美狄亚爱上了勇士伊阿宋。为了伊阿宋，她不惜背叛自己的父兄。在父亲追来时，美狄亚为了赢得逃跑的时间，不惜将兄弟的尸首砍成几块，使父亲因为忙于收集兄弟的尸首而无法追上伊阿宋。美狄亚与伊阿宋漂洋过海来到希腊，结为夫妇，并生下两个活泼可爱的儿子。然而造化弄人，功成名就的伊阿送又爱上希腊的公主，将美狄亚与两个儿子抛弃。悲痛万分的美狄亚走向了疯狂，她毒死了公主，接着亲手杀死了自己的两个儿子，因为这是她能够报复伊阿宋展现自己力量的唯一的方式。只有这样，她才能在这悲惨的、被动的、被抛弃的命运中掌握主动。尽管在杀婴中，最痛苦的不是伊阿宋，应该是美狄亚。欧里庇得斯的这出著名的悲剧引起了人们的怜悯和恐惧。人们对美狄亚命运产生了怜悯，又对她疯狂时的力量充满了恐惧，或者说每个女性的心中都住着一个美狄亚。当社会能够给予女性足够的尊重和宽容，女性会成为屋中的天使。当社会对女性充满了怨恨和恶毒，她就只能成为美狄亚式的恶魔。

塞丝就是一位黑色的美狄亚，只是她的故事不仅是个人感情的悲剧，更是社会制度的悲剧。在 18 世纪的美国,在南方奴隶制社会体系中,黑人因为肤色处于社会的最底层,黑人女性更是因为性别而属于奴隶中的奴隶,承受着种族歧视和性别歧视的双重压迫。"弗吉尼亚州 1662 年通过法令承认白人男性占有黑人女奴的合法性,女奴所生的孩子不论其父亲是谁,都归奴隶主所有。这一法令所带来的负面效应是女性黑奴频繁成为白人泄欲的对象,同时为了给奴隶主繁殖增收而被迫接纳不同的男性黑奴。"(张福运,2000:76 - 77)

黑人女性已经彻底被物化了,她们被等同于牛羊等牲畜,在种族暴力之外还要承受男性的性暴力,苦难深重。因此,黑人女性的创伤叙事一直刻意与主流的白人女性主义保持距离。白人女权主义以弗吉尼亚·伍尔芙、西蒙娜·德·波伏娃等中产阶级白人女性为主,强调男女平等,尤其是女性应该获得与男性同等的教育、就业、择偶的权利。黑人女权主义的代表人物是艾丽斯·沃克,由于历史和现实的原因,黑人女权主义表达的主题和内容往往要苦难深重得多。黑人女性在阶级、种族、性别的多重压迫下艰难求生,她们认为白人女权主义远远不能表现黑人女性的多重苦难。在黑人女权主义作品中,黑人女性在经历强奸、杀戮、囚禁等多重创伤之后,依靠黑人女性之间相互的尊重和鼓励,走出个人的创伤,投身于本民族的民族解放事业,悍卫本民族的尊严。

《宠儿》就是一部典型的黑人女权主义小说。对《宠儿》的研究,国内学界经常从以下几个角度入手:王腊宝、毛卫强从美国黑人民族文化重建的角度出发,认为"小说《宠儿》较全面地揭示了托妮·莫里森时美国黑人民族文化重建的认识。莫里森认为,美国黑人民族文化的重建应从黑人自我主体意识的觉醒出发,努力推动黑人族群中的民族多元发展,此外,黑人民族还必须学会正视历史,为民族文化的未来发展创造条件。"(王腊宝、毛卫强,2003:17)黎明、曾利红从身体书写出发,认为《宠儿》可以被视作"基于创伤诗学和身体书写的交点的伦理学"(黎明、曾利红,2016:24),身体是创伤经历的记录主体,也是反抗虐待走向治愈的场所。王俊霞从心理学的角度入手,解读《宠儿》与《最蓝的眼睛》中三代黑人成长过程中,白人文化霸权对黑人精神和身体的双重折磨(王俊霞,2016:148)。马艳、刘立辉在《白色菲勒斯统治下的黑人:〈宠儿〉的身体叙述》一文中认为"白色菲勒斯统治对黑人女性身体的摧残是导致塞丝弑婴的根本原因,也是把众多奴隶母亲推向杀死孩子边缘的主导因素。"奴隶制废除后,身体上获得自由的黑人在精神上仍未摆脱白人的霸权主义。但坚强的黑人女性可以"通过不懈努力进行权力反转,对白色菲勒斯的解构实现了最后的合围。"(马艳、刘立辉,2014:122)

《宠儿》是国内学界较为感兴趣的研究对象。近10年来,中国知网每年有300多篇论文收录,研究蓄奴制对黑人的摧残基本上是所有研究的共同特点。然而,蓄奴制对黑人女性的创伤研究还要进一步细化。杀婴这一惨绝人寰、有违人伦之惨剧究竟是如何发生,又会对母亲的心理造成怎样的创伤,这是女性创伤叙事研究的焦点。

一、黑人女性创伤的发生

美国黑人女性的创伤与历史上臭名昭著的奴隶贸易密不可分。在地理大发现以后,资本开始了在全球的拓殖。美国南部急速发展的种植园经济的发展急需大量的劳动力,欧洲殖民国家的贩奴船从非洲猎取了大量的黑人为奴隶。贩奴船卫生条件很差,黑人被捆绑在暗无天日的狭小空间内,死亡率很高,只有极少的人能够生存下来,波涛汹涌的大西洋深海埋葬了数千万黑奴的生命。当黑人们历经千辛万苦达到美洲大陆时,他们又被当作"会说话的工具"被一次次地贩卖,剥夺了人的一切权利和自由。当时的美国法律规定:任何人不得帮助逃亡的奴隶,否则就等同于偷窃他人财物。美国南方的蓄奴制和种族歧视对美国黑人造成的身心创伤时至今日都未烟消云散,它如毒瘤般寄生在黑人集体无意识的思想深处,啮噬着黑人的心灵。黑人祖先在两百多年前的创伤以代际传递的方式向下传递,影响着一代代黑人对自我的认知,他们愈是想要将记忆封存,便愈是困在过去的种族记忆中难以自拔。南北战争只是让黑人得到了名义上的自由和平等,他们真正的解放唯有依靠自身的力量,而获得这种力量的第一步便是直面过去历史上的创伤。

《宠儿》中的女主人公塞丝就亲历和见证了黑奴制的创伤,如果忽略这些创伤,读者便会对塞丝的杀婴产生重大误解,甚至得出跟种族主义者一样的观点,即黑人女性性情粗暴,道德观薄弱,身上的动物性较浓。《宠儿》中并没有正面描写女主人公塞丝的创伤,但在塞丝零零碎碎回忆的只言片语中,读者仍然可见一斑。

《宠儿》中反反复复提到的意象是女主人公后背上的苦樱桃树。在小说的开篇,塞丝就说过"我后背上有棵树"(莫里森,2006:20),"一棵苦樱桃树。看哪,这是树干……有好多好多的树枝。好像还有树叶……正开花呢"(莫里森,2006:101)。樱桃树在北美是较难存活的外来物种,樱桃树在塞丝背上的生根发芽正象征着黑人在这片新的大陆艰难求生的历程,而见证了这一切痛苦历程的就是黑人女性的身体。"苦樱桃树"是塞丝被"学校老师"、前主人及他的侄子长期虐待后留下的巨大伤疤,从这个冰山一角可以看出身为奴隶的塞丝在"甜蜜之家"生不如死的生活。巨大伤疤会引起他人观者的不适,更会使女性厌恶自己的身体,对自我的价值感降低,自暴自弃。但在救助塞丝的白人姑娘爱弥那里,它却转化为优美而富有诗意的"苦樱桃树"意象。看到塞丝的后背,爱弥突然叫了出来,接着便是长时间的沉默,后来她梦呓般地说:"是棵树,一棵苦樱桃树。看哪,这是树干——通红通红的,朝外翻开,尽是汁儿。从这儿分杈。你有好多好多的树枝,好像还有树叶……小小的樱桃花,真白。你背上有一整棵树。正开花呢。"(莫里森,2006:101)爱弥口中白色的樱桃花应该是指塞丝化脓的伤口。隆起的伤疤没有引起爱弥任何的不适,反而成为她口中美丽的"苦樱桃树"。这里爱弥的反应不应理解成是为了安慰塞丝有意美化伤疤,而是应理解成爱弥的真实反应。因为当主体对他人充满感情,而不是仅仅如同男权社会那样将女性的身体作为欲望的投射时,伤疤唤起更多的是同情和心痛,而不是厌恶。从中可以看出,黑人女权主义比白人女性更为沉重,它没有那么多的风花雪月、多愁善感,黑人女性面临着如何在这个世界生存下去的问题,它也更强调从同性中获得爱。

塞丝的创伤凝结在她的身体上,她从出生就被剥夺了母爱。塞丝的妈妈被迫从事奴隶劳动,无法在女儿面前出现,被剥夺了母爱的塞丝由年老的、无法从事重体力劳动的楠抚养。少了半个手臂的楠的奶水首先要供给白人奴隶主的婴儿。"白人小娃娃先吃,我吃剩下的,有时根本吃不着。"(莫里森,2006:254)塞丝的童年被剥夺了母亲,连奴隶制体系下的代理母亲都被剥夺了。"学校教师"们将黑人女性的身体看作是自己的私有财产,肆意践踏她们的尊严。女奴们的身体就是这一段创伤的见证。

不甘受辱的塞丝在怀孕后出逃,在没有找到丈夫的情况下,只能先把她的三个孩子送上了出逃的大车,而自己却依旧待在地狱里。因为对一个母亲来说,孩子的幸福要远远高于自身的安危。塞丝在出逃失败后,被白人抓回,受到了严厉的惩罚,她的奶水被抢走,她的后背被划开,她之所以没被折磨至死绝不是奴隶主动了恻隐之心,而是白人奴隶主觉得她腹中的孩子是一笔主人的财富,不应该被浪费。事实上,为了震慑其他奴隶,白人奴隶主手段异常残忍,保罗·D被套上了铁嚼子,这是一种让人无法说话的刑具,受刑人十分痛苦。西克索被烧死。塞丝在再一次独自出逃时,经过一棵梧桐树,树上吊着一具黑人的无头尸体,身上穿着保罗·A的衬衫,无头尸体给了塞丝极大的精神刺激,让她在很多年后依然深陷在这种回忆之中。福柯在《规训与惩罚》的第一部分“酷刑”的第二章“断头台的场面”曾分析过古代君主用公开的杀戮来展示权力的规训,尸体的每一块都被悬挂展览,这种赤裸裸的直接施加于肉体的权力可以震慑旁观者,权力也可以通过这种血腥和暴力的展示而获得至高无上的地位。

塞丝在这种残酷的规训下依然决定逃亡,可以说她对自由的渴望超过了对死亡的恐惧。这个黑色的美狄亚依靠自己的力量一路逃亡,途中她遇到白人姑娘爱弥,在她的帮助下生下女儿丹芙,最后来到了“124号”,与婆婆贝比·萨格斯和她的孩子们相聚。在整个过程中塞丝表现出来的勇敢坚强和力量,这种“不自由毋宁死”的决绝也为小说中后来的“杀婴”埋下了伏笔。

塞丝刚刚得到的自由并没有持续多久,28天后,奴隶主闻风而来,身边的黑人邻居由于妒忌塞丝的快乐,竟无一人前来报信。那是一个风和日丽的日子,空气中没有一丝不祥的气息。塞丝突然在人群中看见“他”牵着一匹母马,“宽宽的帽檐遮住了他的脸,却遮不住他的用心。他在朝她的院子走来,朝她最宝贵的东西走来”(莫里森,2006:254)。在突如其来降临的灾难面前,塞丝突然愤怒了,她“飞起来,像翱翔的老鹰一样掠走她自己的孩子们”,她用“像爪子一样的动作”(莫里森,2006:199)用手锯切开了女儿的脖子。读者此时感到深深的恐惧和怜悯,恐惧是如鹰般的母亲竟猎杀自己的女儿,何以如此暴戾、罔顾人伦。怜悯是在塞丝“苦樱桃树”般的奴隶生活中,这竟是她唯一能为女儿做的——自由的、不被玷污的人生。当时的黑奴制中,黑人女性在进入13、14岁的青春期便沦为白人男人泄欲的工具,或者被迫与不同的黑人交配,以便如动物一样为主人增加人口。作家莫里森曾经在接受黑人女作家格洛丽亚·内勒(Gloria Naylor)采访时说,"女人把自己珍爱的东西看得比生命还重要。那个杀死孩子的母亲是如此疼爱孩子,她宁可毁了她,也不愿看到她被玷污、被伤害。"(Naylor,1994:207)

小说《宠儿》中随后塞丝被捕,以偷窃财产而不是谋杀罪被审判,但随后结束的南北战争使所有的黑人获得了人身自由,塞丝的女婴被白白地杀掉了。美国南方的奴隶制否定了黑人奴隶作为人的存在,粗暴地斩断黑人奴隶之间的人伦关系,这也是塞丝内心创伤的来源。南北战争后塞丝后背的伤疤不再是耻辱的标志,但一个母亲的杀婴却使她受到了整个黑人社区的排斥。

在小说《宠儿》中,黑人形象始终跟动物的意象相关,黑人女性身体在白色男权主义的凝视下充斥着色情露骨的挑逗,没有任何一名白人男性因为对黑人女性的性虐待而内疚,因为在他们的眼中,黑人并不等同于人。《宠儿》中,除了塞丝,其他的女性也都生活在白色男权主义的暴力下。在非洲到美洲的途中,塞丝的母亲被白人水手强暴,她把强暴后生的孩子丢弃到岛上。到美洲后,母亲扔掉了其他许多被白人强暴后生的孩子,只留下了塞丝,因为女儿塞丝是她唯一一次与黑人情投意合的结晶。青春期的黑人少女艾拉被一对白人父子囚禁在小屋里,过着暗无天日的生活,被多次强暴后,艾拉生下一个毛茸茸的"白东西",与塞丝的母亲一样,艾拉也拒绝给混血婴儿喂奶,因为孩子的父亲是"迄今最下贱的人"。于是混血婴儿没多久就离开了人世。在美国南方的奴隶制时代,法律规定黑人女奴所生的孩子归主人所有,因此黑人女性彻底成为生育的工具,孩子也不再是爱情的结晶,而是痛苦的象征,尤其是在黑人女性被白人强暴后,孩子的出生和存活只会不断提醒母亲那不堪回首的屈辱史,而黑人母亲隔断残酷记忆唯一的方式就是拒绝养育孩子,作为母亲不到万不得已毕竟做不到杀婴,但客观上的结果是白人强暴者断然不会看顾这个孩子,"白东西"从出生就踏上了死亡之旅。

白人男权主义对黑人女性身体的掠夺还体现在白人对黑人女性身体的摧残上。塞丝母亲的身体是这样的,母亲的"乳房下面。就在她肋骨上,有一个圆圈和一个十字,烙进皮肤里。'……你会凭这个记号认得我'"(莫里森,2006:78)。十字架标记的是基督教救世的象征,而此时却颇为讽刺的被白人奴隶主用来烙进黑奴的身体以确认对黑奴身体的绝对统治。黑人一无所有,连自己的身体都不属于自己。黑人女性身体的伤口就是活生生的奴隶制对非裔美国人整个种族身心入侵的历史,是黑人苦难的象征。

黑人女性在整个奴隶制下处于一种失语的状态,她们背负着沉重的十字架,承受着痛苦而又无法言说。黑人男性一旦发现妻子被奴隶主玷污,他们没有勇气去找奴隶主拼命,而只会家暴甚至杀害比自己更弱势的黑人女性。黑人女性对自己遭受的性掠夺只能保持沉默。

谈及《宠儿》的创作动机时,莫里森说,"历史上没有哪一个曾经处于奴隶制下的国家能够彻底地全方位地描述自己遭受过的奴役","很多事情都不再被提起,并且很多事情也被'遗忘'了……让我们揭开面纱看看这些极其恐怖、连提都不能提的事情"(Zinsser,1987:109-110)。

莫里森将被历史层层掩埋的真相付诸笔端,将曾经"提都不能提"的黑人女性所遭受的性掠夺公开。强暴与其说是白人男性对黑人女性身体的欲望,不如说是奴役者对被奴役者的政治性行为,是一种权力的规训。性掠夺阉割了黑人男性,伤害了黑人女性,是对整个种族的血统清洗,这种伤痕铭刻在黑人族裔的血管里,代代相传。因为"记忆的形成是可怕的,它是不断用血浇筑而成的,人烙刻了某种东西,……只有不断引起疼痛的东西才不会被忘记"。(莫里森,2006:69)"白东西"是白人奴隶主对黑人性掠夺的产物,从出生起,其黑人母亲就选择性地将其遗忘。他们的死亡之旅与为了不让女儿重复自己苦难的命运,而被亲生母亲塞丝杀死的幼女宠儿一样如出一辙。黑人母亲用杀婴来表达对白人奴隶主的反抗,她们只有以这种方式才能化被动为主动,削减主人的财产,在绝望中发出对奴隶制的呐喊。但像美狄亚那样,杀死自己生命的延续固然可以惩罚他人,但杀婴这一灭绝人伦之事最痛苦的还是母亲自己。将创伤的过去选择性地视而不见,将过去的自己杀死是否就能走出创伤呢?"苦樱桃树"的伤疤长在塞丝的背上,她无法看见,但疼痛却依然存在。对创伤的回避不会导致创伤的消失,相反,创伤的过去会如幽灵一样复归,如蛆附骨,如影随形。

二、创伤的幽灵复归

小说《宠儿》的叙事开篇就已经是 10 多年后,此时南北战争早已结束,奴隶制名义上已经烟消云散。但在"蓝石路 124 号",在女主人公塞丝和她最小的女儿丹芙孤独封闭的生活中,怪事连连。"镜子一照就碎,蛋糕上出现两个小手印"(莫里森,2006:4),"124 号恶意充斥,充斥着一个婴儿的怨毒"(莫里森,2006:1),这是小说《宠儿》的第一句话,"婴儿"、"恶意充斥"、"怨毒"等词语在开头统领整个文本,制造出一种诡异的灵异气氛。读者在惊惧中看到"蓝石路 124 号"是一个闹鬼的屋子,充满了各种灵异事件。主人公们对往事闭口不谈。但是,晃动的地板等无不在提示着主人公过去即将回来。终于,在宠儿的尸体被掩埋了十八年以后,一个穿戴整齐的黑人少女从水中微笑着走出来,她跌跌撞撞走了一天一夜,在塞丝家附近的台阶下睡着了,醒来后,她便恳求塞丝的收留。塞丝一开始认为她是某个被白人囚禁的少女,因为她走路不稳,讲话语无伦次,这似乎是长期的监禁生活导致的。她的额头上有着像婴儿头发一样的三条纤细的划痕,她脖子上的伤痕,还有她的名字竟然也叫宠儿,这个令塞丝怦然心动的名字,使塞丝一下子把她看作是还魂人间的女儿。从此,幽灵少女宠儿强势介入塞丝母女的生活,将母亲心底那段极度痛苦的创伤连根拔起,当年那段隐秘的创伤被重新谈起。宠儿重新占据了塞丝,塞丝发现宠儿有一种幽灵般的魅力,以前令她痛不欲生、无法面对的创伤竟然能够被心平气和地谈起。弗洛伊德认为,创伤潜伏在潜意识的深处,它充满了暧昧和歧义,无法得到清晰的表述。塞丝将创伤从潜意识中唤起,并试图用语言来表述也就迈出了创伤平复的第一步。

然而,充满了后现代风格的《宠儿》似乎一直在与读者捉迷藏,典型的体现是幽灵少女宠儿身份的飘忽不定。"有些人吃肮脏的自己我不吃没有皮的男人给我们拿来他们的晨尿喝我们什么都没有……我不大小耗子都等不及我们入睡……我们都想把身体抛在后面我脸上的男人这么做了让你自己永远死去很困难你稍稍睡了一会然后就回来了……有人在颤抖我在这里就能感觉到他在奋力抛开他颤抖的小鸟一样的身体没有地方颤抖所以他欲死不能。"(莫里森,2006:267-268)在这段幽灵少女宠儿语无伦次的独白中,标点符号空缺,语句片段化,有如梦呓,或者说是塞丝母亲的灵魂附体。当年的贩奴船中极度饥饿的大批黑奴被监禁在极度狭小和肮脏的船舱里,疫病流行,老鼠在尸体中乱窜,贩奴船上的黑奴们求死而不能。这些历史的创伤都是塞丝母亲的亲身经历。塞丝母亲似乎是跨过两代人的鸿沟在向塞丝诉说黑人历史上的苦难。

这种模糊不清的语言充满了不确定的多样性和渗透性,在令读者感到极度困惑的同时,也使叙事超越了塞丝个人的范畴,上升到更加广阔的空间。幽灵少女宠儿也可以看作是塞丝母亲,或者是整个黑人种族的创伤的象征。贝比·萨格斯对于幽灵作如此评价:"在这个国家里,没有一座房子不是从地板到房梁都塞满了黑人死鬼的悲伤。"(莫里森,2006:6)。黑人一直被排斥在白人的主流历史之外,他们被否定,被边缘化的族群历史只有通过幽灵叙事的方式才能得到回归。所有的迹象表明,幽灵少女宠儿可能是被母亲塞丝杀死的女婴,也可能是塞丝的母亲,更可能是蓄奴制下大西洋上、美国南方种植园中所有消失的历史主体。非正常死亡的黑人怨气不散,终于凝聚成幽灵,它们超越死亡,重返人间,为的就是讨要属于它们生前的公平公正。作者莫里森也亲自说明过这一点,她在《宠儿》(2006)的扉页中提到此书是献给"六千万甚至更多"曾经生活在奴隶制压迫下的人们。因此,可以推断,《宠儿》这一"创伤叙事代表作"(陶家俊,2011:124)并不仅仅将创伤限定在个人层面,莫里森想要表达的是整个黑人族裔的创伤。

三、创伤的平复

母亲们的创伤就是整个黑人族群的创伤。《宠儿》中重点刻画了三个黑人女性,杀死亲生女儿的女主人公塞丝,塞丝的婆婆——依靠儿子赎身才在年老时获得自由的老黑奴贝比·萨格斯,塞丝的小女儿——与她在"蓝石路124号"共同生活的丹芙。三位女性代表了黑人女性在不同的历史时期所扮演的不同角色。黑奴制度兴盛的时代里,贝比·萨格斯是顺从黑奴的代表,她做了近一生的奴隶,对苦难麻木和屈服。贝比·萨格斯除了要做和男黑奴同量的工作,还要被迫与不同的男性生殖孩子,因为黑奴孩子对主人来说是一笔不菲的收入。贝比·萨格斯像"母畜"那样生活着,她记不得自己一共生了多少个孩子,孩子叫什么名字,她也拒绝去记,因为她的每个孩子并不属于她,最终会被奴隶主卖掉的。即使是这样悲苦的生活,贝比·萨格斯从没想过逃跑,她唯一的愿望是主人不要在她孩子面前打她,她直到70多岁才被儿子赎得了自由。塞丝是不屈的抗争的代表,她对自由的渴望使她选择了逃跑,因为她必须让自己和孩子脱离那个地狱,过上"人"的生活。她不假思索地杀掉自己的女婴,正是源于心中强烈的爱,因为她知道女儿作为如果一个女黑奴,生存将是多么痛苦和屈辱!塞丝的时代,奴隶制已经开始瓦解。丹芙是新一代黑人的代表,她承受的母亲的创伤,性格孤僻古怪,但也正是她勇敢地走出去,寻找创伤的解决途径。她是黑人族裔的未来和希望。

关于创伤,拉卡普拉曾有过如此说法:"在本质上,创伤是一种让人难以把持的体验。这种体验撕裂、甚至有可能摧毁一种完整的,或者至少可以表达的生命体验。它是一种脱离正常语境之外的体验……这种极具颠覆性的创伤体验往往导致当事人认知与感知能力脱节。"(LaCapra,2004:117)整个奴隶制是现代性暴力的产物,它将活生生的人变成了会说话的工具,通过对黑人女性身体的掠夺达到了对黑人男性的精神阉割,给整个黑人种族带来了抹不去的伤痕。奴隶制下,黑人遭受的创伤过于残暴,大大超过了他们正常的意识所能表达的范围。由于耻辱,黑人女性更是无法接近和表述源初的创伤。在这样的情况下,她们很容易分化出多重人格或者说双重意识。乔治·奥威尔(George Orwell,1903—1950)将这种创伤辩证法称为"双重思想"(double think),更精确的专业术语称之为"解离"(Herman,1992:1)。创伤的不可言说性使创伤体验成为一种孤独的情感体验,受创的主体内心分裂,困在过去,感觉无能,摧毁了对自我的认识,发展出"解离""麻木"的边缘人格,而这一切受创主体本人无从得知,因为主体意识的表层会不自觉地规避与创伤相关的内容。创伤"不仅会致使受害者对自我失去自信,也会使他们对本应为他们创造秩序和安全感的社会文化结构丧失信心。"(Vickroy,2002:13)因为从外界得不到任何支持性的力量,创伤的主体会切断与外界的联系,在身体和情感上麻木自我。正是这种个人和社会原因的解离可以使受创主体免遭现实的打击,如行尸走肉般继续存活。

在"124号",生活在过去的创伤中的塞丝与女儿丹芙过着离群索居的生活。因为杀婴,塞丝被整个黑人社区抛弃。当她有了爱人保罗·D以后,社区笃信基督

119

的老人斯坦普·沛德就找到保罗·D,给他看当年报道塞丝杀婴案的报纸,打消保罗·D与塞丝共同生活的念头。生活在过去的愧疚中的塞丝也不愿意走出"124号",与外界发生联系。塞丝已经失去了正常生活的勇气和能力。幽灵少女宠儿可以看作是塞丝分裂出来的人格,她突破了时空的限制,从过去向现在一路走来。卡鲁斯认为在创伤事件发生时,"时间,自我和世界在思维中的认知经历受到破坏"(Caruth,1996:4)。塞丝的身体在18年后废除奴隶制的今天,思想却仍处在18年前杀婴的那天。幽灵宠儿为了寻找当年不曾得到的母爱,带着一股怨气,不停地纠缠、霸占母亲。出于内疚,母亲不停地退让,最终为了幽灵宠儿而放弃自己所有的生活。这也可以理解成塞丝已经被自己的创伤人格所占据,已经完全沉浸在过去的创伤中无法走出。塞丝已经命悬一线,即将与幽灵合二为一,这就是创伤的强制反复。不论受创主体多么强烈地想要规避这种创伤,创伤却如卡鲁斯笔下英雄唐克雷德(Tancred)情人克洛琳达(Clorinda)哭喊的鬼魂,在树林里、荒山上,在所有的角落以无时无刻的、碎片化的、强制反复的方式时时侵扰,它无时无刻不在提醒你创伤的存在。主体此时已被创伤完全占据。卡鲁斯"用被一个形象或者事件困住"(Caruth,1995:4-5)来形容创伤的强制反复,并且,创伤击穿了受创主体的自我防御能力,使他(她)极易成为下一个创伤的袭击目标。

幽灵少女宠儿携带黑人历史上那些被强迫的、被抑制的痛苦经历,以最原始的状态,回到现在的时空,强势入侵受创主体当前的生活。幽灵游离在生与死的灰色地带,虽生犹死,虽死犹生。幽灵宠儿突然来到母亲当前的生活,就像擦不掉的创伤记忆强制性的反复。"124号"是一个闹鬼的屋子。这个鬼不是物质上的存在,这一个鬼存在于塞丝的心中,存在于所有受苦受难的黑人的心中。因为创伤在发生时没有得到充分的理解和表达,被压抑进无意识。在南北战争以后,已经获得自由劳动力的北方占据了主流话语,已经达到了其战争诉求的北方本着国家统一目的,不愿意过多地介入南方奴隶制的创伤。而南方的种族隔离制度依然存在,白人的极端团体感觉已经赋予了黑人太多的权利,因此黑人在历史上遭受的创伤,无从谈起,他们只能将这个创伤记忆选择性遗忘。

然而,受创主体愈是想将创伤选择性地遗忘,创伤便愈是以一种强势的状态强制反复,最终将主体的生活吞噬。母亲为了幽灵少女宠儿放弃了自己刚刚规划的新生活。因为她的心中只有过去,她已经没有勇气开始新的生活。在塞丝即将被过去的创伤全部占据之际,她的小女儿——孤僻沉默的丹芙勇敢地站了出来,她走出家门,走进黑人女性的社区,请求驱鬼者的帮助。善良的社区黑人女性接纳了塞丝的求助。周末,三十个黑人女子来到了塞丝的房屋,举行了驱鬼仪式。她们围着"124 号"开始歌唱,这充满力量的歌声壮阔得足以深入水滴,或者打落栗树的荚果。她们的歌声感动了塞丝和丹芙,她们加入了黑人女性的歌唱,而这时幽灵少女宠儿则神秘地消失了。小说的结尾,当塞丝又一次看到马背上那高高的黑帽子时,她过去的记忆被突然激活,因为正是在 18 年前同样的一个场景下她失去了她的女儿。为了保护最小的女儿丹芙,母亲塞丝手握冰锥,冲了过去。但这一次来的并不是白人奴隶主,而是丹芙新的工作场所的白人老板来接她上班。塞丝在这样的场景中恢复了昔日的记忆,在创伤历史又一次回来时,塞丝不再是当年那个任人宰割的女黑奴,而是掌握主动、可以保护家人的强者,这是她走向了创伤心理复原的第一步。塞丝重新获得了爱情,保罗·D 重新回到塞丝的身边,他跟塞丝说"我们需要一种明天",背负着苦难的塞丝在一步步地走向康复。

作家莫里森不仅仅是写了一个骇人听闻的故事,更是将这种创伤上升到了族裔的高度,将个体的心理创伤转化为美国黑人的集体创伤,使作品一下子有了普世价值。这是莫里森的高明之处。莫里森将美国黑人走出创伤的希望寄托在黑人社区上,18 年前,黑人社区分崩离析,无人告诉塞丝危机已至,贝比·萨格斯号召黑人同胞放下剑和盾的传道,也未能阻止悲剧的发生。是 30 个黑人女子的驱鬼仪式使塞丝走出了过去的控制,获得新生。因此,莫里森认为黑人社区的团结,对建构自身的文化传统,走出黑人族裔的创伤至关重要。黑人女性身背过去的"苦樱桃树"的伤疤,接受主流话语对于他们过去的描写和现在的规训,她们只有正视过去,才能面对未来。莫里森创作的《宠儿》是黑人族裔在精神和文化层面的自省,这种自省在奴隶制结束后百余年才发生,却依旧为时不晚。

在更深层次上,莫里森创作的《宠儿》是对现代性的批判。18 世纪启蒙主义运动兴起带来的现代性包含着两个方面:价值理性与工具理性,两者之间的矛盾不可调和。"自由、平等、博爱"的价值理性是一种持续进步、发展的时间观念,推进了民族国家的形成,工具理性是现代性的阴暗面,伴随着资本全球拓殖的完成,资本主

英美澳当代重要作家女性创伤叙事研究

义新的世界体系趋于建立,工具理性在现代性中渐渐占据上风。工具理性用统一的标准要求所有人,使人丧失所有的主动性和多样性,被纳入整齐划一的现代性进程,现代性的进程就是将人奴役、工具化的进程。在此过程中,人丧失所有的主动性和多样性,沦为会说话的工具。

在非洲和美洲、加勒比之间穿梭往来的贩奴船与福柯笔下中世纪末在莱茵河上游荡的愚人船何其类似,愚人船是现代理性对源初疯癫和非理性的驱逐,贩奴船是现代理性对人类多样性的征服和规训。贩奴船长途跋涉,越过辽阔水域,将无数的黑奴填充进美国南方种植园体系中,一部南方种植园经济繁荣史的背后就是一部黑奴的血泪史。这种现代性建立在黑人族裔历史灾难性的断裂上,黑人族裔被迫开始了全球飞散的过程,这一过程也是黑人反抗白人主流文化体制、寻找自己的声音的过程,莫里森创作的《宠儿》就是这一过程的典型代表。

第四章

澳大利亚女性创伤叙事

第一节　澳大利亚移民文学概述

澳大利亚女性创伤叙事是与澳大利亚移民文学不可分的。除去土著的口头文学，澳大利亚文学几乎可以等同于移民文学，这与澳大利亚的社会历史现实息息相关。澳大利亚是一个有着悠久移民史的国家，与美、加等国的自由移民政策不同，澳大利亚移民史有其独有的黑暗面。英语澳大利亚（Australia）的国名来自拉丁文"terra australis"，意为南方的土地，从中隐隐折射出命名者的欧洲中心主义。尽管在英国白人踏上澳大利亚土地之前，澳大利亚土著已经至少在这片土地上生活了四万年（Webby，2000：xi），澳大利亚仍然被看作是近代被发现的"定居者殖民地"。可以说，从此时开始，"白澳政策"（White Australia Policy）就植根在民族的心理底层。英国白人对澳大利亚的征服如下：在众多航海家中，英国的库克船长（Captain James Cook，1728—1779）对澳大利亚的发现贡献最大，他于 1770 年登陆澳大利亚东海岸植物湾，建立英属"新南威尔士"殖民地（Webby，2000：xi）。其时，英国处于工业革命时期，社会矛盾激化，犯人数量陡增，大量监狱的产生使周边的居民怨声载道。澳大利亚山高水远、四面环海、与世隔绝，如同一个大监狱，是绝佳的犯人安置地。1788 年，第一批运送囚犯的船队到达悉尼（Webby，2000：xi），从此开启了近百年向澳洲发配囚犯的序幕。因此，首先移民澳洲的不是类似美国"五月花"号上的自由移民而是失去自由的流放犯，他们被强制迁移，一旦偷渡回英国，便被立刻宣判死刑。流放犯们在承受新大陆刀耕火种艰难生活的同时还要承受英国军官的严刑拷打。约半个多世纪以后，自由移民随着 19 世纪 50 年代新南威尔士和维多利亚州金矿的发现蜂拥而至,包括华、日、印在内的各种族人口激增,同时也带来了种族冲突。1901 年 1 月 1 日,6 个白人殖民地组成了澳大利亚联邦,澳大利亚正式建国,白人的统治地位以国家机器的形式被强制执行,《移民限制法》被通过,整整影响了几代人的"白澳政策"正式确立。

在"白澳政策"的影响下,澳大利亚联邦政府对内将混血的孩子从土著母亲身边抢走,试图消除(breed out)其土著文化,对外通过法律的形式排除"劣等种族"的进入,试图建立一个以英国文化为核心的白人帝国。中国学界对 19 世纪末 20 世纪初澳大利亚的"排华运动"和"黄祸论"记忆犹新,甚至连康有为都受过澳大利亚移民官员的听写测试刁难。澳大利亚民族主义文学奠基人亨利·劳森(Henry Lawson,1867—1922)也未能摆脱其时代的局限。在《可笑》(*To Be Amused*,1906)一诗中,这位诗人表达了要"纯净澳大利亚白人血统"的"爱国主义"情怀:

> "为使这方土地干净纯洁,
>
> 为使这个国家力量强大,
>
> 请把世界上的白人全都召唤来!"

(沃克,2009:Xii)

但确切地说,白澳政策并不仅仅是以成为白人自居,而是以成为"盎格鲁-撒克逊的纯正白人"为傲,白澳政策也并不仅仅是对澳洲土著、华人等有色人种的歧视,而是事必以英国盎格鲁-撒克逊文化为正宗,要求爱尔兰人、犹太人、东南欧白人与其他各民族的人民一样完成对盎格鲁-撒克逊文化的臣服,以便在澳主流文化中生存下去。在白澳政策的影响下,"澳大利亚与新西兰是世界上除了英国之外'最英国化'的社会。"(Jupp,2002:5)

二战后至上世纪 70 年代,受制于"白澳政策",澳大利亚无法或不屑从临近的亚洲输入廉价劳动力,转而将目光投向战后满目疮痍的欧洲。澳大利亚最青睐英裔移民,但后者随着战后英国形势的好转,非但没有迁入,反而大量迁出澳大利亚。因此,迫不得已,"'二战'之后,澳大利亚政府出于战后急需充实劳力的考虑,首次放开对南欧诸国难民的移民限制,大量吸纳因战争而流离失所的欧洲移民,形成20世纪澳大利亚的第一次移民浪潮"(王腊宝,2005:108)。澳大利亚政府1947年开始的欧洲移民计划,向欧洲尤其是南欧招募了大量的廉价劳动力参与兴修水坝等大型国家工程建设。澳大利亚权威的历史学家、墨尔本大学教授、国会议员弗韦里·布莱尼(Geoffrey Blainey,1930—),用赞美战后欧洲移民的方式来贬低20世纪末的亚洲移民。他在"《一切为了澳大利亚》书中声称,50、60年代的欧洲移民是应邀来参加澳大利亚的经济与国防建设的,但80年代的亚洲移民不请自来,他们的到来给正处于经济危机中的澳大利亚增加了沉重的负担……"(王腊宝,2005:110)然而,事实并非如此,布莱尼刻意忽略了重要史实:澳大利亚政府及主流社会是在迫不得已的情况下纡尊降贵地接受非英裔欧洲移民,因为澳大利亚不接受有色人种,英裔移民又大量外流。"澳大利亚人偏爱北欧移民,南欧移民能勉强接受,而把亚洲人视作一种禁忌。"(Rickard,1996:220)其典型的例子是"1939年,澳大利亚曾同意接收15 000名来自德国等地因受纳粹迫害而沦为难民的移民,但是,最后实际接收数仅为上述数字的三分之一。"(格林伍德,1960:122)。由此可见,历史的书写浸淫着主流话语的暴力,影响了澳大利亚近一百年的"白澳政策"并不能简单理解为"白人至上",确切地说是盎格鲁-撒克逊英裔白人至上,澳主流社会对非英裔白人移民,尤其是对来自于南欧等欠发达地区的白人移民并不十分友好。

由于人种和宗教的差别,德国纳粹在东南欧的政策远比在西欧残酷。战后,南欧又处在东西方冷战的前线而风波不断。很多南欧人为了抛却过去的创伤,背井离乡,希望在澳大利亚这块未被战争玷污的大陆建立新的家园,结果却发现他们成了本土"纯种"澳大利亚人眼中的"下等白人",作为廉价劳动力处于澳大利亚社会等级的最末端。澳大利亚招募移民主要是为了解决国内体力劳动者短缺的问题。"1947—1972年的欧洲移民招募政策尤其青睐体力劳动者"(Jupp,2002:30)。也就是说这些欧洲移民们不管原来背景如何,澳大利亚只需要他们提供低等的体力劳动。这些外来的体力劳动者并未顺利融入盎格鲁-撒克逊文化的主流社会,而是聚集在工地旁的"杂种工棚"中,形成了"隔都"(ghetto),在阶级压迫之外,还承受着民族、文化的歧视,这种移民的苦难在《单手掌声》中有着十分典型的描写。

"在这意义上,我们关注到文学本身是政治社会现实的一部分,必须要与其他政治社会现实一起理解。"(Hodge,1991:Ⅸ)"下等白人"的"入侵"对澳大利亚以描写英裔移民为主的传统文学产生了影响。在澳大利亚文学史上,不论流犯还是移民小说大都以英裔为主要描写对象。描写移民之痛的殖民地时期以马库斯·克拉克(Markes Clarke,1846—1881)的《无期徒刑》(*His Natural Life*,1874)为代表,主题是英国贵族英雄蒙难流放,充满了冒险传奇色彩,带着宗主国充满猎奇的凝视。英国中产阶级在澳洲的沉浮以两次世界大战时期的亨利·汉德尔·理查森(Henry Handel Richardson,1870—1946)的《理查德·麦昂尼的命运》(*Fortunes of Richard Mahony*,1930)为典范,爱尔兰医生麦昂尼始终未能适应澳洲粗鄙的自然和人文环境,郁郁而终。大部分白人作家涉及澳大利亚移民题材时,都是描写主人公用居高临下的目光打量澳大利亚,要么是把澳大利亚作为蛮荒落后的他者,主人公因迁入地与母国巨大的落差而极度不适,要么是带着猎奇的色彩,展示澳大利亚在英国发达文明面前原始粗犷的生命力,如马丁·博伊德(Martin Boyd,1893—1972)的《露辛达·布雷福特》(*Lucinda Brayford*,1946)中,女主人公只有在原始的澳大利亚才有生育能力。

这种情况随着"二战"后移民文学的兴起而出现了逆转。此处的移民不是指18、19世纪从英国和欧洲大陆前往澳大利亚的定居者,而是指20世纪尤其是第二次世界大战后来到澳洲的移民(黄源深,2014:309),以非英裔白人难民移民居多。对非英裔移民的描写有以下典范:帕特里克·怀特(Patrick White,1912—1990)的以"二战"纳粹大屠杀为背景的《战车上的乘客》(*Riders in the Chariot*,1961)中,来澳避难的犹太教授死于澳大利亚工人阶级的无知和暴力。伊丽莎白·乔利(Elizabeth Jolley,1923—2007)的《牛奶与蜂蜜》(*Milk and Honey*,1984)中奥地利音乐世家来澳躲避"二战"的烽火,音乐家家庭内部的一尘不染与澳大利亚的脏乱形成强烈的反差。这一部分移民文学中的非英裔移民来自于欧洲的较发达地区,对落后的澳大利亚殖民地始终抱着俯视的态度。

然而更多的非英裔移民是处于欧洲社会的底层的,非但无力歧视澳大利亚的殖民地身份,反而被业已形成的澳英裔主流文化所歧视。国内学界对亚裔移民文

128

学创作有着相当的关注,但对"二战"后来自欧洲的白人难民移民在澳大利亚受到的歧视和创伤则敏感度不高,似乎通常意义上的种族歧视只发生在白人和有色人种之间。事实上,"纯种白人"植根于英语文化的深处,在美、澳等英语移民国家往往与政治结合,形成一道看不见的屏障。美国开国元勋本杰明·富兰克(Benjamin Franklin,1706—1790)就直白地表达过对"纯种白人"的骄傲。"新世界的纯种白人的数量相对较少,所有非裔都是黑色或者黄褐色,亚裔大多数是黄褐色。北美移民(特别是新的移民)大多数也是这样。在欧洲,西班牙人、意大利人、法国人、俄国人和瑞典人长相偏黑(swarthy complexion),德国人也是如此。而唯有撒克逊人例外,他们同英格兰人一起构成了地球上的主要白人人种。我希望他们的数量会增加。"(Labaree,1961:225 - 234)

这种心态反映在文学上,较为典型的例子是英国作家 E. M. 福斯特(E. M. Forster,1879—1970)的《看得见风景的房间》(*A Room with a View*,1908),其中以正统自居的英格兰文化对意大利文化的歧视表现在方方面面,这些都是"纯种白人"在体制内对"下等白人"的凝视。

在"二战"后的澳大利亚,大量东南欧下层纳粹难民的涌入,使这种凝视出现了反转。东南欧纳粹难民"这些被称为失去祖国或流离失所的人"(Holt,1983:Ⅻ)拿起笔,以自我为主人公,开始从"被描写"走上了"自我表现"之路。"下等白人"开始成为移民文学书写的主体,此时的移民文学呈现出与 18、19 世纪移植英国文化的文学截然不同的特征。它们一个共同的特点是以短篇小说为主。主人公不再是英国贵族或冒险家,而是遭受战争创伤的东南欧移民,他们带着母国的创伤记忆,在澳洲的种族歧视、文化断裂中艰难求生,最后依然是这块孤寂大陆的陌生人。

俄国犹太移民朱达·沃顿(Judah Waten,1911—1985)以代表作短篇小说集《没有祖国的儿子》(*Alien Son*,1952),成为了移民文学的发起人。该小说集刻画了犹太移民在澳大利亚难以融入的陌生感。1963 年,以英语为母语的路易斯·罗拉巴赫(Louise E. Rorabacher,1906—1993)编撰了《两路汇聚:澳大利亚移民故事》(*Two Ways Meet:Stories of Migrants in Australia*,1963),集中讲述澳洲移民的故事。1983 年,罗纳德·弗雷德里克·霍尔特(Ronald Frederick Holt,

1939—)编辑出版了向大卫·马丁（David Martin，1915—1997）的诗歌《根》（*Roots*，1953）致敬的短篇小说集《传统的力量》（*The Strength of Tradition*，1983），收集了 1970 年到 1981 年间反映移民生活的短篇小说，按作者的身份分为第一代移民、第二代移民、本土盎格鲁—凯尔特人三个部分，聚焦欧洲移民特别是东南欧移民的澳洲经历。《传统的力量》的特色在于第一代移民作家好几位是用本民族的语言写作。里·特雷特（Leonid Trett，1905—1990）的《他们也能走》（*They，Too，Were Able to Go*，1979）被霍尔特从爱沙尼亚语翻译成英语。瓦索·卡拉马瑞思（Vasso Kalamaras，1932—）的《退休金领取者们》（*The Pensioners*，1961—1977）被霍尔特与拉格·迪拉克（Reg Durack，1911—1998）从希腊语翻译成英语。第一部分的最后一篇就是朱达·沃顿的短篇小说《传统的力量》（*The Strength of Tradition*，1976），这也是小说集名称的由来。除此之外，波兰人朱恩·范科特（June Factor，1936—）的《婚礼》（*The Wedding*，1960），南澳人柯林·梯勒（Colin Thiele，1920—2006）的小说《葡萄园里的劳动者》（*The Labourers in the Vineyard*，1970）也是较为知名的小说。第一代较为知名的移民作家有朱达·沃顿和大卫·马丁。第二代移民作家较为知名的有印度裔曼娜·阿卜杜拉（Mena Abdullah，1930—）和德裔的 O. E. 舒朗科（O. E. Schlunke，1906—1960）（Holt，1983：XIII）。

当然，"二战"后澳大利亚的移民文学还包括另一重要部分——本土英裔居民对新移民的书写，从中可以看出移居作为两种文化的碰撞已经对移民和当地居民都产生了影响。出生在南澳明拉顿（Minlaton，South Australia）的彼得·戈兹沃西（Peter Goldsworthy，1951—）的《天亮之前》（*Before the Day Goes*，1981），格温·凯利（Gwen Kelly，1922—2012）的《街道》（*The Street*，1972），汤姆·亨格福德（T. A. G. Hungerford，1915—2011）的《王楚和女王的信箱》（*Wong Chu and the Queen's Letterbox*，1969）是其中较有代表性的。本土英裔作家关注不同种族的移民问题，并深入人物内心创伤，并没有把外来非英裔移民简单化、脸谱化，表明了澳文学界对白澳政策的反思。

移民文学蓬勃发展取得了相当的成绩，但问题也不容忽视，主要表现在移民创伤文学仍以短篇小说为主，短小精悍的篇幅虽然展示了社会问题的横截面，但也有将复杂问题简单化之嫌,并且受篇幅所限,为了在短短数千字中将故事交代清楚,往往采用现实主义的叙事手法。然而,创伤这一超越人类意识的极端事件远非常规的表现手法能及。创伤潜伏在潜意识的深处,如同《古德鱼书》中的"鱼"一样无法定义,抗拒被直白表达。"创伤记忆"是分裂的、视觉性的、破碎的,而后现代主义叙事这一"以破碎的艺术去对抗破碎的世界"的极端叙事手法,与创伤有着高度的契合,它与创伤同样得令人费解、莫名其妙,它用看似游戏的方式,捕捉和表现记忆中纷繁复杂的创伤经验,在矛盾中意义不断生成。后现代主义可以成为移民创伤文学的表现方式。

在澳大利亚移民文学中,女性创伤叙事是一个重要方面,因为女性是天然性别的弱者,土著女性被剥夺了土地,连自己生的孩子都不能留在身边;女性流放犯的地位不如妓女,只能是性发泄的对象,但同时她们也要跟男性流放犯一样刀耕火种,承受繁重的劳动;"二战"的女性自由移民都带着各自的创伤,在这块孤寂的大陆上艰难地生存下去。

英美澳当代重要作家女性创伤叙事研究

131

第二节　伊丽莎白·乔利《井》中的创伤

移民文学中很大的组成部分是澳大利亚女作家的创伤书写，其中澳大利亚女作家伊丽莎白·乔利的创作十分典型。伊丽莎白·乔利（Elizabeth Jolley）是一个在当代澳大利亚和世界文坛上享有盛誉的、大器晚成的女作家，共发表 15 部长篇小说，其第 7 部小说《井》（*The Well*，1986）获得澳大利亚文学最高奖——迈尔斯·富兰克林奖（*Miles Franklin*）。自上世纪 80 年代末期以来，随着澳洲小说的蓬勃发展，澳文学评论界对乔利小说的研究也迎来了一个黄金时期。有从女性主义的角度，如保罗·萨兹曼（Paul Salzman）的《无助地纠缠在女性的身体里：伊丽莎白·乔利的小说》（*Helplessly Tangled in Female's Arms and Legs：Elizabeth Jolley's Fictions*）。而海伦·丹尼尔（Helen Dnaiel）的《说谎者：澳大利亚新小说家》（*Liars：Australian New Novelists*）中描写了伊丽莎白·乔利、帕特里克·怀特（Patrick White）、彼得·凯里（Peter Carey）等八位新小说家，把他们同拉美的魔幻小说相联系，甚至从量子物理中寻找理论根据，认为其非线性叙事、碎片化有后现代主义特征。苏·吉勒特（Sue Gillett），维罗妮卡·布拉德（Veronica Brand）从精神分析角度强调乔利的自我发现之旅。因为乔利成功塑造了老人、女性、疯子、流浪汉、孤儿等社会边缘人形象，克里斯·布朗迪斯（Chris Prentice），康斯坦斯·鲁克（Constance Rooke），保罗·萨兹曼（Paul Salzman），多罗丝·琼斯（Dorothy Jones）等倾向于从边缘/中心的角度解构，这也与后殖民主义的分析方法相契合。

目前，在国内，对乔利小说的研究还处于起步阶段，胡爱舫和杨泽雯从 2001 年开始系统地研究乔利,发表过《澳大利亚二十年来的乔利小说研究》等。从 2005 年开始,针对乔利的研究相对较多起来,刘宏伟编著的《伊丽莎白·乔利小说三部曲的多维阐释》试图把语言学、文学和文化的研究贯通为一体,运用语言学的分析模式欣赏文学作品,探究乔利三部曲的文体特色。梁中贤先后发表过《澳大利亚〈牛奶与蜂蜜〉中边缘人物形象分析》《伊丽莎白·乔利身份观的多重解析》《澳洲巨星陨落人性光芒不灭——伊丽莎白·乔利作品评析》,其博士论文《边缘与中心之间》从符号学的角度解读乔利小说,还有两篇相关的硕士论文从女权主义的角度研究乔利。尽管读者对《井》的第一印象是其女同性恋情结,但乔利本人否认其写作初衷是捍卫女权主义(Joussen,1993:40 - 41)。这是否可以解读为,在女权主义、后现代非线性叙事的表面下,"荒诞,离奇,哥特式"的乔利小说《井》是否另有深意?那精美的英国定制的手杖,记忆中美轮美奂的欧洲夏日之旅,横扫澳洲的美国好莱坞电影,与世隔绝的农场小屋,主人公挥之不去的孤独和焦虑是否是通往后殖民主义解读的蛛丝马迹?澳大利亚女作家伊丽莎白·乔利以文风怪诞而著称,评论界多从女权主义、后现代入手。与比尔·阿希克洛夫特等人(Bill Ashcroft et al.)在《逆写帝国:后殖民文学的理论与实践》(*The Empire Writes Back：Theory and Practice in Post-Colonial Literatures*)中"重置文本"(Ashcroft,1989:78)相一致,下文将从他者在帝国霸权下失语,边缘化的他者对帝国中心的消解,他者丧失主体的自我在杂糅、模拟和挪用中重书"身份"等三方面入手,解读《井》的后殖民主义叙事,探讨了主人公的"不安和惶恐"正是澳洲白人文明在历史的原罪和世界强国霸权的威胁间步履维艰的隐喻,而这种恐惧往往是由两性关系中较弱的女性来承受,以此来丰富对伊丽莎白·乔利小说的研究。

一、他者在帝国霸权下失语

小说《井》的故事情节如下:老小姐海斯特与孤女凯瑟琳在偏远的农舍过着与世隔绝、相依为命的生活,两人的关系像主仆、姐妹、更像是同性爱人。然而在一个夜晚,二人在驾车回家的途中撞上了一个神秘男人,慌乱中,她们将这个生死不明的男人扔入后院的枯井。从此,整个宅子就笼罩在一种扑朔迷离的哥特式气氛中。小说的结尾扑朔迷离,两位女主人公充满猜忌、亦敌亦友,似乎一场更大的风暴即将来临。

但故事的背景远非如此简单,在殖民时期澳大利亚的牧场,小说主人公海斯特在孤寂中长大,从小便知追问母亲的身份是家族中的禁忌,父亲是当地这个声名显赫的家族帝国的绝对统治者,在家中有着说一不二的权威,其典型的表现形式是他将象征家中所有财产的钥匙串成一串,挂在胸前随身携带,旁人不得染指。海斯特作为女孩无法传承家族帝国的荣耀,更何况这个长相不美的女孩还有腿部的残疾,远远无法达到男权暴力对女性的审美需要,在这个意义上,海斯特如同斯皮瓦克(Gayatri C. Spivak)笔下第三世界的女性,已经沦为"他者"的"他者",在家中处于边缘化的地位,不得重视。伊丽莎白·乔利并未对小海斯特遭遇做任何正面描写,而只在文中有些看似不经意的流露:"希尔德·赫兹菲尔德作为少女海斯特的家庭教师第一次和海斯特见面,立刻就宣称这小女孩的双眼是她见过的最漂亮的眼睛⋯⋯不过赫兹菲尔德小姐这番有些出人意外的个人化评论之前,并没有其他人注意到这一点。"(乔利,2009:143)故事的高潮是少女海斯特发现自己最爱的赫兹菲尔德浑身是血躺在洗手间的地上,生命垂危,面对赫兹菲尔德在痛苦的呻吟中请求她去找父亲帮助,海斯特只是一瘸一拐地走回了自己的房间,用毯子包住自己的头,因为"她内心非常清楚自己的父亲是怎样的人,所以海斯特知道她绝不能告诉父亲自己看出了些什么"(乔利,2009:145)。事件最终的结果以老祖母轻描淡写的反应"老太太什么也没有解释,她只是说赫兹菲尔德小姐提前离开了,而且不再回来了。"(乔利,2009:146)而不了了之。赫兹菲尔德存在的痕迹被从历史中一笔抹去,只停留在海斯特记忆深处,在多少个不眠之夜时时浮现。同样是描写边缘化的他者在帝国暴力蚕食下的命运,伊丽莎白·乔利的《井》与19世纪英国著名的女作家夏洛蒂·勃朗特(Charlotte Bront)的代表作《简·爱》(Jane Eyre)截然不同,简·爱在面对社会的不公时发出义正词严的控诉,面对自己的爱人能勇于争取自己爱的权力,这诚然是表现了他者对帝国强权的反抗,但却不够真实,因为从属的他者在帝国的话语霸权中往往处于"失语"状态,斯皮瓦克的《贱民可以说话吗?》(Can the subaltern speak?)已经解释得十分清楚。因此,我们不难理解乔利笔下赫兹菲尔德将死之时只能语无伦次地呻吟,并未将海斯特的父亲的暴行和盘托出。海斯特在家族提供的牵强甚至荒诞的理由面前,只是低下头假装抚弄小狗柔软的耳朵,以掩饰自己眼中的泪花。《井》整篇小说中,主人公海斯特未对以父亲为代表的家族帝国霸权有一处正面的反抗,她有的只是一次次的头痛。如同苏·吉勒特宣称的那样:"《井》是表达无意识、无法言说、压抑的一种形式,乔利展现了历史上沉默的女性。"(Gillett,1992:40)

　　另一位帝国霸权下失语的他者是凯瑟琳,这个成长在孤儿院的女孩自小失去父母,饱经人世的艰辛。中年海斯特初次遇见她时,便被她苍白、瘦削的面容所吸引,当时未满十六岁的她正在杂货店打杂,杂货店老板娘一听说本地最大的农场主家小姐愿意收留这个包袱,忙不迭地把凯瑟琳像货品那样推了出去。老小姐海斯特也只是跟老板娘商讨一番后,就发动汽车扬长而去,汽车的轰鸣声淹没了说话声,整个过程凯瑟琳未发一语,也没有任何人征求她的意见,她只是像物品一样任人摆布。凯瑟琳是否从此就在"心地善良、慷慨大方"的老小姐的农场过上了"天堂"般的生活呢?事实正好相反。海斯特年老的父亲一见到她就用拐杖撩起了她的裙子,并怂恿老朋友伯德去掐凯瑟琳。这样的行为即使算不上性侵犯,无论如何都是不恰当的,对这样的冒犯,凯瑟琳的反应只是敏捷地跳开,且无任何不快的言语。宣称凯瑟琳属于自己独有的老小姐海斯特也未有任何制止,可以想象,在海斯特父亲去世前,凯瑟琳必定忍受了其长期的骚扰,但文中的凯瑟琳对此是沉默的,有的是老小姐海斯特"爸爸总是这样,别理他!"(乔利,2009:11)的劝告。这句话的内在含义是肯定海斯特父亲性骚扰的真实合理的存在,凯瑟琳无力改变,唯有在心中看开。在与海斯特的关系中,凯瑟琳感受到的与其说是爱不如说是占有更确切些,童年家庭教师赫兹菲尔德的死给海斯特留下了极大的心里创伤,随着父亲的衰弱而逐渐掌握家族帝国力量的海斯特利用凯瑟琳作为赫兹菲尔德的影子来填补内心的空虚,在她自以为的与世隔绝的伊甸园帝国中,凯瑟琳的角色不是爱人,而是她豢养的宠物。凯瑟琳的每一封书信都被检查,与外界的联系被切断,凯瑟琳偷藏朋友乔安娜的信被发现后是哭着恳求海斯特的原谅,海斯特变卖农场,从舒适的大屋搬进破败的农舍,事先完全不需要通知凯瑟琳,但凯瑟琳却看起来总是按照海斯特的心意,欣然接受她生活中的改变,对自己的前途和将来任由海斯特决定,对自己在二者关系中的角色无任何抱怨,这对任何一个心理正常的人来说都是匪夷所思的,唯一的解释是她在老小姐海斯特的绝对权威下处于失语的状态。

故事中还有一位真正从头到尾的失语者——井中的男人,事实上这是两个女主人公道听途说主观臆造出来的人物,除了那个晚上汽车上沉闷的撞击声,这个生物未曾发出一丝声音。这种声音的缺席造成了情节的张力,也使读者毛骨悚然,这究竟是幽灵、动物、男人、女人、白人、还是土著?这个未解之谜可供多层解读,首先从小说开头和中间部分对车祸的叙述排除了澳大利亚旷野最常见的生物——袋鼠的可能性,从海斯特压低的声音和凯瑟琳的哭泣可以断定这是个人,或者最起码有人的轮廓,但从凯瑟琳的啜泣中读者得知这是几乎没人走的路,更何况是在晚上,在车祸后也无任何失踪人口的报道,那这个人必定是游离在主流社会之外边缘化的他者,他可能是偷了博登太太珠宝的贼,流浪汉,更有可能是不熟悉白人道路的土著,联想到澳大利亚曾经的"白澳政策",土著只有可能在晚上借着夜色的掩护自由活动。老小姐海斯特对凯瑟琳的朋友、同为白人的在孤儿院长大的乔安娜尚且如此鄙视,认为这"肮脏的、满是病菌的丫头,应该被远远地隔离在她们鲜活纯净的生活以外"(乔利,2009:51),澳大利亚白人帝国对土著的暴力就可想而知了。

巴塞罗那大学(University of Barcelona)的卡纳莱斯·马丁·任尼(Cornelis Martin Renes)在其论文《伊丽莎白·乔利的〈井〉:在女性哥特主义下探究后殖民的深度》("Elizabeth Jolley's *The Well*: Fathoming Postcolonial Depths in the Female Gothic")就从种族主义的角度对《井》进行了特立独行的解读(Renes,2009:110)。车祸中"砰"的一声正象征了欧洲白人文明与澳洲土著文明的激烈碰撞,之后土著文明被抛入井中,抹去所有存在的痕迹,欧洲白人文明完成了对澳的殖民,土著文明在白人帝国话语体系中彻底失语。澳大利亚白人在边缘化土著的基础上建立自身的合法性,但这个帝国是否真的就固若金汤呢?博登家模仿英国上流社会的舞会,老小姐海斯读着罗斯金,喝着英式下午茶,凡事必以英国为正宗,并带着她英国贵族式的高高在上的优越感冷淡地瞅着本国农场工人的妻子,年轻一代如凯瑟琳则痴迷美国好莱坞电影,模仿美式英语,连小说中数次出场的、在抛尸入井时发挥重要功能的汽车也是日本造的"丰田"。我们悲哀地发现作为定居者殖民地的澳大利亚不论在过去还是在全球化的当下都是英美霸权的他者,澳大利亚独特之处得不到认可,如井中的男人那样在帝国话语体系中处于失语状态,跟澳大利亚土著只有五十步与百步之差。因此,老小姐海斯特、孤儿凯瑟琳、井中的神秘男人、澳大利亚土著及白人都在不同程度上反映了他者在帝国霸权下失语。

二、边缘化的他者对帝国中心的消解

小说主人公海斯特在家族帝国的暴力下长大,从小便没享受过母爱,最爱的家庭教师希尔德·赫兹菲尔德也为父亲霸占而死亡。《井》并未正面描写出海斯特是如何在边缘地带的黑暗中积聚力量,静待时机,但无疑随着岁月流逝,年事已高的父亲逐渐衰弱,二者力量对比发生了翻天覆地的变化。当父亲已经不能出门,需要海斯特才能完成日常生活采购时,昔日那个爱人去世时用毯子包住自己的头、忍气吞声的小女孩在父亲去世前公然把孤儿凯瑟琳带回家,宣称"她是我的"。这是对童年失去赫兹菲尔德的补偿,更是对家族帝国权力中心的公开反抗。她尽管不得不照顾着体弱多病、头脑不清的老父亲,陪伴他的时间却越来越少,当父亲要求海斯特读书给他听时,海斯特的回应是给老头子倒上满满一杯威士忌。可以想象,昔日家族帝国的中心早已行将就木、威风不再。"在父亲临终前的日子,她总是想方设法避开他,那时的父亲变得一无是处,越来越成为她厌烦的累赘。"(乔利,2009:53)老头子在这样的照料下很快走到了生命的终点。当海斯特最终接过父亲象征家中所有财产的钥匙时,边缘化的他者最终在岁月面前完成了对帝国中心的逆袭。

凯瑟琳是与海斯特关系中的他者,不管海斯特在心中如何为自己辩解,认为自己所做的一切都是为了凯瑟琳,凯瑟琳更像是被关在金笼子里的囚徒,她所做的每一件事都要得到海斯特的首肯。但尽管凯瑟琳不得不在表面上尤其是物质上依附于海斯特,她在情感上却逐渐成为二人关系的主导,老小姐海斯特外表上冷淡刻板,其孤寂的内心却十分渴望感情。"海斯特不断地抚摸脸颊上被亲吻过的地方,那里有种令人愉悦的感觉经久不去。"(乔利,2009:12)因此老小姐尽管十分讨厌美国电影却能陪凯瑟琳两周一次地看电影,甚至变卖祖产、倾其所有满足凯瑟琳对电影明星般奢侈生活的需要。凯瑟琳一提到朋友乔安娜,海斯特就陷入恐慌、焦虑、痛苦，整夜失眠，因为尽管海斯特着力把凯瑟琳打造成上流社会的淑女，凯瑟琳依然对其孤儿院的朋友坐过牢的乔安娜念念不忘，她向往的生活也是像下层的朋友那样结婚生子，而不是遗世独立的清高。在谈吐上，海斯特竭力纠正凯瑟琳下层社会不标准的英语，凯瑟琳却依然把"我"的主格用成宾格，最终迫使海斯特放弃努力。令故事情节突变的车祸环节也是凯瑟琳说服海斯特让其无证驾驶，最终发生了神秘的车祸。下层社会的边缘人凯瑟琳通过在情感上掌握主动权，完成了对海斯特家族帝国中心的消解，海斯特讨好凯瑟琳的奢侈生活方式却使自己由本地最大的农场主沦落为伯德先生眼里"要进救济院的"（乔利，2009：69）。

故事中最边缘的他者是井中的男人，随着车祸"砰"的一声，他的死活、身份、甚至到底存在与否都随着盖上的井盖永存井底。但故事远未结束，这个边缘化的失语的受害者从此牢牢掌控了中心施暴者的生活，首先凯瑟琳对他产生了幻觉，精神几近失常，而海斯特的大笔现金不翼而飞，失去两人未来生活的保障，凯瑟琳因为过于恐惧海斯特逼迫她去井底拿钱竟然爱上了井中的男人，坚持认为他没死，以缓解自己杀人后良心的折磨。她一直坐在井边喃喃自语，陪伴着幻想中的爱人，对他言听计从，对海斯特的命令置若罔闻，最后竟要求海斯特去把他拉上来。海斯特对这样一个亦真亦幻的井中的男人充满了嫉恨，认为"那个死人，那个入侵者，彻底扭曲了她们的关系。他带来了灾难，必须找到补救的办法"（乔利，2009：161）。井中的男人在生前是弱势失语的，死后却像农场的风声一样无处不在，他发出一连串的声音搅乱了生者海斯特和凯瑟琳的日常生活。终于在一个暴雨之夜，受够了的海斯特搜寻着家中的手枪，就像其父临终前所做的那样，这是典型的帝国中心在边缘化他者威胁下的恐惧，未果后，海斯特独自来到井边，用她木头做的拐杖向井里拼命乱捅，明明知道井中的男人即使存在也不过是一具僵尸而已，却不能掩盖其束手无策的无力感。这也是澳大利亚白人文明在边缘化土著后内心恐惧的隐喻，白人文明就像银光闪闪的丰田车猛地撞上黑暗中的土著文明，随即对其发动了一场大屠杀，失语的土著文明却如幽灵般纠缠在白人文明意识的深处，拷问着他们的良心，削弱着澳洲白人帝国的力量，使他们的文明就像澳洲的土地一样干涸了。

三、他者丧失主体的自我在杂糅、模拟和挪用中重书"身份"

身份问题是困扰后殖民他者的首要问题,因为帝国霸权常常通过与意识形态的共谋确立了社会不平等关系的合理性,剥夺了他者建构自我主体性的能力。"主体和主体性直接影响了殖民地人民对自我的理解及反抗统治的能力,即他们的臣服。"(Ashcroft,1998:219)对于帝国霸权的压迫造成了他者主体自我的丧失,后殖民主义从让-保罗·萨特(Jean-Paul Sartre)的"存在先于本质"中汲取养分,认为身份不再是一劳永逸的建构,而是复杂活跃、变化流动的。如何重建他者自我是后殖民主义关心的问题,《井》的主要人物都在不同程度上用杂糅、模拟和挪用重书"身份"。

海斯特主要是用杂糅重书"身份"。霍米·巴巴(Homi K. Bhabha)认为杂糅发生在矛盾和暧昧的"第三空间",作用力的双方即帝国中心的霸权和边缘化的他者并不是简单的你死我活的关系,而是你中有我我中有你,绝对的本质主义的纯净是不存在的(Childs,2005:112),如比尔·阿希克洛夫特等人所言混杂性是"由殖民行为所带来的两种文化接触地带所产生的跨文化形式"(Ashcroft,1998:118)。海斯特从小生活在以父亲为代表的家族帝国的霸权阴影下,与凯瑟琳一样,都不知母亲是谁,其生命的一半是没有根的,除了短暂享受过一段与家庭女教师赫兹菲尔德的温情时光,其女性主体自我的构建一直处于空白的状态,因此尽管有着对父亲霸权的憎恨,海斯特唯一可以学习的对象仍然是其父亲,当岁月最终给予海斯特重书"身份"的机会时,她的所作所为无不带着父亲当年的烙印,如她也像父亲一样喜欢把钱藏在帽子里(乔利,2009:53)。她把象征家族财产的钥匙用金链子串起来,挂在胸前随身携带,以维持在家族帝国的权威(乔利,2009:8)。她对待凯瑟琳的实质就像父亲当年对待自己那样独断、专横,她的占有欲与父亲对家庭女教师赫兹菲尔德如出一辙,尽管这一切在爱的名义下进行,甚至她的女同倾向都是缘于对帝国中心的霸权的耳濡目染。"酷儿"理论认为人的性取向不是天生固有的,而是在家庭、社会和文化的影响下形成的,往往与话语权力密切相关(左金梅,申富英,2007:187)。当跛脚的海斯特干净利落地掐断家禽的脖子,车祸后沉着冷静地处理现场,制止凯瑟琳的歇斯底里,可以看

英美澳当代重要作家女性创伤叙事研究

出昔日那个腼腆害羞的小女孩在重书"身份"时,带着过去在边缘地带积累的心理创伤,杂糅进了帝国霸权的表征,形成了敏感、多疑、冷酷,有强烈的控制欲、害怕失去等自我身份特征。

凯瑟琳寻找"身份"的方式是模拟。如果说海斯特尚且知道自己的一半属于当地的名门望族,在孤儿院长大的凯瑟琳则是彻底失去自我身份的人,有可能名字也是修女随便起的,她身不由己地像货物一样被主人们抛来抛去,其内心的自我又处于何种状态呢?《井》是用第三人称视角穿插海斯特的意识流独白写成,并无凯瑟琳的内心独白,但有一点是连海斯特也承认的,就是凯瑟琳对环境极佳的模仿适应能力。模拟对后殖民文学中被压迫的他者意义重大。首先,被殖民的他者可以模拟殖民主体的主流特征,从而在帝国的霸权中生存下来,因此凯瑟琳刚到海斯特家就迎合老小姐对音乐的喜好,她能够在老小姐敲击琴键发出最最刺耳的不和谐音时依旧面不改色地唱着。16岁的女孩就能模仿海斯特料理家务,缝制衣物,从而让海斯特在日常的杂事中解放出来。因为凯瑟琳清楚,不管海斯特显得多么慷慨,她在农庄的"身份"就是女仆的角色,察言观色的做好分内之事是不被送走的前提。其次,模拟自身有着对帝国中心分裂和解构的功能,这就是德里达所说的"溢出"(excess)。小说中最突出的例子是由于凯瑟琳热衷模拟美国好莱坞电影中美式英语和电影女明星的言谈举止,成功地把古板的老小姐改造成了电影院的常客,尽管老小姐更想要的是黑暗中两个人之间相依为命的感觉。最后模拟撕开了铁板一块的帝国霸权的裂缝,边缘化的他者可以以之打破与中心之间的二元对立,对其进行内部改造,重建自我"身份"。凯瑟琳想模仿朋友乔安娜的人生道路,有一份独立的工作,有一个谈婚论嫁的男友,结婚生子。她在游戏中模拟公主,希望阳光明媚的日子,有个白马王子从井里出现把她救出牢笼。正是在这些模拟中,凯瑟琳消除了下层孤女/公主、女明星、形单影只的单身女/幸福的少妇之间的对立,确立了自我的身份,即她尽管在一方面听命于老小姐,另一方面却在积聚着超越帝国中心的控制,拥有自己的人生道路的力量。

井中的男人自始至终未发出任何声音,何以会对井外现实世界的海斯特和凯瑟琳产生如此大的压力呢?因为他的"身份"已经在挪用中重书,而且这是自然而然发生的,甚至不需要他本人亲自参与。这种挪用一方面体现在破败的古井本身在故事中就带有边缘化他者的意味。海斯特经常把烧糊了的、懒得去洗的盘子扔进井里。这与英国当年把懒得管教的囚犯扔进澳大利亚如出一辙,井里的风声、水滴声,想象中的王子和巨怪,使这口井笼罩在诡异的哥特式气氛中。井中的男人正是挪用井的特殊气氛才显得如此神秘,恐怖。这种挪用另一方面体现在对经典文本的改写上,凯瑟琳把井中的男人命名为雅各布,联想到《井》中多次出现的对《圣经》的引用,这应该不是巧合。《圣经》中的雅各布是亚伯拉罕的子孙,因为财产与其兄起了争执而流亡他乡。在途中,他做了个著名的天梯梦,耶和华站在梯子上以上帝之名宣称雅各布为以色列民族的合法继承人。雅各布的名字象征着井中的男人不会永远失语,他最终会像雅各布那样确立自己的身份,拿回属于自己的东西。所以海斯特才会不断地做噩梦认为井中的男人会顺着梯子爬上来。海斯特还在无任何证据的前途下,认为井中的男人就是博登家的小偷,这是历史上澳洲的牧场主对土著的固有成见。海斯特的噩梦隐喻了在屠杀土著之上建立合法性的澳洲白人文明的恐慌,他们担心土著文明会像雅各布的预言那样一语成真,最终拿回原本属于他们自己的澳大利亚。通过把白人基督教经典中的圣人,挪用为井中身份不明的、很有可能是土著的男人,乔利颠覆了经典,将失语的他者提高到与帝国中心圣人相等的地位,确立了他者新的身份。

第三节 《井》中女性创伤的东方主义解读

　　学界对乔利的《井》的解读多从女同性恋的角度出发,但女权主义分析家都会面临相同的瓶颈:如果说海斯特童年所受的压迫更多是由父亲造成的话(其实海斯特的奶奶才是家庭女教师赫兹菲尔德死亡的幕后操纵者),海斯特在掌握家族帝国权力后对孤女凯瑟琳控制和压迫又该做何解释? 如保罗·萨兹曼认为:"海斯特是个非常模糊的人物,一方面她极其独立……但同时对于她自己选择的离群索居的生活又感到不安和惶恐……"(Salzman,1993:76)海斯特不安的根源是什么? 仅仅只是跟白种男人的问题吗? 如书中所说"荒岛上命运容不得你有其他的选择,只有想方设法地活下来。"(乔利,2009:175)这可以理解成对白人在澳大利亚殖民的反思,这些当年被英帝国中心抛弃的他者来到澳大利亚这个与世隔绝的荒岛,为了族群的生存,他们采取一切手断,包括大规模屠杀当地的土著,如《井》中的海斯特那样,这些原本帝国暴力的受害者在面对比他们更弱小的土著时瞬间转化为施暴者。他们毁尸灭迹、自高自大、洋洋得意,以正统中心自居,殊不知,身处定居者殖民地的澳洲白人文明一直都是英美霸权的他者,他们的文明在脱离澳洲的实际后如同澳大利亚土地一样逐渐干枯了。正是因为身负历史的原罪,又面临第一世界强国霸权的威胁,澳大利亚白人文明才有着如此的"不安和惶恐"。

　　这种"不安和惶恐"典型地体现在白人女性身上。女性是两性关系中较弱的群体,所有的苦难最终会承受在女性身上。澳大利亚的女性分为以下几种:土著女性,以孤女凯瑟琳为代表的下层白人女性,以掌握家族帝国权力的海斯特为代表的上层白人女性。土著女性是所有阶层中最悲凉的,她们的土地被剥夺,她们的人格被贬低,在白人的眼里等同于动物。由于澳洲历史上的流放犯大部分为男性,性别比严重失衡,她们更是白人性暴力的主要对象。性暴力后生的混血孩子有的土著女性会将孩子抛弃,而她们即使想要抚养孩子,也面临着政府种族清洗的暴力,这就是"被偷走的一代"。

"被偷走的一代"是澳大利亚历史上一群充满悲剧色彩的人,或者说从 18 世纪白人踏上澳洲的土地开始,澳洲土著就开始了他们悲惨的生活。1789 年,土著人中出现首例由殖民者传染的天花疫情,造成数百土著人死亡。比天花更痛苦的是土地的剥夺。1791 年,英国殖民当局把悉尼湾附近的土地"分配"给服完刑期的流放犯人,开始了对土著人世世代代赖以生存的土地的剥夺过程。这一过程中,数以万计的土著在与殖民者的冲突中丧生。1901 年 1 月 1 日,澳各殖民区改为州,成立澳大利亚联邦,"白澳政策"也正式确立,该政策把土著人排除在人口普查范围外,他们被归为"动物群体"。1910 年,澳政府通过一项政策,以"改善土著儿童生活"为由,规定澳大利亚当局可以随意从土著儿童的家庭中带走混血土著儿童,把他们集中在所谓的保育所等处。"白澳政策"持续了近一个世纪,直到 1997 年,一本畅销书的出现,"被偷走的一代"的创伤才开始被人们重视。这就是澳大利亚女作家多莉丝·皮尔金顿·加利梅拉(Doris Pilkington Garimara)在 1996 年完成的著作《防兔篱笆》,此书一面世,就在澳大利亚引起轰动,6 年后,由这本书改编的同名电影在各大电影节上获得好评无数。1997 年,一项全国性调查报告说,从家人身边夺走土著儿童的政策使多达 10 万的土著人遭受精神创伤,尤其是孩子和母亲。但当时任澳总理的约翰·霍华德拒绝作官方道歉。直到 2007 年陆克文当选总理,才代表政府向那些土著人道歉。

下层白人女性生活也很凄凉,澳历史上的流放犯大部分为男性,小部分为女性。她们与男性一样在这块土地上刀耕火种,从事繁重的苦役,同时还要承受着男性的性暴力,处境艰难。英国殖民当局在"分配"给服完刑期的流放犯土地时,希望同时"分配"女性流放犯以建立白人移民家庭,但在性别比严重失衡的情况下,男流放犯竟不愿与女性流放犯组织家庭,因为在他们的眼里,女性流放犯的地位不如妓女,只能是性发泄的对象,配不上婚姻这一神圣称号。白人孤女凯瑟琳很可能就是有这样的成长背景,所以她才寄人篱下,凯瑟琳在农庄的身份就是女仆的角色,她先后承受过海斯特父亲长期的骚扰和老小姐海斯特对她全方位的控制,她察言观色、曲意逢迎为的正是不被送走。

　　海斯特是上层白人女性的代表,即使这样,她的生活也是创伤的。童年时代,最爱的家庭女教师躺在血泊中,最后离奇失踪使她背负了家族太多的过去。当海斯特月夜开着小汽车行驶在乡间的道路上时,她内心会有恐慌,因为她担心土著会从哪条不知名的小道上窜出来,她的汽车撞上一个东西,她的第一反应是动物或是土著。海斯特一方面要承受家族男性的压迫,她的不婚也被男权社会视为异类;另一方面,她还如同犯罪之人,带着对土著的惧怕和内疚。乔利用高超的写作技巧把握住了一个文明的特征,小说开放式的结尾与开头形成内循环的结构,使救赎的希望扑朔迷离,但正如《井》干旱的地表下汩汩流淌着的地下河流滋养着枝繁叶茂的大树,澳洲广漠的旷野驱散了海斯特的恐惧那样,乔利暗示着只有去发掘那黑暗中的失语他者的力量,输入土著文明的新鲜血液,立足澳洲本土,澳大利亚才有可能重书"身份",抚平澳洲女性内心的创伤。

第五章

"二战"女性创伤叙事

——《单手掌声》中的移民之痛

第一节 弗拉纳根的家族创伤

2014 年 10 月,澳大利亚作家、编剧、故事片导演以及环保运动者、塔斯马尼亚人理查德·弗拉纳根(Richard Flanagan,1961—)以最新作品《通往北部深处的窄路》(*The Narrow Road to the Deep North*,2013)荣获英联邦文学最高奖项布克奖。在布克奖 46 年的历史中,成为继托马斯·基尼利(Thomas Kenneally)、彼得·凯里(Peter Carey)之后第三位获此殊荣的澳大利亚人。布克奖评审委员会主席、英国作家、哲学家安东尼·格雷林(A. C. Grayling)在其颁奖词中这样写道,"这不是真正意义上子弹横飞的战争小说,而是更多关于人的······我们更加体会到了人们处于那样的境地,不管是士兵还是旁观者,所经历的创伤······这种描绘是永恒的,它不仅仅是关于'二战',它可以是关于任何战争以及人们心中所留下的印迹。"理查德·弗拉纳根正是这样一位叙述"创伤"的作家。

1961 年 7 月的一个"雨雾交加"的日子,理查德·弗拉纳根出生于塔斯马尼亚(Tasmania)朗福德(Longford)小镇图赛医院(Toosey Hospital)。此时,"二战"已经结束了 16 年,澳大利亚政府 1947 年开始的欧洲移民计划已进行了 14 年,向欧洲尤其是东欧招募了大量的廉价劳动力参与兴修水坝等大型国家建设。同年,澳大利亚现代主义作家帕特里克·怀特(Patrick White)出版《乘战车的人》(*Riders in the Chariot*)。4 年前,他的《沃斯》(*Voss*)赢得首届迈尔斯·富兰克林奖(Miles Franklin Award)。而另一位风格独特的女作家克里斯蒂娜·斯特德(Christina Stead)在 1940 就写成了《热爱孩子的男人》(*The Man Who Loved Children*),这标志着澳大利亚文学界虽然并未跟上五、六十年代风起云涌的后现代主义浪潮,但传统的现实主义写作已经向多元化转变。理查德·弗拉纳根成长于这样的时代,这也必将在他其后的作品中有所体现。

理查德·弗拉纳根童年时期生活在塔州西海岸偏远的采矿小镇罗斯伯里(Rosebery),尽管家境贫寒,他成年后曾用"极乐"来形容自己的童年时代,认为这一切造就了日后的自我。与大部分名作家不同是,他并没有显赫的家世,他的出身甚至可以说是卑微的。他祖先是爱尔兰流放犯,在爱尔兰大饥荒中因为偷窃一块肉被发配范迪门斯地(Van Diemen's Land),这就是塔州的原名,家族历史的影响甚至使他在牛津大学学习期间,依然被同学取了"流放犯"的绰号。他的父亲阿奇·弗拉纳根(Archie Flanagan)曾经是一位澳大利亚士兵,在"二战"中沦为日本战俘,被强征修建泰缅铁路,战后带着身体和心灵的创伤回国。理查德·弗拉纳根在家中六个孩子中排行第五,三兄弟中他与后来成为记者的马丁·弗拉纳根(Martin Flanagan)最为要好,后者20世纪80年代曾来牛津大学看望他,两兄弟大醉三天,笑料百出。这段轶事后来被马丁·弗拉纳根写在《年代》杂志的专栏《我的兄弟理查德》(*The Thing about My Brother Richard*)中。

如同曾曾祖父托马斯·弗拉纳根(Thomas Flanagan)漂洋过海,在塔州落地生根,父亲阿奇·弗拉纳根在泰缅铁路顽强求生那样,理查德·弗拉纳根身上也有着"内德·凯利"式的底层人的坚韧。理查德·弗拉纳根6岁时,罹患听力障碍,使得他几乎失聪。理查德·弗拉纳根的童年与他第一部小说《河流向导之死》(*Death of a River Guide*,1994)中的主人公阿里亚什·柯西尼(Aljaz Cosini)类似。小理查德·弗拉纳根徜徉在塔州的高山险滩,他曾追随土著人的踪迹在荒野中漫步,跟同伴在弗兰克林河中游泳,也曾经因为翻船,差点丧命弗兰克林河。——这些发生在家族和个人身上的或身体或心灵的创伤为他后来的写作提供了最充分的养料。他后来从溺水中汲取灵感,创作了第一部小说《河流向导之死》,更以父亲的战俘经历为蓝本,写出了布克奖获奖小说《通往北部深处的窄路》。

受制于家庭和塔州的客观条件,理查德·弗拉纳根的求学之路十分坎坷。理查德·弗拉纳根16岁辍学,期间为了谋生尝试过各种体力劳动,但他凭着自己那股韧劲在 22 岁又进入塔斯马尼亚大学就读,在 1983 年成为塔斯马尼亚大学学生会主席,并以一等文科学士学位(Bachelor of Arts with First-Class Honours)毕业。翌年,他被授予罗得斯奖金(Rhodes Scholarship)前往牛津大学伍斯特学院深造(Worcester College),获历史学硕士学位(Master of Lettersin History)。从牛津毕业以后,弗拉纳根并未从此在昔日澳大利亚的宗主国——英国寻求发展,甚至没选择澳洲大城市悉尼,而是回到生于斯长于斯的故乡塔斯马尼亚,并决定投身写作。弗拉纳根曾在多种场合谈到自己所受的教育,他骄傲地宣称两代人的义务教育使他走到了这里。文盲的祖父母用讲故事的方式来理解一切事物,家中第一个识字的父亲拥有书香门第缺乏的对文字的新奇和敬畏,在参军时父亲将诗歌刻在枪膛上,文字支撑他渡过了战俘集中营的非人岁月,战后他成为了塔州一所学校的校长。弗拉纳根依旧记得父亲对自己说的那句"文字是我所知的第一件美丽的事物"。所以七岁的那年,小弗拉纳根就给自己写了一封信,预言自己会成为一名作家。这与其说是野心,不如说是对故事、文字那种一脉相承的热爱。正是这份热爱支撑着他辍学多年后重返校园,在品尝了生活的艰辛后,不改初衷,坚持文学之梦,他以后相当长的一段时间都在打零工攒钱——写小说——打零工攒钱的循环中度过。如同亨利·劳森(Henry Lawson)在 1899 年的《公报》(The Bulletin)所言,在缺乏文学氛围的澳大利亚以写作为生,需要拿着放大镜,瞄准头盖骨,狠狠对自己一枪。弗拉纳根硬是用他祖传的"内德·凯利"式的坚韧挺了过来。

从牛津回来后,弗拉纳根开始了自己的文学上的"学徒期"。他先是出版四篇非虚构作品:《可怖之美——戈登河乡村史》(A Terrible Beauty：History of the Gordon River Country,1985),描绘了家乡塔州的美丽自然风光和历史风貌。1990 年与人合编《世界在看着:塔斯马尼亚与绿党》(The Rest of the World Is Watching—Tasmania and the Greens,1990),关注塔斯马尼亚的环境保护运动,实践着他作为社会"公知"的角色。弗拉纳根不讳言为了攒钱写自己的第一本小说,他花六周时间为"澳大利亚最大的骗子"约翰·弗里德里希代写自传《代号伊阿古:约翰·弗里德里希的故事》(Codename Iago：The Story *of John Friedrich*, 1991）（co-writer），后者甚至在书写到一半时身败名裂自杀身亡。《代号伊阿古：约翰·弗里德里希的故事》在弗里德里希死后出版，西蒙·卡特森（Simon Caterson）在全国性报纸《澳大利亚人》（*The Australian*）上将其描述为"澳大利亚出版史上最不可信却最吸引人的回忆录"。这种手法让读者隐隐约约地嗅到了弗拉纳根的《古德鱼书》（*Gould's Book of Fish：A Novel in Twelve Fish*, 2001）后现代主义叙事的味道。1991年弗拉纳根在纽约出版了《靠慈善生存的杂种们：英国失业者政治史1884—1939》（*Parish-Fed Bastards：A History of the Politics of the Unemployed in Britain*, 1884—1939, 1991）。书中，弗拉纳根充分展现了他的左翼立场，为英国的失业工人辩护，认为他们并非是懒惰、自私的社会寄生虫，而是社会没有为他们提供充分发展的空间。弗拉纳根的这种对环境、历史、下层生活的关注和后现代的写作手法将在他随后的小说中得到进一步的体现。

理查德·弗拉纳根一直关注移民问题，他的几部小说都与之相关。处女作《河流向导之死》中有很多移民，主人公阿里亚什·柯西尼的母亲就是"二战"后的南欧移民，他的同居女友是华裔，但这部小说融合了澳洲土著、流放犯等多种元素，对非英裔移民在澳受到的痛苦难免蜻蜓点水。另一部从侧面反映移民之痛的是《未知的恐怖分子》，该小说展现了后"9·11"时代澳大利亚对阿拉伯裔移民的全民恐慌，女主人公仅仅因为结识阿拉伯裔移民，便被认为是"未知的恐怖分子"，受到媒体和国家机器的围追堵截。但《未知的恐怖分子》更多着墨在晚期资本主义社会中人们内心的虚无与恐惧在他者身上的释放，对移民之痛并未做集中深入地刻画。对移民之痛作浓墨重彩描写的是作家的第二部小说《单手掌声》。《单手掌声》的灵感来源于弗拉纳根的妻子——斯洛文尼亚二代移民玛嘉达（Majda）。作为爱尔兰流放犯的后代、斯洛文尼亚移民的家族成员，弗拉纳根独特的生命体验使他敏锐地捕捉到了"下等白人"移民的痛苦，小说多元文化的背景使之在10多年后的今天依然热度不减。《单手掌声》在澳大利亚激起了不小的反响，仅国内的销量就达到15万本，获澳大利亚书商协会年度好书奖（The Australian Booksellers Association，Book of the

Year Award）。《柯克斯书评》（*Kirkus Reviews*）认为弗拉纳根是与帕特里克·怀特（Patrick White，1912—1990）并列的最优秀的澳大利亚小说家之一，《单手掌声》入选塔州中学课本，这些都标志着该小说已经获得了一定的社会认可。同时，弗拉纳根还首次身兼导演，将自己的小说《单手掌声》搬上银幕，获1998年第48届柏林国际电影节金熊奖提名，这标志着《单手掌声》已经进入主流体制，成为经典。

  小说和同名电影的成功一方面归功于作者高超的写作技巧和敏锐的社会洞察，另一方面弗拉纳根的《单手掌声》正是澳大利亚移民文学中为数不多的用后现代主义来书写创伤的长篇小说，具有里程碑的意义。

  《单手掌声》的书名来自日本禅宗的偈语，颇有"大音希声，大象无形"之意，或者说最痛苦的事往往最难发声。在断断续续的叙事碎片中，读者得以拼凑出故事的脉络：故事开头的20世纪80年代末，38岁的女儿索尼娅（Sonja）未婚先孕后，从悉尼回到阔别了22年的塔州，当年16岁的索尼娅不堪忍受身为建筑工人的父亲巴乔（Bojan）的酗酒和暴力，在一次毒打后离家去大城市闯荡，却发现无论走多远，都解不脱童年的心结。原来"二战"后巴乔与妻子玛利亚（Maria）为了摆脱欧洲的战争梦魇，寻找家园来到了塔州，但生活的艰辛，与澳洲主流文化的格格不入，过去梦魇的侵袭，使玛利亚选择在一个风雪夜出走。巴乔在妻子失踪后酗酒沉沦，亲眼目睹母亲出走的索尼娅心理遭受重创，她用麻木和逃离来应对生命中的创伤。单身孕妇索尼娅一步步走近父母、家族的过去，她心中的阴影逐渐消退，并最终与父亲和解。《单手掌声》延续了《河流向导之死》中对底层边缘人群的关注、对塔州大自然的热爱与敬畏，并对澳大利亚"二战"后的移民政策进行反思，从中也能看出弗拉纳根的史学功底和高超的写作技巧。

  在《单手掌声》的扉页上，题写着诺贝尔文学奖获得者伊沃·安德里奇（Ivo Andric，1892—1975）的文字："谨以此文纪念她们（在创伤中凋零的青春和生命）"（Flanagan，1997：1），不难看出这是一部与"创伤"相关的小说。西格蒙德·弗洛伊德（Sigmund Freud）在《回忆、重复与修复》（*Remembering，Repeating and Working-Through*）中将受创主体对创伤的反应过程大体分成三个阶段：创伤在记忆中潜伏,抗拒被意识记起;创伤愈是潜伏得深,便愈是在受创主体的日常生活中不受意志控制地发作;在创伤的反复发作中,主体完成了对创伤的认知,平复创伤(Freud,1958:145-156)。

平复就是主体从抑郁(melancholia)走向哀悼(mourning),完成从创伤固着(traumatic fixation)向与创伤和解(working-through)的转化。多米尼克·拉卡普拉在《再现大屠杀》(*Representing the Holocaust*,1994)中认为,受创主体为了保护自我,会用三种方式来应对创伤,即:规避(denial or disavowal)、复现(acting out)和平复(working through),其中复现也是平复的一个阶段,二者没有截然的分界线(Lacapra,1994:205)。在经历这三个阶段之后,受创主体的"创伤记忆"(traumatic memory)逐渐被意识理解和接纳,转换为能够被倾诉的"叙事记忆"(narrative memory),主体走向康复(Janet,1980:274)。

创伤的三个阶段很典型地体现在《单手掌声》中,弗拉纳根用后现代的手法展示了创伤如何在这个斯洛文尼亚移民家庭从一开始被碎片化地规避到一步步复调展演、直至通过两代人的努力而在不确定叙事中稍微平复,从中也可以看出人类社会尤其是女性移民群体在创伤中步履蹒跚、踯躅前行的艰难历程。

第二节　碎片化叙事中"二战"创伤的规避

聚焦斯洛文尼亚移民之痛的《单手掌声》是弗拉纳根的第二部小说,也是澳大利亚 20 世纪 90 年代描写斯洛文尼亚女性移民创伤为数不多的长篇小说之一。因妻子是斯洛文尼亚二代移民,作家弗拉纳根关注东南欧白人移民在澳洲的境遇,作家的教育和写作背景也使他能够驾驭后现代主义长篇小说的体量,并在文本中对"白澳政策"的创伤进行反思。目前国内学界对《单手掌声》关注不多,弗拉纳根的重要研究者叶胜年、周小进等聚焦作家的《古德鱼书》、《未知的恐怖分子》、《奥之细道》,并未就《单手掌声》发表专题论文。但《单手掌声》却是作家首次也是目前为止唯一一次亲自担任导演、搬上银幕的小说,其同名电影获 1998 年第 48 届柏林电影节金熊奖提名。在 Austlit 数据库中,针对《单手掌声》的评论共 7 篇,其中较有代表性的有,米尔科·杰拉克(Mirko Jurak, 1935—2014)从后殖民主义的身份认同,菲奥娜·波兰(Fiona Polack)、简·费尔南德兹(Jane L. Fernandez)从女性家园,爱丽丝·希利(Alice Healy)从记忆和亨氏·安特(Heinz Antor)从创伤等方面对小说进行了全方位的解读。安特的《理查德·弗拉纳根〈单手掌声〉中移民的创伤与自我定位的伦理》(*The Trauma of Immigration and the Ethics of Self-Positioning in Richard Flanagan's The Sound of One Hand Clapping*)是其中唯一一篇从移民创伤的角度切入的评论。安特认为:与官方的移民史粉饰太平的记载不同,移民移居到新世界,发现自己习惯的原有语言文化的标记要么是无价值的,要么有重大缺陷,这些都不可避免地造成了主体的受创(Antor, 2011:206)。安特的观点为研究《单手掌声》提供了一个很贴切的角度。

《单手掌声》中,女性移民们带着欧洲过去的伤痛移民塔州,但她们在塔斯马尼

153

亚的种种遭遇,非但没能抚平创伤,反而给她们造成了二次创伤。更有甚者,创伤还在二代移民中间代际传递。索尼娅亲眼目睹了母亲的出走,这个巨大的历史性创伤给她的思维造成了断裂,使她在以后无法回忆出当时的情景。因为创伤作为意识所不容的极端事件,会使主体对之产生不自觉的规避,从而被压进潜意识,这使得创伤记忆必然是碎片化的。创伤的规避带来了碎片化的记忆,这为创伤的书写带来了难度,如何言说这仅存在于主人公潜意识的"不可言说"之物?秩序井然、情节完整、前后连贯的传统叙事模式能否表现出创伤记忆的断裂、混乱?创伤记忆是图像性而不是叙事性的,受创主体往往只有一刹那的印象或干脆如蒂姆·奥布莱恩(Tim O'Brien,1946—)《林中湖》(*In The Lake of the Woods*,1994)的主人公那样失忆。当传统写实叙事所不能时,后现代碎片化叙事(fragmentation)是书写创伤记忆的合理形式。

碎片化叙事是瓦尔特·本雅明(Walter Benjamin,1892—1940)在阐述其寓言理论时提出的,他认为,完整统一的宏大叙事在现代社会只是如"拱廊"(the Arcades)般的幻象,唯有通过"渗透着弥赛亚式的时间碎片"才能认识真理,完成救赎(Benjamin,2013:188-189)。弗雷德里克·詹明信(Fredric Jameson,1934—)认为碎片化、零散化是后现代文化的主要特征(Jameson,1991:25)。

同样,在创伤叙事中,受创主体无力建构对创伤事件的整体回忆,只有留下那一刹那印象的碎片。碎片化叙事正是《单手掌声》这部后现代创伤小说的明显特征。《单手掌声》的封面上写着《圣·弗朗西斯科纪事报》(*San Francisco Examiner & Chronicle*)的这样一句评论:"……破碎的东西如何变得完整"。《单手掌声》中,主体对创伤不自觉地规避,首先带来了记忆的断裂,这体现在小说断裂的碎片化结构上;其次,主体在规避创伤中发生了人格的解离(dislocation),这体现在小说碎片化的人物塑造上;最后,碎片化的写作手法如短句、断句等的大量使用既体现了"中心荡然无存,碎片突兀而立"的后现代风格,又体现了受创主体痛苦不堪、支离破碎的内心世界,不同文化间的冲突跃然纸上。

《单手掌声》全书分 86 章,每章约 4 至 5 页,整本小说就像是被剪刀剪成小块,再由记忆随意缝合。与传统小说聚焦完整故事情节的线性结构不同,《单手掌声》采用充满了记忆碎片的环型叙事,小说摒弃"起、承、转、合"的叙事模式,也未设置统领全篇的故事情节和中心事件,没有开始,没有结束,有的是创伤记忆的一次次闪回,有的是碎片化的结构和人物的更替(黄惠君,2012:81)。就叙事结构而言,《单手掌声》可以看作是弗拉纳根向后现代主义大师豪尔赫·路易斯·博尔赫斯的(Jorge Luis Borges,1899—1986)致敬之作。作家也在多次访谈中表达过对博尔赫斯"世界的混沌性和文学的非现实感"的赞赏(Flanagan,1999:275-276)。

《单手掌声》用碎片化的环型叙事混淆了过去、现在、未来的界限,反抗逻各斯中心主义,拒绝二元对立的辩证法,一方面充满了后现代的革命精神,另一方面正契合了主体在创伤后思维的断裂。主体之所以出现意识的断裂,正是规避创伤的结果。面对压倒一切的创伤,主体的反应有如朱迪思·赫尔曼(Judith Herman,1942—)在《创伤与康复》(*Trauma and Recovery*,1992)的开篇所写:"对暴行最通常的反应是将它从意识中放逐。"(Herman,1992:2)这就是规避创伤形成的意识断裂,因为突然来临的创伤超越了主体的认知范围,主体的经验无法对其理解、吸收、整合,因而将创伤压进无意识的深处,形成了认知的断裂。主体似乎生活在两个并行的世界中,一个是日常的世界,一个是创伤的世界,两个世界没有交集。主体的思维经常在两个独立的世界中跳跃,主体意识的断裂必然导致叙事的断裂。

碎片化结构在《单手掌声》中表现为时空跳跃的非线性叙事(nonlinear narrative)。母亲玛利亚、父亲巴乔、女儿索尼娅都对创伤事件有着自己的叙事视角,然而,作为受创者,他们都被黑暗的创伤所吞噬而无力建立连续的线性叙事。弗拉纳根将人物不同时空中人生的横截面一一并列,却拒绝将其整合进完整统一的线性叙事。其中,母亲玛利亚创伤故事是整个小说的潜文本。《单手掌声》的开头,玛利亚就已走进了塔州的丛林,但母亲玛利亚的故事作为一种"缺席的在场",在《单手掌声》全书86章中不断闪回,她存在于丈夫、女儿的记忆建构中,这种记忆由于过于惨烈而为意识所不容,被迫压进潜意识的深处,表现在意识层面,丈夫、女儿每次一涉及玛利亚,就会引起主体日常意识的中断,叙述也就中断。

我打赌你跟该死的男生出去了,我知道,我知道,你这该死的荡妇,你这小贱人,你就像你那妓女的娘带着……

在这个时刻,他的上唇停住开始抖动,他的头在抖,身体在摇,他的愤怒突然间倒塌了,就像长期被压制的回忆突然又升起来了,但是他用尽身体所剩的每一丝力量把它打回去。他突然间跌跌撞撞地发力,强迫它回去,就像一头中弹的野猪在发

动冲锋,在痛苦否认中他只喊出一个字"狗屎。"(Flanagan,1997:12)

此时,父亲巴乔彻底被创伤征服,不再言说,便只有碎片化叙事片段。在丈夫、女儿的一鳞半爪的破碎叙述中,玛利亚的人生似乎被分裂成三个横截面,战前是天真烂漫的斯洛文尼亚少女,与同村的小伙巴乔相恋,后者为她去采象征爱情的悬崖上的雪绒花。"二战"中是苦难深重的斯洛文尼亚人之一,因民族和宗教的原因,在纳粹分外严苛的统治下生活,从事地下抵抗运动的玛利亚的父亲被同族的天主教牧师告发,全家遭受灭顶之灾。父亲被当着妻女的面杀死,家族所有的女性被轮奸……战后玛利亚移民澳洲,因不能适应澳洲社会,在过去和现在创伤的侵扰下走进了塔州丛林。

索尼娅的创伤最为典型,她是父辈创伤的见证者,也是自身创伤的亲历者。索尼娅碎片化创伤体验被分割成幼年、少女、成年三个片段,三个片段的碎片在叙事中不断闪回,彼此没有过渡和联结。幼年索尼娅站在塔斯马尼亚的荒野,面无表情地摔碎母亲留下的瓷器,少女索尼娅被毒打后躺在沾满露水的草地上,一动不动。单身母亲索尼娅用手抚摸着父母亲当年工作的水坝。这些意象的出现不以时间为序,看不出到叙、顺叙或插叙的痕迹。因为《单手掌声》中,亲眼目睹母亲的消失对3岁的索尼娅造成了极大的创伤。此时索尼娅没有能力与超越她理解能力的经验和解,只能将失母之痛压进无意识的深处。事后,索尼娅出现了思维的断裂,她无论怎么努力都无法回忆起母亲出走那晚的场景,但那夜风雪敲打着窗户的声音却化作记忆的碎片在今后几十年的日子里时时响起。可以说,索尼娅意识的某一部分一直停留在3岁时,这使她无力建构起对自己人生的整体认知并按照线性的时间一一排列,碎片化叙事结构展示了受创主体为了规避创伤而产生了意识的断裂。

在整体结构上,非线性叙事体现得更加明显。3岁的索尼娅茫然地站在塔斯马尼亚的荒野,母亲红色的身影在塔斯马尼亚的森林边游荡,绝望痛苦中的父亲在水坝前挥舞椰头,宣泄对生活的愤怒,报社主笔欣赏着这张充满"原始的美和粗犷的力量"的照片。16岁的索尼娅踏上开往悉尼的班车,看着天空一点点变暗。巴乔讲述目睹党卫军如何将人活埋,并将人的头当球踢。玛利亚父亲被德军杀死,全家族的女性被轮奸……在传统情节的"起承转合"消失的背后,后现代的碎片化叙事用一些非情节的因素来构建了故事的脉络,如人物的心理和情绪是不同叙事片

156

段切换的线索。成年后的索尼娅回到故乡塔州水坝,当她用手抚摸父亲当年修的水坝时,行文便迅速跳至二十多年前父亲在水坝前挥舞榔头的意象。任何不起眼的点滴均可唤醒主体沉睡的创伤记忆,《单手掌声》的碎片化结构有如吉尔·德勒兹(Gilles Louis Réné Deleuze)和弗里克斯·加塔利(FelixGuattari)的块茎(rhizome)隐喻,在盘根错节的"分割、断层、逃逸和解辖域化之线"(Deleuze & Guattari,1987:21)中,去中心化的多维联系在不断生成(Deleuze & Guattari,1987:21)。弗拉纳根将这些片段反复穿越,每个片段转瞬即逝,断裂的碎片化结构打破了时间的界限,过去、现在、想象中的未来,不同历史阶段的意象接二连三地涌来,在创伤的无时性中体现了"世界的混沌性和文学的非现实感",读者被碎片化的叙事结构所困扰,

受创主体的创伤也是与他人相关的一种投射,碎片化的人物必然会对周遭的人物产生影响,也使他们产生碎片化,如同玛利亚人格的碎片化直接导致了其丈夫和女儿的碎片化人格。小说的开头母亲玛利亚风雪夜的出走就是自我认知碎片化的极端形式——自戕。在亲人和朋友断断续续的只言片语中,读者得以建构移民母亲玛利亚自我认知障碍的发展过程。"二战"中,玛利亚父亲被德军杀死,全家族的女性依次被轮奸,玛利亚在巨大的创伤面前精神处于解离的状态,她的灵魂想要逃离这绝望的处境,肉体却被禁锢在这时空中,动弹不得。朱迪思·赫尔曼在《创伤与康复》中详细论述了性侵害给女性带来的精神创伤,可以说性侵害对自我的精神摧残远大于其对肉体的伤害(Herman,1992:21)。因为性侵害直接摧毁了主体对自我的认知,性侵害过后的肉体是为精神所不容的,主体被分裂成碎片,肉体与精神处于永恒的矛盾中。而且,这不仅是受创主体个人的耻辱,整个族群都为之蒙羞,不愿提及,也因此切断了受创主体在族群内部寻求帮助的可能。"二战"后,玛利亚与巴乔离开欧洲移民澳大利亚,意图忘记过去的创伤,建立新的生活,但这种与过去的断裂和解离非但没有使玛利亚摆脱创伤,反而加重了她创伤的发作。澳大利亚凄凉的景色与饱受战乱的欧洲并无二致,塔州与家乡类似的破败的小巷唤起了玛利亚痛苦的回忆,引起了她创伤的泛化。塔斯马尼亚原名范迪门斯地,是英国19世纪用来流放重罪犯的地方,恶劣的自然条件使流犯无路可走,也使得斯洛文尼亚新移民步履维艰。在塔州,玛利亚压抑的创伤是弗洛伊德笔下的"陌生躯体"(foreign body),一旦受到刺激,异质记忆便被激活,更严重的是玛利亚远离了

家乡亲人的支持系统,直接暴露在澳洲主流社会的种族歧视下。创伤击碎了玛利亚对自我的认知,她没有能力完成创伤碎片上的重构,玛利亚只能进一步解离,如书中描写的那样离开她的日常生活,被黑暗的创伤世界吞噬。在整个过程中,玛利亚对创伤采取了规避的态度,她未与任何人谈论过她的痛苦,创伤并未进入她意识的表层,或者说她的思维将无法处理和吸收的创伤赶到潜意识的深处,任其在黑暗中如毒瘤般发展壮大,最终将主体吞噬。玛利亚碎片化的人格自始至终未有勇气面对创伤,而这也剥夺了她最终走向康复的希望。

玛利亚人格的碎片化直接导致了女儿的碎片化人格。可以说,索尼娅的创伤起始于母亲的出走,而这与索尼娅幼时记忆中那个热爱女儿的母亲格格不入。索尼娅在沉默中一点一滴地搜集母亲信息的碎片,试图以自己的方式理解母亲。玛利亚是信奉英国国教的中产阶级女主人嘴里"不顾孩子的自私女人"、"不知感恩的母狗"(Flanagan,1997:89),是养父翁贝托•浦科特(Umberto Picotti)试图性侵八岁的索尼娅时说的"与野男人私奔的下贱女人"(Flanagan,1997:130),甚至父亲在酗酒后殴打索尼娅时也大声咒骂母亲的私奔。母亲的形象如此不堪入目,使索尼娅不仅在现实生活中失去了母亲,连精神上与母亲建立联系的可能也被剥夺了。切断了与过去故国家园一切联系的索尼娅是母亲玛利亚的翻版,母亲的碎片化人格给女儿造成了创伤,直接导致了女儿的人格发展障碍。索尼娅逃往悉尼、规避创伤的结果是一直在童年的梦魇中漂泊,生活破碎不堪。

在碎片化结构、碎片化的人物之外,弗拉纳根碎片化的写作手法如短句、断句等也恰如其分地衬托了受创主体分崩离析的碎片化内心世界。碎片化的写作是后现代的重要特征。罗兰•巴特(Roland Barthes,1915—1980)的《S/Z》(S/Z,1970)、《恋人絮语》(*Fragments d'un discours amoureux*,1977)就用一系列开放、自由、流动、或短或长的词组和句子捕捉生活的碎片。碎片化的写作便于作者突破能指/所指图式的制约,最大程度实现文本的自由,促进意义的生成。在创伤过后,受创主体无力形成完整的创伤叙事结构,人格分裂,意识表面上维持着正常的生活,规避创伤,实则过去的创伤世界已经与现时世界形成了共时性的存在,受创主体愈是要逃离创伤的掌控,创伤便愈是如蛆附骨,如影随形。受创主体在两个世界中进进出出,表现在语言上是叙事语言与碎片化的创伤语言并置,并且,语言碎片化的程度随着创伤的加深而不断加剧,往往上一句还是封闭的叙事语境,下一句就是以短句、断句、非主谓句为特色的创伤语言。这种句子去芜取精,只留下一两个最重要的单词,将创伤记忆中最为深刻的意象打捞上来。

在几个重要的场合,小说都展现了叙事语言与碎片化的创伤语言并置。在开篇玛利亚的出走中,第三人称叙述者用一连串绵延的长句子,如

> 所有这一切你都会明白,但永远不会知道,所有的一切都发生在很久很久以前,在一个已经消失在泥炭中的世界里,在一个被遗忘的冬天,在一个很少有人听说过的岛上。(Flanagan,1997:1)

戏仿了童话故事的常用句型,与受创主体玛利亚前后重复的"Aja"形成了鲜明的对比,这也是玛利亚出走那晚唯一说出的单词——在英语中无意义的"Aja"。"Aja"来自于玛利亚内心潜意识中的创伤语言,而不是澳洲主流社会要求的叙述话语。这是因为玛利亚已经彻底为创伤的世界吞噬,她的自我已经分裂成碎片而失去了正常的表达能力,她的精神已经彻底与肉体分离。

> 在那一刻,玛利亚·布洛觉得自己看着这一切,包括她自己,好像她在一部电影中,而这是一场电影布景(Flanagan,1997:3)。

巴乔在妻子失踪后不愿将家丑示人,他在水坝拼命地如常劳动,内心却处于创伤后的应激状态,同伴的细微动作他都将其与妻子的失踪相联系。巴乔沉默寡言,思绪中反复出现的是"Where"(Flanagan,1997:390),他甚至幻想妻子只是与人私奔,终究会回来。在林中的玛利亚最终被发现时,描写这一情节的整个第79章只有短短一页,以"一些人必须将目光移开,一些人必须盯着。"(Flanagan,1997:396)开始,下文的整个一段为一个复合长句,细致甚至繁琐地描写半埋在雪中的手提箱和悬挂在空中的某物,却不点出具体的东西。在封闭的语境之后,下一段还是同一句"一些人必须将目光移开,一些人必须盯着。"碎片化短句使语言呈现出一种开放的状态,恰到好处的省略既展示了主体思维的断裂,又给予读者机会参与文本意义的生成。长短句的结合,在一张一弛中充满了文本的张力,表现了玛利亚的自戕对巴乔造成的心理创伤:他想扭头不看以规避创伤,但却又不得不看,创伤已在他的潜意识中牢牢生根。

还有典型的创伤场景是索尼娅被醉酒的父亲殴打。弗拉纳根用一整段的长句来表现父亲受创伤的侵袭而失去理智,变得与野兽无异。索尼娅对此是完全语无

伦次的哀求"Ni，Artie，ni，ni，ni，ni…"（Flanagan，1997：14）被打后，她麻木地躺在草地上一夜，在长久的沉默后，最终内心迸出一个单词："Maria"，尽管索尼娅的显意识并不曾意识到这个单词的含义。

弗拉纳根将日常世界与碎片化的创伤世界并置，与符合逻辑与规范的传统叙事相比较，创伤世界是破碎和颠倒的，创伤主体只能发出一两个单词，甚至处于失语的状态。风雪夜独自走进树林的母亲玛利亚从未向任何人说出自己的痛苦，被生活压垮的父亲用酗酒排解内心的痛苦，女儿索尼娅则打碎母亲留下的白瓷茶具，表情麻木地割向自己麻木的身体——英国工程师妻子眼中奇怪沉默的孩子。个体对于这种突如其来的、超越其意识理解能力的创伤会产生一种规避，即思维的断裂，在语言上无法表达，其表现就是沉默，或者创伤的不可言说。《单手掌声》将卡鲁斯《沉默的经验：创伤、叙事与历史》（*Unclaimed Experience：Trauma，Narrative and History*）中的创伤的沉默写进了文学作品。师承解构批评大师保罗·德曼（Paul de Man，1919—1983）的后殖民批评家佳亚特里·斯皮瓦克（Gayatri C. Spivak，1942—）曾写作《殖民地人民能否言说？》（*Can the subaltern speak？*，1988）一文，论述了语言的局限。叙述话语是常规的、僵化的，而创伤是暗流涌动、不断变化的。它不是太"早"，就是太"晚"（Caruth，1996：4）。

创伤骤然发生，受创主体的意识还未准备好理解，若干年后，等受创主体意识发展后，该创伤却早已在数千次意识的过滤中面目全非，因此，用语言无法完全恢复源初的创伤。用后现代碎片化的写作来捕捉创伤，正如剥洋葱的过程，源初的创伤的"真相"不是最重要的，而是要在此过程中表现创伤意识的矛盾、断裂，在语言的"延异"中消解了文本的情节驱动力，使读者在进行阅读的时候不在追逐情节的高潮中疲于奔命，而是能够挖掘一些潜藏的更深层次的东西，对文本多一些思考。这样，作家创造的就不是一次性的文化消费品，而是能反反复复激起读者阅读兴趣的文学经典。

第三节 多重创伤的展演

《单手掌声》中,受创主体有意识地规避创伤,创伤却潜伏于潜意识时时作痛,并以强制和无时的方式展演。创伤对主体身体和精神的伤害过大,摧毁了主体对自我的认知,出于自我保护的本能,主体将痛苦的经验压抑进潜意识的深处,表面上归于平静。在意识的表层,主体进行着有着时间性和事件完整进程的日常生活,在意识的深层,未被理解的创伤如同卡鲁斯笔下英雄唐克雷德(Tancred)情人克洛琳达(Clorinda)哭喊的鬼魂,以无时的、碎片化的、强制反复的方式时时侵扰,卡鲁斯"用被一个形象或者事件困住"(Caruth,1995:4-5)来形容创伤的强制反复,并且,创伤击穿了受创主体的自我防御能力,使他(她)极易成为下一个创伤的袭击目标。创伤对受创主体周围的群体也有影响,尤其会以代际传递的方式潜伏和固着于下一代。如《单手掌声》中母亲从不谈过去的经历,但创伤却在数十年的时间中挥之不去,过去一系列创伤的影响使移民之痛成为压断母亲的最后一根稻草,母亲的出走又直接导致了父亲和女儿索尼娅的创伤。除了亲人,创伤也有可能在其他的见证者身上引起创伤的泛化,导致二度创伤。因此创伤的发生展演呈多发性、群体性的特征。

巴赫金的"复调"概念与创伤展演有着高度的契合。"复调"又名"多声部",本为音乐术语,在音乐上,"复调音乐"与"主调音乐"相对,指两个、三个或四个以上不分主次的独立旋律前后叠置、协调进行。各声部的音调、节奏、起讫、高潮均不相同,但最终合在一起形成良好的和声关系。前苏联学者巴赫金创造性地将这一术语引入小说的创作,用来形容小说的"多声部"现象。"陀思妥耶夫斯基的作品中有着众多各自独立而不相融合的声音和意识,每个声音和意识都具有充分的价值,他

161

们不在作者的统一意识下展开，也不仅仅是作者议论所表现的客体，而是平等的各抒己见的主体，以区别于独白型（单旋律）的、在作者统一的意志支配下已经定型的欧洲小说模式（巴赫金，1998a：29）。

巴赫金认为"独白型"小说中，作者犹如全知的上帝，将一切情节安排得看似完整清晰，主次分明，井井有条，这实则是一种幻象。"复调"小说中，人物逃离了作者的控制，人物之间、人物与作者之间是平等的对话关系，甚至同一人物内心也处于对话中。巴赫金在分析陀思妥耶夫斯基的《卡拉马佐夫兄弟》(*The Brothers Karamazov*，1880)时指出，人物内心爆发的不同声音展示了人物的割裂与矛盾，反映了其真实的生存状态。

《单手掌声》中的多重移民创伤正是以复调的形式在展演。因为创伤展演很少是单个发生的，而是多个不同的创伤发生在不同的时空，有着各自独立的发展轨迹，但共时地并存于受创主体的潜意识中并相互影响，不同的创伤声音间发生着彼此影响的"对话"，形成了创伤的"和声"。卡鲁斯认为，人们都生活在彼此的创伤之中(Caruth，1996：21)。罗斯·莱斯(Ruth Leys)不满卡鲁斯仅从精神分析的角度切入，认为其过于个人化(Leys，2000：20 - 22)。莱斯更推崇杰弗里·亚历山大(Jeffrey C. Alexander，1947—)的文化创伤理论，认为创伤是在多重因素下形成的合力。或者说，个人创伤与集体、文化、伦理创伤等概念息息相关。创伤批评是伦理学批评的分支，但又带着发轫之初的后结构主义的特点。从后现代的角度研究创伤，非但不会使我们与历史分离，反而会在众声喧哗中使我们以一种独特的方式接近历史。《单手掌声》中多重移民创伤复调展演，首先体现在内容的复调，即多重创伤共同作用形成的合力；其次体现在结构的复调，即多条叙事线索共同推进，多重叙事角度不断变化；最后体现在时空体的复调即时间的空间化、空间的时间化，时间与空间的交织、展演。

《单手掌声》中的创伤是多重创伤形成的合力，是结构创伤与历史创伤、个人创伤与集体创伤的交织。结构性创伤是人短暂的一生所共有的。拉卡普拉在《书写历史，书写创伤》(*Writing History，Writing Trauma*)中将结构性创伤定义为："缺失"(absence)并认为"与母亲（亲人）的分离、从自然转入文化、'前俄狄浦斯情结'或前象征阶段在象征阶段的爆发，进入语言、遭遇'真实域'、与同类生命疏远、此在(Dasein)对被抛弃的焦虑、不可避免的逻辑难题、主体原初建构的忧郁性的失去"

(LaCapra,2001:77)等等都将造成结构性创伤。"缺失"是生命共有的体验,完满的、剔除了任何创伤的生存只可能出现在幻想的乌托邦中,很多悲观主义哲学家都探讨过这种痛苦。尼采(Friedrich Wilhelm Nietzsche,1844—1900)在《悲剧的诞生》(*The Birth of Tragedy*,1870—1871)中感慨:"可怜的浮生呵,无常与苦难之子,你为什么逼我说出你最好不要听到的话呢?那最好的东西是你根本得不到的,这就是不要降生,不要存在,成为虚无。不过对于你还有次好的东西——立刻就死。"(Nietzsche,2009:96)弗洛伊德认为所有的焦虑都与婴儿最初与母亲的分离有关,索尼娅在3岁时亲眼目睹了母亲的消失,其后即使想与母亲建立精神上的联系也不可得。母爱的缺失成为女儿成长的梦魇,使索尼娅一直生活在被抛弃的焦虑中。在大城市悉尼,索尼娅完全被困在昔日的创伤中。她换了一份又一份工作,交往了一位又一位男友,却无法过上稳定的生活,也没有找到家的感觉。曾交往了一位希腊男友,后者也是她腹中胎儿的生父,但是当索尼娅觉得这位男友想对自己求婚时,便主动跟他分手,因为潜意识中索尼娅怕再承受童年时候失去母亲的痛苦,她觉得自己配不上一份真正的感情,因为害怕失去,所以不敢拥有。或者也可以这样认为,索尼娅不断推开一个又一个爱自己的人,如同弗洛伊德的笔下的孩子为了缓解与母亲分离的焦虑,一次次掷出心爱的球,在游戏中一次次体验与心爱之物分离的创伤,为的正是最终平息与母亲分离带来的痛苦。

拉卡普拉认为:为了缓解结构性创伤的焦虑,主体倾向于把缺失转换成丧失(Loss),即历史性创伤(LaCapra,2001:46)。历史性创伤是指具体某个历史事件对主体造成的伤害,如幼时受虐、绑架、监禁、大屠杀等,这不是每个人都会经历的,但一旦发生即有着比结构性创伤更大的杀伤力。生命本就是痛苦的,母亲一去不返将普通的母子分离结构性创伤转变成巨大的历史性创伤,在母亲的消失、父亲的殴打、养父性侵、学校种族歧视和战争创伤的代际传递中长大的索尼娅,用受虐、自残、流浪等历史性创伤来缓解内心的焦虑。索尼娅16岁离家,看似逃离了童年的噩梦,开始了新的生活,但事实上这只是创伤的强制反复。一如她的母亲当年走进丛林结束生命,索尼娅走进了钢筋水泥的城市丛林,选择在精神上杀死自己。创伤已经出现了固着,索尼娅已经在无意识地重复母亲当年的路。

结构创伤与历史创伤的表层下,集体创伤潜伏最深,它非但直接或间接导致了个人创伤,并且往往成为压断受创主体的最后一根稻草。个人与民族都会将难以

英美澳当代重要作家女性创伤叙事研究

启齿的苦痛压进潜意识的深处并彼此之间互相影响。《单手掌声》的叙事表层是一个南欧移民个体家庭的悲剧,但深层是斯洛文尼亚移民文化遭遇澳大利亚本土文化时的集体创伤。移民是种撕裂,身体习惯的空间被彻底改变,主体被从一个熟悉的空间抛向另一个完全陌生的空间。他们渴望皈依宿主国的主流文化,但缺场的家园文化却始终蛰伏在记忆的深处,不论是在故乡还是迁入国,他们都是"脱域"的异乡人。从"先进"向"落后"的移民诚然会带来主体的不适,但却有一种心理上的优越感。从"落后"向"先进"的移民,主体不论愿意与否,都接受权力的规训。"二战"后英国社会学家安东尼·吉登斯(Anthony Giddens,1938—)在《现代性的后果》(*The Consequences of Modernity*,1991)中提出了脱域(disembedding)理念,认为脱域是指社会关系从彼此互动的地域性关联中,从不确定的时空中被重构"脱离出来"(Giddens,1991:21)。

脱域主要用来指移民离开家园文化进入宿主文化时身份的尴尬,他们渴望皈依宿主国的主流文化,但缺场的家园文化却始终蛰伏在记忆的深处,不论是在故乡还是迁入国,他们都是"脱域"的异乡人。更主要的是,受"白澳政策"影响,所有非盎格鲁-撒克逊白人的文化认同实为双重异化之死局。斯洛文尼亚移民如不认同澳大利亚主流文化便无法在澳大利亚生存,如认同受"白澳政策"影响的澳大利亚主流文化,也就是等于承认自己为低贱的"下等白人",处于社会的最底端。

《单手掌声》中斯洛文尼亚移民文化始终无法在澳大利亚盎格鲁-撒克逊主流文化中找到位置,小说中反复出现一个场景是,澳大利亚官员在东南欧移民的入籍仪式上高声训话,声称移民们既已来到澳大利亚塔斯马尼亚这片乐土,就该将黑暗的过去抛弃,融入英语世界和文化。这是主流文化对移民文化赤裸裸的暴力和否定。听训的移民一片寂静、面无表情,并没有来到新世界的欣喜。只有刚失去妻子的巴乔失声痛哭,官员们竟认为是自己的讲话感化了这个野蛮的南欧人。在一切以英国为正统的澳大利亚白人文化中,东南欧移民被叫做"杂种"(wog),连他们住的房子也叫"杂种工棚"(wog flat),英裔澳大利亚人鲜少踏足,连当地的白人孩子也拒绝跟移民的孩子玩。由于缺乏英语读写能力,父亲巴乔只能长期在水坝等建筑工地打零工为生,四处漂泊。因为城市里的"上等"工作是为真正的澳大利亚人准备的,而不是"新澳大利亚人"。

索尼娅童年家庭之爱的缺失使她失去了抵抗集体创伤的重要缓冲,在家庭之外,最有可能缓解移民创伤的地方——学校也没能发挥其宣传的作用。学校教育是移民摆脱边缘化的最直接、最重要的手段。斯洛文尼亚的难民家庭,在移民中失去了一切,土地、房屋、亲人、尊严和对自我的认知,他们孤注一掷地希望教育是一条垂到井底的绳,至少后代可以攀着绳子爬出井来。难民母亲玛利亚教牙牙学语的女儿英语,并告诉她只有学英语才有未来。贫穷的难民父亲用分期付款的方式为索尼娅购买大英百科全书,索尼娅每日诵读,但始终觉得跟书中的世界隔着一层厚障壁。学校教育对索尼娅彻底撕掉伪装的面纱,是在索尼娅的成年礼生日会上。索尼娅幻想可以如本地澳洲女孩那样有个 16 岁的生日晚会,她精心准备,恳请父亲在那一天不要酗酒,但天色渐晚,竟无任何同学前来,因为受主流价值观影响的同学们耻于踏足这个"杂种工棚"。这彻底击碎了她融入主流社会的梦想,索尼娅从此辍学了。移民们放弃过去的一切向主流文化归化,但依然被排斥、隔绝,依然是主流文化眼中的"下等白人"。由此可见,主流文化与移民文化是隔绝的,斯洛文尼亚移民在澳主流社会的失语如同单手击掌那样,伸向虚空,发不出一点声音。主流话语的暴力,创伤的不可言说,移民规避创伤造成的自我封闭共同导致了斯洛文尼亚移民的集体创伤,而这又在更大程度上加重了主体的个人创伤。结构创伤与历史创伤,个体创伤与集体创伤的交织、发展,最终在主人公身上形成了一种混响的和声效果。如果说主人公还有依靠自己的力量走出单个创伤的希望,这多重创伤同时发生形成的合力,将主人公牢牢困在原地,形成了创伤的固着。

如何展现受创主体多重创伤的强制反复?《单手掌声》中的复调不仅体现在内容上,还体现在形式上。为了克服传统线性叙事手法的再现危机,弗拉基米尔·纳博科夫(Vladimir Vladimirovich Nabokov,1899—1977)用迷宫般的小说语言表现自己流亡欧美、家园不再的心理创伤,弗拉纳根的选择是在《单手掌声》中采用了充满后现代风格的复调手法,将多条叙事线索交织、多重情节重叠缠绕、多重叙事视角转换,表现人物独立不相容的多重声音。不同的声音间的对话形成了复写,表现了创伤的复杂多样,在众声喧哗中展示创伤的强制反复,并邀请读者参与最后意义的生成。

《单手掌声》的叙事之网中多条叙事线索共同推进,在叙事的表层,这是女儿索尼娅的成长故事,在叙事的深层,母亲玛利亚的故事作为一种"缺席的在场",从头至尾一直存在着。母女二人的叙述之线混杂着父亲巴乔、母亲的朋友赫尔维断断续续的讲述,时明时暗、若隐若现地交织在一起。小说的开头是童年的索尼娅目睹母亲的出走,这可以理解成作家弗拉纳根对索尼娅父母故事的描写,也可以理解成索尼娅创伤记忆的强制反复,该片断在小说中频繁出现,可以说,索尼娅一直生活在过去的创伤中。随即是成年的索尼娅回到塔州,揭开了父亲、女儿以及整整两代斯洛文尼亚移民痛苦生活的面纱。母亲的失踪,父亲的暴力和酗酒,女儿索尼娅创伤中的成长等多条线索混合着"二战"、纳粹、斯大林主义、白澳政策等多种背景,绘成了一幅战后斯洛文尼亚移民的创伤群像。弗拉纳根摒弃了传统叙事的完整故事进程,将多种叙事线索交织、循环,多重情节重叠缠绕,如同多种创伤的声音同时发声,渴望被认知和理解。

《单手掌声》中的复调写作还体现在多重叙事视角转换。叙事视角(perspectivism)即叙事聚焦,指叙事语言对叙事内容观察讲述的角度和着眼点。同一件事件在不同的叙事角度中有着截然不同的面貌。《单手掌声》全书共 86 章,实际上有两个叙事视角,弗拉纳根在叙述故事进程时采用第三人称限知视角,叙事者游离于故事之外,冷静、克制,不流露自己的感情,不扮演全知全能的角色,不披露事情的真相,并将最终的评价权交到了读者手上。如小说开头玛利亚的出走,叙事者用全景扫描的目光俯瞰整个塔州荒凉的景色和树林中玛利亚瘦小的红色身影。叙事声音犹如冷静的旁观者,克制地陈述,不交代出走的来龙去脉,也不暴露感情,这与创伤发生时,人物内心处于麻木和休眠状态相契合。叙事者与人物、小镇居民、读者一起猜测玛利亚出走的结局。另一个叙事视角是主人公的视角,叙事者完全不承担叙事责任,他隐匿于人物背后,通过人物的有限视角来展开故事。如母亲那晚的出走,3岁的索尼娅尽管目击了全过程,但由于其认知有限,创伤又摧毁了她的意识,她能做的就是对读者不断重复母亲的"Aja",究竟母亲出走的那晚情形如何,索尼娅能提供给读者的信息也有限,小说直到结束也未能给读者一个确切的答案。在表现人物意识对创伤的反思时,用了自由间接引语,人物逃离了作者的暴力,直接对读者坦露心声。第三人称限知视角和自由间接引语交替出现,互为补充。小说多重叙事视角之间的切换,使人物拥有了更大的自主权,更能独立表达多重声音。《单手掌声》中父亲巴乔在妻子走后,强忍悲痛延续着日常的生活,此时弗拉纳根用第三人称限知视角对巴乔做大段的描写。在一大段的复杂句中,人物心里的"Where?"以自由间接引语的方式喷涌而出,体现了巴乔心头的疑问脱离了作者的控制,发出了自己痛苦的哀嚎。

　　《单手掌声》中复调手法的后现代之处更表现在不同主人公对同一事件的发声往往大相径庭,多条叙事线索、视角是矛盾和冲突的,不同的声音间存在复写(parchment)。复写这一术语来自于造纸术发明之前价值不菲的羊皮纸的重复利用,当然,很多的涂抹并不为了修补或重复使用,而是书写者出于各自的立场刻意为之,随着时间的累积,"书写—刮除—再书写"的过程在羊皮纸上留下一层又一层的痕迹。后来的历史学家就是透过羊皮纸上不同层次的重叠书写,来发现字里行间一重又一重帷幕后的事实真相与历史脉络。如《单手掌声》中各种声音对母亲玛利亚出走的种种不同表述。先后领养索尼娅的英国中产阶级主妇和蓝领工人浦科特,父亲在酗酒后和清醒时,母亲当年的好友赫尔维,他们对玛利亚的为人和出走有着完全不同的表述。这些声音众说纷纭,彼此否定,又同时共存,体现了创伤的无时性,也体现了创伤不可能得到透明清晰的言说的特质。多重声音的混响在索尼娅的心灵上层层重叠,达到了羊皮纸复写的效果,展现了创伤的复杂性,也为创伤的平复增加了难度。创伤正如一张可以无止境复写的羊皮纸,经过几代人的遗忘、诠释、改写、重现和怀念,蛰伏在重重帷幕之后,等待被发现。

　　《单手掌声》中受创主体在多重时空中穿梭,创伤的特征体现在其潜伏性、无时性和强制侵扰性,这种创伤历时性与共时性的结合可以从巴赫金复调时空体(chronotope)的角度得到解读。许多后现代主义思想家都曾表达过他们的时空观。本雅明认为过去和现在共存于同一个空间范围(Benjamin,2005:1)。米歇尔·福柯(Michel Foucault,1926—1984)的知识考古,表面上梳理的是人类知识的历史,但其真正的着眼点是过去对现在的影响。巴赫金的时空体将爱因斯坦的相对论引入文学研究:"文学中已经艺术地把握了的时间关系和空间关系相互间的重要联系,我们将称之为时空体。"(巴赫金,1998b:274)

　　具体地说,巴赫金的复调时空体即时间的空间化、空间的时间化,时间与空间,历时与共时不断地交织、展演。"时间在这里浓缩、凝聚,变成艺术上可见的东西;空间则趋向紧张,被卷入时间、情节、历史的运动之中。时间的标志展现在空间里,而空间则要通过时间来理解和衡量。这种不同系列的交叉和不同标志的融合,正是艺术时空体的特征所在。"(巴赫金,1998b:275)

　　时间的空间化,即在"一瞬间"的时间的横截面上,折射出多重的空间关系,本来发生在不同的时空中的人和事,在某一个共时的时间点交汇。或者说,复调时空体小说中的时间更多体现在共时性上,而不是历时性。索尼娅和他的父亲都是"被历史遗忘、与历史无关、但又完全被历史塑造的人物"(Flanagan,1997:25)①。《单手掌声》中多重创伤在不同的时空发生、发展,最终于某个时刻在主人公身上形成了一种混响的和声效果。《单手掌声》中的主人公们,不论是巴乔、玛利亚,还是索尼娅,他们的"此时此刻",无不带着过去历史空间的创伤,他们愈是想要逃离,便愈是深陷这种创伤,因为创伤本就是无时和强制的。《单手掌声》全书分86章,每章约4至5页,抛弃了传统的线性化叙事,而只截取了主人公生活中短短的"一瞬间",母亲玛利亚红色的身影消失在塔斯马尼亚的风雪中,三十多年后女儿索尼娅带着未出世的孩子回到家乡,幼年的索尼娅站在塔斯马尼亚的荒野将母亲的白瓷器摔碎(小说以此为封面插图),父亲在水坝前挥舞着榔头。

《单手掌声》中表现创伤时还用到了空间的时间化。塔州荒野中的一草一木并不简单地存在,它们见证了一代又一代移民的辛酸和挣扎。塔州的水坝写满了"二战"后东南欧移民的创伤历史,它雕刻着时间长河中母亲的出走,父亲对生活的愤怒,小索尼娅的绝望,成年索尼娅的回归。《单手掌声》中,主人公们并不是简单地在塔州水坝的"低等白人"工棚中共同生存,而是带着各自的历史创伤,蹒跚而行。

巴赫金复调时空体中,时间的空间化和空间的时间化使时空处于一种彼此影响的流动之中,这就为不同历史时间空间的彼此影响提供了可能性。复调时空体认为,主人公身体可能所处当前的物理时空,灵魂却时常穿梭于至令他纠结的另外的时空,比如

> 当最后她终于确信她现在的时间和地方,确定时间没有回转,再次把她带到她无论如何都不想回到的过去,索尼娅慢慢睁开了眼睛。(Flanagan,1997:47)

这种穿梭使创伤的潜伏性、无时性和强制侵扰性得到了理论上的立足点。卡鲁斯认为,人们对创伤事件的反应往往是"延宕的、无法控制的,并且通过幻觉或其他闯入方式反复出现。"(Caruth,1996,11)因此,"受创者内心一直携带着一段难以

---

① "forgotten by history,irrelevant to history,yet shaped entirely by it",CNN 在《单手掌声》的书评中也提到这句,见"A Chat With Richard Flanagan About *The Sound of One Hand Clapping*" by CNN on April 4,2000。

言传、无法面对的历史,或者说,受创者自身已成为一段他们完全无力把握的历史症候"(Caruth,1995:5)。玛利亚用自戕来结束创伤,巴乔用暴力来驱散创伤,索尼娅用一遍遍的自残寻找麻木身体的痛感,希冀用这种当下时空中最强烈的感觉来摆脱过往创伤的控制,然而这一切都是徒劳。玛利亚的自戕非但未能结束创伤,反而使创伤出现了代际传递,巴乔对索尼娅的暴力使后者的童年成为了梦魇,索尼娅的自残如同恶性循环,她已经走上了与母亲相同的道路。

如果说巴赫金笔下的复调是一部多声部的狂欢的话,《单手掌声》中的复调与创伤的结合却使主人公身陷多重创伤时空之网,忍受过去创伤一遍遍的侵袭却无力摆脱。弗洛伊德的精神分析理论对受创主体理性对待创伤并不乐观,在多重移民创伤以复调的形式在展演时,主体摆脱创伤的强制反复,走出创伤的第一步是要"奋力穿越",将压抑进无意识深处扭曲变形、时时发作的创伤经验恢复至意识的层面,而在这多重创伤的固着下,没有外力的帮助,几乎是不可能的。

第四节 “二战”创伤不确定的平复

主体受困于创伤无疑是令人绝望的,但也并非全无希望,创伤的反复发作,其目的是想要被意识理解,从而走出创伤的控制。拉卡普拉认为,创伤一旦发生,便具有不可逆性。受创主体想要完全消除创伤的痕迹回到创伤前的状态是不现实的,所以他不主张用“超越创伤”这样的术语(LaCapra,2001:144),但受创主体积极面对创伤,用叙事记忆(narrative memory)代替创伤记忆(traumatic memory),将潜意识深处不可言说的创伤拉回意识的表面,获得创伤的平复则是有可能的。一般创伤的平复要经历三个步骤:首先,受创主体要有勇气回到源初的创伤事件,恢复与过去的联系;其次,受创主体内心试图理解该创伤事件,并将这段创伤经历整合同化(assimilation)进自己的世界观,使经历了创伤的主体能被自我悦纳;最后,受创主体倾诉创伤,这可以是口头的描述也可以是付诸笔端的写作,或者用行动来倾诉,倾诉意味着受创主体把创伤拉回意识的表面,主人公与过去和解,走出创伤的控制。

但这并不意味着创伤会在这一过程中得到绝对的、彻底的平复,因为面对“突如其来的、灾难性的、无法回避”(Caruth,1995:4)的创伤经历,受创主体一开始由于显意识中认知能力崩溃而对创伤采取了规避的态度,随后创伤在主体日常生活中以噩梦或强制反复的方式不断展演,弗洛伊德认为这隐含了受创主体潜意识中希望以此认识并减轻这种伤痛。在《超越快乐原则》(*Beyond the Pleasure Principle*,1922)中,弗洛伊德注意到幼童会玩一种 fort-da 的游戏。在游戏中,幼童把绳子绑住缝纫机的针线轴,重复地扔出去再拉回来。弗洛伊德将此解读为幼童用掷出心爱之物的方式来缓解与母亲分离的创伤,幼童一遍遍进行该游戏,正是为了理解并驾驭这种创伤,该游戏可以看作是幼童为平复创伤所做的努力。然而,受创主体究竟能在多大程度上平复创伤,这本就是不确定的。创伤平复的标志——用语言描述创伤也充满着表达危机。因为创伤在本质上是不可能被清楚叙述的,如何正确言说这"不可言说"之事? 后现代主义的不确定叙事(indeterminacy)是很好的选择。因为既然对创伤而言,彻底的理解便等同于误解,便只有在不确定叙事中,用能指的滑动使意义无穷无尽地产生、游移、撒播,来最大限度地接近无以言表的创伤,来表现创伤的"青睐过剩、无法估量、极限僭越、自我粉碎、无拘束或联想式的游戏"的特点(LaCapra,2001:105)。

《单手掌声》在创伤平复的三个阶段上都体现了后现代的不确定性:首先,受创主体索尼娅在逃离家乡十多年后再次回到故乡塔斯马尼亚,探寻当年母亲失踪和童年噩梦的真相。但正如卡鲁斯所言,创伤的发生,不是太早就是太晚,创伤发生之时,3岁的索尼娅主体受认知能力所限,因此无法理解创伤事件。成年后的索尼娅具备了理解能力,却无法在线性的历史时间中回到源初的创伤。如何表现回不去的童年和永无从知晓的真相? 弗拉纳根用不确定叙事中的叙事空白(narrative gaps)来展现创伤真相的不可捉摸。其次,《单手掌声》中的主人公们在整合记忆、试图理解创伤、悦纳历经创伤的自我时,也充满了矛盾和不稳定性。从某种意义上说,母亲玛利亚、父亲巴乔、女儿索尼娅既是受创者又是加害者,如父亲巴乔在创伤袭来时将失妻之痛转化成对女儿的暴力,恢复正常时又是慈爱的父亲。弗拉纳根用塑造不稳定的人物(indeterminacy of character)来展现后现代不确定叙事。最后,《单手掌声》中的主人公们在创伤的倾诉上也是不确定的,母亲玛利亚没有留下只言片语,只留下一只装满了回忆的旧手提箱,里面有索尼娅的外公葬礼的照片和一束干枯的雪绒花——当年父亲赠给母亲爱的礼物。这是否意味着玛利亚即使在被黑暗的创伤吞没时内心依然存有希望? 还是爱的力量依旧不敌创伤的黑暗? 玛利亚的遗物可供多种解读。父亲对过去的创伤言语模糊,因不愿触及的内心的伤疤或者多年的澳洲生活剥夺了他的表达能力。他倾诉在澳痛苦的唯一方式就是花比本地澳大利亚人多了近一倍的钱,去酷似妻子的红衣妓女处哭诉。女儿索尼娅用麻木和沉默应对创伤。弗拉纳根用不确定的文本(indeterminacy of text),在似是而非、欲言又止的语言中表现着创伤,开放式结尾也为创伤是否得到彻底地倾诉,主人公是否彻底走出创伤留下了悬念。

《单手掌声》中索尼娅走向个人的源初创伤开始于怀孕后。索尼娅 16 岁离家，切断与过去的一切联系，但此举并没有终止创伤，反而使过去的创伤记忆噩梦般反复闪现，这种闪回意味着童年的创伤仍持续不断地侵扰索尼娅。也许她自己都没有意识到，怀孕后，正是与腹中的胎儿血脉相连，使她有勇气踏上了重建与过去联结的寻根之旅。她张开双臂，拥抱父亲当年建造的大坝，挖出母亲白瓷器的碎片，探寻父母在"二战"中的遭遇以及母亲失踪的真正原因。然而，无论是大坝上的铭文还是白瓷器的碎片传递的信息都很有限。从 20 世纪 50 年代到 90 年代，时间单向度的流逝，真相已被玛利亚出走那晚的暴风雪层层掩盖在历史的深处，索尼娅一层层拉开记忆的帷幕，"真相"却如同后现代主义视域下洋葱的核，或者如康德笔下炉旁闪烁的火焰，索尼娅能感到其气息和温度却无法将其清晰彻底地把握。弗洛伊德对源初创伤的不可及有着清醒的认识。在后期，弗洛伊德放弃了对病人童年源初创伤的追寻，并认为创伤不会一劳永逸地康复，对创伤的治疗"可以并且必须是无休止的"。在利奥塔的"彻底研究"（Durcharbeitung）中，他提出"研究一种被事件或事件的意义所掩盖的思想，这种思想不仅被以往的偏见所掩盖，而且还会被未来的方方面面所掩盖"（利奥塔，1996:66）。创伤存在于主体索尼娅的潜意识，如同水面下的冰山，释放着持久的影响力，却无法用意识来表现，形成了思维的断层。

《单手掌声》用叙事的空白来表现这种断层，叙事的空白即"少叙"，作家在情节发展关键的一环留下了残缺的信息，读者需要调动自己丰富的想象力以填补文本中的空白，叙事空白能够产生一种隐而愈显、欲盖弥彰的"溢出"效应。如德国接受美学大师沃尔夫冈·伊瑟尔（Wolfgang Iser，1926—）所言：空白是"文本看不见的结合点"（伊瑟尔，1988:249）。《单手掌声》整个文本围绕玛利亚的风雪夜为何出走、如何出走、去向何方留下了一个叙事的空白，整个文本围绕着一个悬念积累起巨大的张力。这并不仅仅是弗拉纳根刻意的后现代主义炫技，母亲玛利亚出走唯一的见证者是索尼娅，但 3 岁的索尼娅认知有限，因而能提供给读者的信息也有限，而且成年后的索尼娅无论如何都无法回忆起当时的情景。文本中的叙事者，冷静、克制，不流露自己的感情，不扮演全知全能的角色，不批露事情的真相，他与小镇居民一起猜测玛利亚失踪的种种原因，并将最终的评价权交到了读者手上。父亲在母亲玛利亚走后陷入了酗酒、暴力的恶性循环之中，玛利亚是其意识的盲区，这也符合创伤的特征，过于突然或猛烈的创伤事件使主体的意识无法承受，而出现了思维的空白,极端化的创伤召唤极端化的叙事。诸如此类的叙事空缺在《单手掌声》中还有很多,如索尼娅父母在"二战"中的遭遇,父亲长期在澳底层的生活,索尼娅在大城市悉尼二十年多的漂泊,这些在小说中都是只言片语轻轻带过,读者需要在阅读时依靠自己的想象对此进行补充。至于斯洛文尼亚移民索尼娅一家最终结局如何,小说直到结束也未能给读者一个十分确切的答案。

所有的一切都发生在很久很久以前,在一个已经消失在泥炭中的世界里,在一个被遗忘的冬天,一个很少有人听说过的岛上。在雪完全地、不可逆转地覆盖住脚印之前,当乌云笼罩着星星和月光照耀的天空,当无法撼动的黑暗降临到窃窃私语的大地。

在那个时刻,时间到风口浪尖。(Flanagan,1997:425)

行文戛然而止,这种开放式的结尾很好地体现了叙事的空白。

叙事的空白体现了受创主体无以言表的状态,但创伤的不可言说既有个人的原因,更有社会的因素。索尼娅一家的创伤放在全球历史的大环境中来看,凝结着斯洛文尼亚移民的血泪。斯洛文尼亚等东南欧民族长期在欧洲处于被歧视、被边缘化的状态,其高潮便是"二战"中纳粹对南斯拉夫近乎种族灭绝的严苛统治。玛利亚的父亲被党卫军枪杀,全家族女性被轮奸……但无人谈论这段历史,即使对最亲密的爱人,玛利亚也绝口不提那段创伤。战后,很多斯洛文尼亚移民将"在始发之际没有被吸收的创伤体验",压进族裔的潜意识,移民澳洲。彼时受"白澳政策"影响的澳洲政府将东南欧移民看作是廉价劳动力,他们只能从事本土澳洲人不愿从事的繁重劳动,斯洛文尼亚移民在澳处于国家权力的底层。移民局官员在入籍仪式上纡尊降贵地要求移民切断与过去的联系,主流话语在一片赞美声中宣扬澳洲对移民而言是"流着奶和蜜的天堂",对像父亲巴乔那样无数东南欧劳工在水坝的繁重劳动选择性忽视。澳洲的歧视加剧了斯洛文尼亚移民的沉默自闭和自我隔离,他们如边缘人巴乔那样,斯洛文尼亚语已抛在身后,英语却还未掌握,在长达数十年中连给女儿写信都困难,更遑论为自己发声。索尼娅回到过去也是回到斯洛文尼亚移民的族裔创伤,这种创伤在过去几个世纪的欧洲埋下了种子,在战后的澳大利亚生根发芽,由于主流官方话语的遮蔽,读者仅能在父亲巴乔挥舞的榔头、小索尼娅沉默的眼神中窥见族裔创伤,对斯洛文尼亚移民究竟如何在澳洲生存,存在着叙述的断层。《单手掌声》未对移民的创伤作正面地刻画和连贯地叙事,不交代移民的状况,只是截取几个不连续的片段。这种叙事空白(narrative gaps)展现出族裔创伤真相的不可捉摸,给读者造成了阅读障碍,迫使读者反复阅读,积极参与到文本的建构中来,产生出一种"溢出"的效应。

创伤真相的不可捉摸,但主人公们在走近过去的创伤时,便已迈出了平复的第一步。接下来《单手掌声》中的主人公们需要理解、接受创伤,与过去创伤的自我和解。这一过程绝非易事,甚至对受创主体而言,危机四伏。因为重建与过去的联结一方面使受创主体在昔日亲人的爱中重新获得勇气来直面创伤,有了平复创伤的希望,另一方面潜伏于潜意识的创伤记忆非常容易被唤起,而旧日的伤疤一旦揭开,如果不能获得足够的理解和治愈,受创主体便很有可能被创伤吞噬,也就是说,创伤记忆将完全控制主体的日常生活。因此,主体走近过去的创伤,并不一定会与过去创伤的自我和解,这一切都是不确定的。这种不确定性在《单手掌声》中表现为人物复杂矛盾的多重性格。

索尼娅是最典型的例子。她内心的混乱首先源于周围人物对母亲冲突对立的评论,深层次而言,这也是索尼娅内心对母亲爱恨交加的投射。在她的创伤记忆中,母亲是前英国养母眼中不负责任的女人,是男权沙文主义者浦科特所说的淫妇,甚至父亲巴乔酒醉后也指控玛利亚是自私的荡妇,但当成年索尼娅回溯创伤时,另一位女性长者——当年的好友赫尔维(Helvi)在阔别数十年后十分肯定地告诉索尼娅:你的母亲是个很好的人,并且她非常非常爱你。但赫尔维也未能告诉索尼娅整个事件的来龙去脉。周围人物对母亲只言片语的评论因为缺乏前因后果的明确逻辑而显得不确定。索尼娅自己则对母亲失忆(amnesia),只记得母亲出走当晚用斯洛文尼亚语"Aja,aja"安慰焦虑的女儿,这个单词数十年间一直出现在女儿的梦中。母亲是"二战"、移民的受创者又是女儿索尼娅的加害者,母爱的缺失直接造成了索尼娅童年的创伤,也造成了成年索尼娅的多重性格。表面上索尼娅是生活在大都市悉尼的现代女性,自信独立,在与众多男友的交往中来去自如。实质上,索尼娅的内心依然是当年那个3岁的小女孩,出于被抛弃的恐惧而不敢发展任何亲密关系。索尼娅出现了创伤的固着,她的内心永远停留在了母亲出走的那晚。回溯创伤的索尼娅发疯似的在废墟中寻找母亲白瓷器的碎片,充满了对母爱极度的渴求。但同时索尼娅用母亲留下的白瓷器自残,数次要打掉孩子,这也是源于潜意识中对母亲的恨。身体来自于母亲,自残便是对母亲最大的惩罚,打掉孩子就是拒绝建立母子亲密关系,这是对当年母亲遗弃自己的报复。对创伤的无法理解造成了索尼娅的多重人格,这种多重人格并不因她回到家乡而结束,反而是离过去越近,创伤愈是被频繁唤起,这使她的创伤平复之路举步维艰。

理解创伤对于受创主体建构自我十分重要。但究竟该如何理解?正如朱利安·沃负雷(Julian Wolfreys)在《创伤,证词与批评》(*Trauma*,*Testimony*,*Criticism*,2006)中所认为,理解(understanding)不等同于知道(knowledge)。掌握过去的史料、统计数字、记载描述不一定会完全理解(Wolfreys,2006:140)。因为理解的过程并不是理性的逻辑,必须要有感性的爱。浅层次上,赫尔维在索尼娅的重构之旅中发挥了至关重要的作用,索尼娅数次放弃之时,都是赫尔维鼓励她走下去。她扮演了索尼娅生命中一直缺失的母亲的角色,将自残的索尼娅送进医院,鼓励她将孩子生下来。深层次上,索尼娅父亲巴乔的存在使索尼娅将目光移出个人的悲剧,将自我的创伤放在历史社会的宏大画卷中去,索尼娅意识到童年的创伤并不是单独的个例,它打上了斯洛文尼亚移民族裔创伤的烙印。作为"二战"后澳洲东南欧难民移民的一员,父亲巴乔在澳洲数十年的劳作,最终却是妻离子散,孤苦伶仃,一直住在工地简陋的窝棚中。索尼娅回到塔州的直接刺激就是父亲当年那张在绝望中劳作的照片被报社的编辑看作是力与美的象征,澳主流社会与移民的隔阂竟至于此。近距离直面父母的创伤使索尼娅选择理解和原谅,这移民间残存的爱有如萤烛之光,但这却是索尼娅生命中平复创伤的唯一的希望,她如溺水之人抓住最后一根稻草,即使自欺欺人,也如飞蛾扑火般扑向它。《单手掌声》的结局是,索尼娅生下了孩子,与父亲相拥,新的生命为两代人的和解提供了新的希望。但是否可以认为主人公的创伤已经彻底平复?弗拉纳根没有正面回答这个问题。结尾处,索尼娅用红缎带围出了家园,她只有在过家家时才有自己的家。

有时索尼娅会闭上她的眼睛,想象着从远处看,这将是多么奇怪的场景:绿色的树林,像细细的血流般的红色缎带,这里曾是玛利亚期待的连她自己都不知道是什么的东西,现在是她(索尼娅)和她的女儿寻找的她们从未拥有过的东西。她盯着叠套着的一个个的洞,感到头晕目眩。(Flanagan,1997:423)

创伤,无论是个体的还是族裔的,依然存在,斯洛文尼亚移民依然没有在澳洲找到家园,只是个体的爱与理解使创伤不会吞噬主体。在剥夺了意义的后现代语境下,在强势的宏大叙事中,人物无力改变所处的环境,只能通过内向性,即退缩到个人的生活和感觉中,来对抗这种创伤,犹如村上春树的"小确幸"。移民间的爱与温暖犹如安慰剂,使受创主体获得短暂"疗愈",也使后现代社会中的读者在阅读过程中获得麻醉。但同时弗拉纳根用不确定叙事不断打碎创伤彻底平复的神话,用带着眼泪的微笑提醒读者,尽管他对爱与理解的救赎功能保持乐观,它们在多大程度上平复创伤,依旧不确定的。

平复创伤的最终阶段是倾诉,倾诉即是将潜意识中的"创伤记忆"(traumatic memory)转换为显意识中的"叙事记忆"(narrative memory),它将潜意识深处的创伤拉回意识的表层,将创伤从私人的、孤独的经验转化成有讲述者和倾听者,有分享和交流的集体体验,也是重新客体化创伤,将创伤从自我剥离的过程。范德科克(Van der Kolk,1943—)等认为叙述作为一种"讲故事"的行动,可以克服创伤所造成的"无法言喻的恐怖"(speechless terror)(Van Der Kolk & Van Der Hart,1995:176)。

多米尼克·拉卡普拉认为:"治疗创伤是一个发声过程:一个人治愈了创伤(治愈了整体的让渡关系),他就能分辨过去与现在,能记起那时候到底自己(或他的亲人)发生了什么,并清楚认识到自己生活于此时此地,享有美好未来。"(LaCapra,2001:22)多利·劳布(Dori Laub)指出:"幸存者们需要活下来去讲述他们的故事……为了能够活下去,幸存者们不得不去理解埋在自己内心的真相。"(Laub,1995:63)讲述故事是他们理解创伤经历、治愈创伤的一个重要途径。但是多利·劳布同样指出,即使受创者有着强烈地叙述和被倾听的愿望,他或她所讲述的故事却依然无法被"思维、记忆和言辞完全接纳"(Laub,1995:63)。那么究竟应该如何倾诉这无法言说的创伤? 现实主义的客观陈述是不可能的,卡鲁斯发现大屠杀幸存者对集中营烟囱的回忆存在重大史实错误。既然创伤彻底的倾诉与平复是不现实的,究竟如何倾诉才能表现这为意识所不容的创伤,把握读者与文本的距离,避免读者过分代入,同时聚焦斯洛文尼亚移民的痛苦,避免堕落后现代主义的虚空? 弗拉纳根用后现代的不确定文本来展示这种不确定的倾诉。

《单手掌声》中言语倾诉分别发生在几对人之间。母亲的朋友赫尔维与索尼娅之间,索尼娅与父亲之间,父亲与其他移民工友之间,但他们之间话语倾诉言语含混模糊,常常无法继续。索尼娅与父亲分别22年后第一次见面可以看作是创伤倾诉的开始。

"爸,"索尼娅最终说,"你看上去不错。"她知道这不太对,但也不错。有一些她不知道的东西已经改变了。因为不知道改变的是什么,她只好集中在那些没有改变的东西上。

"我看上去就像我本来的样子,"索尼娅的父亲说,"一个老的杂种酒鬼。"

他悲哀地笑着……

巴乔又一次挣扎着想要说话。"我……啊,不。不……"他卡住了,在大脑中重新组织语言,尽量像正确的英语。"我很想给你写,嗯,信,但是,嗯,我的英语,工作、喝酒可以,没法写在纸上。"

……

巴乔轻声说道,如同在自言自语,他的声音如此之轻,以至于索尼娅要身体前倾才能听到这几乎算是他一生的道歉的话。

听到他用破碎的声音低语,"永远没有足够的话对你说。"(Flanagan,1997:38-40)

在这场会面中,女儿无法质问父亲对自己童年的暴力,父亲无法解释对女儿的愧疚和当年的窘境。他们的倾诉浮于日常会话的表面,断断续续,其倾诉是十分不完整和不确定的,创伤的真相依然如水面下的冰山,潜伏在黑暗的潜意识中。母亲玛利亚只在小说开头对女儿索尼娅说过几个简单重复的外来语单词"Aja,aja",这个无实际含义的单词倾诉在索尼娅的回忆中反复出现,它代表着玛利亚对母国文化的眷恋,对女儿的爱,抑或是玛利亚在创伤的控制下,言语已经混乱,已经无法通过话语来倾诉创伤。

皮埃尔·詹尼特(Pierre Janet, 1859—1947)认为"创伤记忆"(traumatic memory)往往是视觉性和感性的,受创主体只记得几个意象和当时的感觉(Janet,180:274),因此将"创伤记忆"转化成理性"叙事记忆"(narrative memory)的话语倾诉不可避免地会隔靴搔痒,至少存在着信息的丢失。因此,倾诉不仅发生在语言上,还可以用肢体语言、行动,甚至通过信件、照片等穿越时空进行,这些比单纯的语言更具复义性。如巴乔所说:"有一些东西比语言更有力"(Flanagan,1997:

417）。失去了语言能力走向自戕的玛利亚看似绝望,却依然衔着雪绒花,这是她少女时代爱的花朵,爱人巴乔为她去悬崖峭壁上摘得,这是否是玛利亚倾诉着她内心残存的希望?巴乔给索尼娅新生的女儿送了澳洲雪绒花——白色的康乃馨,这是否预示着移民们在这块新的大陆上尽管已不可能回到创伤前的原状,却依然蕴含着巴乔平息创伤的希望。巴乔几十年中拒绝谈到妻子玛利亚,甚至称她为“荡妇”,但他却珍藏着妻子出走那晚的手提箱,箱子内的信件、照片在进行着跨越时空的倾诉,这种倾诉因为受体不同而意义含混。童年的索尼娅不能理解葬礼,十分羡慕照片中躺在棺材里的外公,认为其被鲜花环绕,十分美好。这是否代表创伤代际传递的受害者索尼娅死的欲望?抑或是对故国的依恋?同样的照片使巴乔充满了对生活的愤怒。死亡造成的失语并没有熄灭玛利亚的倾诉,她留下的照片、信件如同斯洛文尼亚民间传说中那条沾满眼泪的床单,洗不掉,说不尽,道不明。她的朋友、丈夫、女儿在夜深人静之时凝视着她的遗物,如同在倾听玛利亚的倾诉,但玛利亚究竟想要表达什么,却可供多种解读。

倾诉作为创伤平复的最后阶段,不是单方面的独白,不能在孤寂中进行,只有拥有亲密的听者,才有可能发生。与他人分享创伤经验是恢复对世界意义感知的先决条件。在这个过程中,幸存者不仅从最亲近的人那寻求援助,而且向更广泛的社区求助,社区对创伤的应对措施对创伤的最终解决影响巨大(Herman,1992:51)。玛利亚的朋友、丈夫、女儿对她的爱和呼唤使这种倾诉成为可能。倾诉也是重新构建与周围的亲人联系的过程。在倾诉中,索尼娅重新构建了与父母、社会的联结;在倾诉中,澳大利亚的东南欧移民抱团取暖,抵抗主流社会的文化创伤。索尼娅在悉尼漂泊的二十多年都是残缺的,回家重建与过去的联结才为她提供了康复的希望。两代斯洛文尼亚移民的故事告诉我们:忘却并不能解除个人创伤,相反,它会将这种痛压进意识的最深处,如毒瘤般时时发作,只有直面过去,重建联系,才能解开心结,与过去和解,完成弗洛伊德笔下从忧郁到哀悼的转变。但另一方面,鉴于创伤记忆往往有违道德和人伦,令受创主体极度痛苦,主体即使有勇气将它召回意识层面,也很难找到合适的语言与行动来表达。创伤能在多大程度上被倾诉与平复依然是不确定的。弗拉纳根无意构建斯洛文尼亚移民澳洲梦圆的成功神话,而是讲述了失败者的故事。在一代代的移民中,创伤不会消弭于无形,而是要正视它的伤疤,带着残缺负重前行,而前方一切依旧是不确定的。

弗拉纳根对玄妙的、不确定的东方文化情有独钟,《单手掌声》的书名便来自于日本禅师白隐慧鹤(Hakuin Ekaku,1685—1768 或 1686—1769)的佛家偈语。佛家弟子大彻大悟的关键即是要参悟这只手之声。小说中,单手击掌是斯洛文尼亚移民一种孤独而又绝望的努力,如同挥拳击向虚空,没有赞成,没有反对,没有与外界的任何联系,在澳洲社会未能激起一层涟漪,一种巨大的虚空贯穿了整部小说。掌声无常,稍纵即逝,如同创伤的本源无法追溯。单手掌声这无声之声无法用耳朵听到,如同创伤无法用文字来完全表达,因为最痛苦的东西是无法言说的,只能用心灵来感受。

拉卡普拉在《书写历史,书写创伤》中把大屠杀看作现代与后现代的分界线,认为后现代可以叫做后大屠杀,又称后创伤。拉卡普拉认为线性叙事的救赎性小说是否定创伤的,实验性的小说手段才可以用来表现创伤。在分析完雅克·德里达(Jacques Derrida,1930—2004)、让-弗朗索瓦·利奥塔(Jean-Francois Lyotard,1924—1998)、保罗·策兰(Paul Celan,1920—1970)、塞缪尔·贝克特(Samuel Beckett,1906—1989)、弗吉尼亚·伍尔芙(Virginia Woolf,1882—1941)等理论家和文学家后,历史和文论学家拉卡普拉十分疑惑:为何文学在表现创伤方面取得比历史和精神分析法有更大的成就?凯西·卡鲁斯认为文学是对未知的探寻,以此入手,更能接近历史。在创伤理论的奠基之作《创伤:探索记忆》(*Trauma*:*Explorations in Memory*)和《沉默的经验:创伤、叙事与历史》(*Unclaimed Experience*:*Trauma*,*Narrative and History*)中,卡鲁斯认为创伤是一种如此痛苦的经历以至于受害者的意识表层会完全忘记这次创伤,作家也不能用确切的语言来描绘它,只有想象的、比喻的文字才能够写出创伤。卡鲁斯在心理学家和精神分析学家朱迪思·赫尔曼和范德科克的研究成果上提出,当正常的话语所不能的时候,小说能够为受创的个体发声,因此卡鲁斯的创伤理论就是对文学见证功能的背书,在对历史简单直接的理解不可能时,文学可以靠近历史,表现创伤。弗拉纳根正是用碎片化、复调、不确定叙事等后现代手法召唤起斯洛文尼亚移民个人和集体内心深处的创伤,这种创伤因过于痛苦超出了语言的表达能力而只可意会,不可言传,如同《单手掌声》中开头的那句:"这一切你终将理解,但永远不会知晓。"(Flanagan,1997:1)《单手掌声》用后现代叙事最大程度上捕捉到了澳洲斯洛文尼亚移民无法言说的创伤。

正如不可言说的创伤将受创主体困在原地,创伤书写也对创伤小说作者提出了难题。如何言说这"不可言说"之物?创伤是否可用文字来表征?又该如何表征?这是创伤文学的一大难题。西奥多·阿多诺(Theodor Adorno,1903—1969)对创伤的书写持悲观的态度。这位德国哲学家在战后1955年出版的文集《棱镜》中明确提出:"奥斯维辛之后写诗是野蛮的。"他认为大屠杀的创伤超过了人类的思维理解能力,任何想要理解并表现这种创伤的努力是徒劳的,更是对历史上受难者的歪曲和亵渎。在《否定辩证法》中,阿多诺认为整个西方批判哲学在纳粹大屠杀前的沉默显示了人文科学已经成为现代性暴力的同谋。但阿多诺同时仍不愿放弃文学的救世功能,认为尽管有可能是徒劳或自相矛盾的,文学依然要竭力再现"不可再现的事件。"

进入上世纪八十年代以来,随着创伤研究的兴起,杰弗里·哈特曼(Geoffrey H. Hartman,1929—2016)等"耶鲁学派"成员由后现代转向创伤伦理,越来越多的创伤研究者投入到创伤的表征上。拉卡普拉是其中贡献较大的,他提出了"移情过程"("empathic unsettlement"),既反对纯客观的史实记载,又反对新历史主义的纯主观建构。因为受主流话语权力的控制,历史的真相往往不被记载,号称纯客观的史实往往并不可靠,如大屠杀在德国所有的记载中均未出现,有的是"最终解决方案"这样的字样。而创伤记忆往往以扭曲或变形的形式出现,幸存者的回忆往往在一些具体的细节上出现差错,可能还没有纳粹的记载显得客观、真实,因此,在创伤的表征上力求客观是不现实的。新历史主义提倡"历史的文本化"和"文本的历史化",无所谓历史的真相,将一切看作是话语建构,又容易坠入历史虚无主义。拉卡普拉认为作者应该使小说的读者和文本保持一种适度的距离,太近容易使读者对受害者产生完全的认同,既对读者造成"二次创伤"也使他们丧失对创伤进一步的思考,太远则使读者对受害者没有同情。"移情过程"就是读者无需完全认同小说中主人公的创伤,但能关注并感受到主人公的创痛,与受害者建立联系。"9·11"之后,克里斯蒂安·维斯鲁伊斯(Kristiaan Versluys)将这种"移情过程"发展为"诗学伦理",即让诗学与伦理学结合,既在创伤小说中充分表现出对语言本身的自觉,又对"9·11"中的那些"他者"做出一种"补偿性想象"(Versluys,2009:13-14),不落入主流话语"爱国主义的吹嘘"或"复仇修辞"的套路中(DeRosa,2011:609)。

弗拉纳根的《单手掌声》用后现代的手法展示了创伤如何在澳斯洛文尼亚移民家庭潜伏、展演、平复。当纯客观记叙的话语所不能的时候，后现代风格的小说能够为受创的个体和集体发声，发挥文学见证功能，同时把握读者与文本的距离，引导读者在碎片的拼贴中抽丝剥茧。多重声音的交织，不确定叙事对主人公的创伤产生距离刚好的"移情过程"，这就是弗拉纳根创伤书写的"诗学伦理"。与传统叙事相比，后现代主义的书写是以一种不诉诸眼泪的、间接的、更高层次方式更精确地靠近创伤，使得无法言说的痛苦能够得以重现。有如弗朗茨·卡夫卡（Franz Kafka，1883—1924）在城堡的边缘徘徊，米兰·昆德拉（Milan Kundera，1929—）通过复调构建文本的蒙太奇以探讨生命不能承受之轻，弗拉纳根在《单手掌声》中用他极为个人化的后现代写作表现独特人文的关怀，对如何用文学叙事走出创伤具有一定的参考价值。

总之，创伤是一个古老的命题。人类从有自我意识之日起就充满了创伤。《圣经》的开篇中说，上帝将亚当和夏娃逐出伊甸园时，对亚当说："你既听从妻子的话，吃了我吩咐你不可以吃的那一棵树上的果子，地必为你的缘故受诅咒，你必须终身劳苦，才能从地里得吃的，地必给你长出荆棘和蒺藜来，你也要吃田间的蔬菜，你必汗流满面才得糊口，直到你归了土，因为你是从土而来，你本是尘土，仍是归于尘土。"上帝对夏娃暴怒地咆哮："我必多多增加你怀胎的苦楚，你生儿女时多受苦楚，你的丈夫统治你，但你仍然恋慕你的丈夫。"无论东方文化还是西方文化，在人类文明的混沌之初，人是感觉不到任何痛苦的。只有在追求知识过程中，人才会感到人生的悲剧，这就是佛教教义中的苦谛之说。宗教能够为人类带来短暂的慰藉，但人类终须自己面对这个创伤的世界。洪水、瘟疫、饥荒一次次侵袭为人类文明留下了创伤的记忆，战争、种族歧视等人类的自相残杀更是加剧了这种创伤，由于性别的弱势，这种创伤在女性身上尤其明显。

女性创伤叙事是从女性的独特视角出发，叙述女性在特定历史、文化语境中的创伤。它随着近代女权主义的发展而兴起，与资产阶级革命和启蒙运动息息相关，是社会文明进步的标志，为"阁楼上的疯女人"等广大沉默的女性提供了发声的机会。由于其特定的历史和文化背景，英美澳等主要西方国家女性创伤叙事有着各自的书写对象和特征，不能一概而论。作为曾经的"日不落帝国"，英国在海外扩张的过程中，对殖民地人民造成了深重的灾难，也使自身的主体性处于危机中。诺贝尔文学奖得主多丽丝·莱辛早期的非洲书写描写了白人女性在非洲大地精神与肉体的毁灭,堪与康拉德的《黑暗的心》相媲美。莱辛中后期的书写描写了英国"二战"后国内风起云涌的政治文化运动,女性看似获得了自由,实际上却依然被看不见的绳索束缚。美国的南北战争和黑人民权运动是其历史上绕不过去的点,威廉·福克纳《献给爱米丽的一朵玫瑰花》,田纳西·威廉斯《玻璃动物园》刻画南方贵族白人女性无法适应南北战争后社会的沧桑巨变,一步步走向自闭和精神分裂。托妮·莫里森的《宠儿》描写了黑奴制给黑人女性带来的创伤,这种创伤以幽灵的方式不断纠缠着黑人女性。澳大利亚有其特定的历史和文化,18 世纪白人定居者对土著的杀戮,"二战"中被日本侵略,战后美国好莱坞商业消费文化的强势植入都在其民族性格中印上伤痕。伊丽莎白·乔利《井》中老小姐被好莱坞商业消费文化步步紧逼,捉襟见肘。布克奖得主理查德·弗拉纳根《欲》中土著女孩被白人总督当作宠物收养,后又被无情抛弃;《单手掌声》从文学的角度出发,研究澳大利亚文学关于"二战"的创伤书写,描写东南欧女性移民在战后的举步维艰,试图在纯客观的史学记载和新历史主义的纯主观建构之间,开辟第三条道路,即用后现代文学的语言反映客观的历史创伤。这些都带有其时代的特征。读者也可以从这些重要作家女性创伤书写中看到一个时代的背影。

英美澳当代重要作家女性创伤叙事研究

参考文献

〔1〕 Antor，Heinz. *The Trauma of Immigration and the Ethics of Self-Positioning in Richard Flanagan's The Sound of One Hand Clapping*〔M〕. In *The Splintered Glass：Facets of Trauma in the Post-Colony and Beyond ed*. Dolores Herrero and Sonia Baelo-Allué. New York：Rodopi，2011.

〔2〕 Apter，T. E. *Virginia Woolf：A Study of Her Novels*〔M〕. London：The Macmillan Press Ltd，1979.

〔3〕 Ashcroft，Bill & Gareth Griffiths & Helen Tiffin. *The Empire Writes Back：Theory and Practice in Post-Colonial Literatures*〔M〕. London：Routledge，1989.

〔4〕 Ashcroft，Bill & Gareth Griffiths & Helen Tiffin. *Key Concepts in Post-Colonial Studies*〔M〕. London：Routledge，1998.

〔5〕 Bauman，Zygmunt & Bauman，Lydia. *Culture in a Liquid Modern World*〔M〕. Cambridge：Polity Press，2011.

〔6〕 Benjamin，Andrew. *Walter Benjamin and History*〔M〕. London & New York：Continuum，2005.

〔7〕 Benjamin，Walter，et al. *Fragments of Modernity（Routledge Revivals）：Theories of Modernity in the Work of Simmel，Kracauer and Benjamin*〔M〕. New York：Routledge，2013.

〔8〕 Butler，J. *Gender Trouble：Feminism and the Subversion of Identity*〔M〕. New York：Routledge，1990.

[9] Caruth, Cathy. *Unclaimed Experience*: *Trauma*, *Narrative*, *and History*[M]. Baltimore and London: The Johns Hopkins University Press, 1996.

[10] Caruth, Cathy. *Trauma*: *Explorations in Memory*[M]. Baltimore and London: The Johns Hopkins University Press, 1995.

[11] Caruth, Cathy. *Trauma and Experience*: *Introduction*[M]. Baltimore and London: The Johns Hopkins University Press, 1995.

[12] Childs, Peter & Roger Fowler. *The Routledge Dictionary of Literary Terms*[M]. London: Routledge, 2005.

[13] Cohn, Ruby & Dukore, Bernard F. *Twentieth Century Drama*: *England*, *Ireland*, *the United States*[M]. New York: Random House, 1966.

[14] Critchley, S. *Ethics*, *Politics*, *Subjectivity*[M]. London: Verso, 1999.

[15] Deleuze, G. & Guattari, F. *A Thousand Plateaus*: *Capitalism and Schizophrenia*[M]. Minneapolis: University of Minnesota Press, 1987.

[16] DeRosa, Aaron. *Analyzing Literature after 9 /11*. In Modern Fiction Studies[J]. 2011(3).

[17] Flanagan, Richard. *The Unbearable Lightness of Borges*[M]. In *The Best Australian Essays ed*. Peter Craven Melbourne: Bookman Press. 1999.

[18] Flanagan, Richard. *The Sound of One Hand Clapping*[M]. New York: Grove Press, 1997.

[19] Flanagan, Richard. *Gould's Book of Fish*: *A Novel in Twelve Fish*[M]. New York: Grove Press, 2001.

[20] Freud, Sigmund. *The Standard Edition of the Complete Psychological Works of Sigmund Freud*[M]. London: Hogarth, 1958.

[21] Freud, Sigmund. *Beyond the Pleasure Principle*[M]. London: The Hogarth Press, 1955.

[22] Giddens, Anthony. *The Consequences of Modernity*[M]. Cambridge: Polity Press, 1991.

[23] Gillett, Sue. *The Well: Beyond Representation, the Active Space of Desire and Creativity*[J]. Westerly, 1992(1).

[24] Grayling, A. C. *The Narrow Road to the Deep North—2014 Main Booker Prize Winner*[EB/OL]. The main booker prize. 14 October 2014. 18 Septmber 2017. <http://themanbookerprize. com/feature/narrow-road-deep-north-2014-man-booker-prize-winn>.

[25] Grayling, A.C. Letters[J]. London Review of Books, 2015(3).

[26] Herman, Judith. *Trauma and Recovery: The Aftermath of Violence-From Domestic Abuse to Political Terror* [M]. New York: Basic Books, 1992.

[27] Hodge, Bob & Vijay Mishra. *Dark Side of the Dream: Australian Literature and the Postcolonial Mind*[M]. Sydney: Allen & Unwin Pty Ltd, 1991.

[28] Hofmann, Michael. *Is his name Alwyn?* [J]. London Review of Books, 2014(24).

[29] Holt, Ronald Frederick. *The Strength of Tradition*[M]. St Lucia. London. New York: University of Queensland Press, 1983

[30] Jackson, S. *Professing Performance: Theatre I the Academy From Philosophy to Performativity*[M]. Cambridge: Cambridge University Press, 2004.

[31] Jameson, Fredric. *Postmodernism, Or the Cultural Logic of Late Capitalism*[M]. Durham: Duke University Press, 1991.

[32] Janet, Pierre. *La Medicine Psychologique*[M]. Paris: Flammarion, 1980.

[33] Joussen, Ulla. *An Interview with Elizabeth Jolley*[J]. Kunapipi, 1993 (2).

[34] Jupp, James. *From White Australia to Woomera—The Story of Australian Immigration*[M]. Cambridge: Cambridge University Press, 2002.

[35] Keneally, Thomas. *The Narrow Road to the Deep North by Richard Flanagan-review* [J/OL]. The Guardian. 28 June 2014. 18 March 2017. <http://www. theguardian. com/books/2014/jun/28/narro-road-deep-north-

richard-flanagan-review>.

[36] Labaree, Lenard W. *The Papers of Benjamin Franklin*, V. 4[M]. New Haven: Yale University Press, 1961.

[37] LaCapra, D. *Writing History, Writing Trauma*[M]. Blatimore: The Johns Hopkins University Press, 2001.

[38] LaCapra, D. *History in Transit: Experience, Identity, Critical Theory* [M]. Ithaca and London: Cornell University Press, 2004.

[39] Laub, Dori. *Truth and Testimony: the Process and the Struggle*[M]. Baltimore and London: The Johns Hopkins University Press, 1995.

[40] Lessing, Doris. *Collected African Stories: Vol. 1: This Was the Old Chief's Country* [M]. New York: Harper Collins Publishers, 1964.

[41] Lessing, Doris. *Critical Studies.* [M]. Dembo: University of Wisconsin Press, 1974.

[42] Leys, Ruth. *Trauma: A Genealogy* [M]. Chicago: University of Chicago Press, 2000.

[43] Naylor, Gloria. *A Conversation* [C] In *Conversations with Toni Morrison* ed. Danille Taylor-Guthrie. Jackson: University Press of Mississippi, 1994.

[44] Newquist, R. *Counterpoint* [M]. Chicago: Rand Mcnally, 1964.

[45] Renes, Cornelis Martin. *Elizabeth Jolley's The Well: Fathoming Postcolonial Depths in the Female Gothic*[J]. Australian Studies, 2009(11).

[46] Rickard, J. *The Present and Past, A Culture History*[M]. Harlow: Pearson Longman, 1996.

[47] Said, Edward. *The Mind of Winter: Reflections on Life in Exile*[M]. Harper's Magazine, 1984(9).

[48] Salzman, Paul. *Hopelessly Tangled in Female Arms and Legs: Elizabeth Jolley's Fictions* [M]. St Lucia: University of Queensland Press, 1993.

[49] Sullivan, Jane. *Applause or Catcalls? You Be the Judge*[J/OL]. The Age. 7 April 2002. 18 March 2017. <http://www.theage.com.au/articles/

2002/04/05/1017206260960.html＞.

［50］Van Der Kolk，Bessel A & Onno Van Der Hart. *The Intrusive Past：The Flexibility of Memory and the Engraving of Traumain*［M］. Baltimore and London：The Johns Hopkins University Press，1995.

［51］Versluys，Kristiaan. *Out of the Blue：September* 11 *and the Novel*［M］. New York：Columbia University Press，2009.

［52］Vickroy，Laurie. *Trauma and Survival in Contemporary Fiction*［M］. Charlottesville：University of Virginia Press，2002.

［53］Webby，Elizabeth. *The Cambridge Companion to Australian Literature*［M］. Cambridge：Cambridge University Press，2000.

［54］Wolfreys，Julian. *Introducing Criticism at the* 21*st Century*［M］. Qindao：China Ocean University Press，2006.

［55］Zinsser，William. *Inventing the Truth：The Art and Craft of Memoir*［M］. Boston：Houghton-Mifflin，1987.

［56］巴赫金.陀思妥耶夫斯基诗学问题［M］.白春仁，顾亚铃，译.北京：生活·读书·新知三联书店,1998.

［57］巴赫金.小说理论［M］.白春仁，晓河，译.石家庄：河北教育出版社,1998a.

［58］巴赫金.巴赫金全集［M］.钱中文，白春仁，译.石家庄：河北教育出版社,1998b.

［59］卡森.寂静的春天［M］.许亮,译.北京：北京理工大学出版社,2015.

［60］陈才宇.形式也是内容：金色笔记释读［J］.外国文学评论,1999(4).

［61］陈正发.殖民时期的澳大利亚移民小说［J］.安徽大学学报(哲学社会科学版),2004(5).

［62］格林伍德.澳大利亚政治社会史［M］.北京编译社,译.北京：商务印书馆,1960.

［63］吉登斯.现代性的后果［M］.田禾,译.南京：译林出版社,2000.

［64］黄惠君.多元文化的想像：理查·傅纳岗在《一个河流向导之死》,《只手回声》,《古尔德鱼书》,及《欲》书中对塔斯马尼亚身份认同的对话式重读［D］.新北：淡江大学,2011.

[65] 黄源深.澳大利亚文学史[M].上海：上海外语教育出版社,2014.

[66] 莱辛.野草在歌唱[M].一蕾,译.南京：译林出版社,2008.

[67] 莱辛.金色笔记[M].陈才宇,刘新民,译.南京：译林出版社,2000.

[68] 黎明,曾利红.创伤叙事中的身体书写——《宠儿》的诗学伦理解读[J].外国语文,2016(1).

[69] 李凤亮.复调：音乐术语与小说观念——从巴赫金到热奈特再到昆德拉[J].外国文学研究,2003(1).

[70] 李维屏.英美文学论丛第八辑[M].上海：上海外语教育出版社,2008.

[71] 利奥塔.重写现代性[J].阿黛,译.国外社会科学,1996(2).

[72] 马艳,刘立辉.白色菲勒斯统治下的黑人：《宠儿》的身体叙述[J].湖南大学学报（社会科学版）,2014(6).

[73] 莫里森.宠儿[M].潘岳,雷格,译.海口：南海出版公司,2006.

[74] 尼采.悲剧的诞生[M].周国平,译.上海：上海人民出版社,2009.

[75] 乔利.井[M].邹囡囡,译.上海：上海译文出版社,2009.

[76] 瞿世镜,任一鸣.当代英国小说史[M].上海：上海译文出版社,2008.

[77] 萨义德,W·爱德华.东方学[M].王宇根,译.北京：生活·读书·新知三联书店,2007.

[78] 施云波.《金色笔记》——复调叙事理论发展的现代维度[J].江苏外语教学研究,2014(2).

[79] 陶家俊.创伤[J].外国文学,2011(4).

[80] 王俊霞.黑人命运的枷锁——解读《宠儿》与《最蓝的眼睛》中三代黑人的心理历程[J].外语学刊,2016(6).

[81] 王腊宝.流亡、思乡与当代移民文学[J].外国文学评论,2005(1).

[82] 王腊宝,毛卫强.托妮·莫里森与美国黑人民族文化的重建[J].广东外语外贸大学学报,2003(4).

[83] 王守仁.英美小说[M].南京：南京大学出版社,2002.

[84] 威廉斯.玻璃动物园[M].鹿金,译.上海：上海译文出版社,1982.

[85] 沃克.澳大利亚与亚洲[M].张勇先,等,译.北京：中国人民大学出版社,2009.

［86］伍尔芙.伍尔芙散文［M］.刘炳善,译.北京:中国广播电视出版社,2000.

［87］夏琼.扭曲的人性,殖民的悲歌——多丽丝.莱辛的《野草在歌唱》［J］.当代外国文学,2001(1).

［88］伊格尔顿.二十世纪西方文学理论［M］.伍晓明,译.北京:北京大学出版社,2006.

［89］伊瑟尔.审美过程研究［M］.霍桂桓,等,译.北京:中国人民大学出版社,1988.

［90］张福运.美洲黑奴［M］.福州:福建人民出版社,2000.

［91］朱立元.当代西方文艺理论［M］.上海:华东师范大学出版社,2005.

［92］左金梅,申富英.西方女性主义文学批评［M］.青岛:中国海洋大学出版社,2007.

英美澳当代重要作家女性创伤叙事研究